Le docteur des Maldives

*

Pour le cœur d'un urgentiste

ANNIE CLAYDON

Le docteur des Maldives

Traduction française de
MARIE CHÉNÉ

BLANCHE

HARLEQUIN

Collection : Blanche

Titre original :
STRANDED WITH THE ISLAND DOCTOR

HARPERCOLLINS FRANCE
83-85, boulevard Vincent-Auriol, 75646 PARIS CEDEX 13
Service Lectrices — Tél. : 01 45 82 47 47 - www.harlequin.fr
ISBN 978-2-2804-8156-4 — ISSN 0223-5056

Composé et édité par HarperCollins France.
Imprimé en décembre 2022 par CPI Black Print (Barcelone)
en utilisant 100% d'électricité renouvelable.
Dépôt légal : janvier 2023.

FSC
www.fsc.org
MIXTE
Papier issu de sources responsables
FSC® C159065

Pour limiter l'empreinte environnementale de ses livres, HarperCollins France s'engage à n'utiliser que du papier fabriqué à partir de bois provenant de forêts gérées durablement et de manière responsable.

1.

Accoudée au bar de l'hôtel, un cocktail coloré à la main, Mel Murphy jeta un coup d'œil alentour.

Les vagues alanguies, les sourires tranquilles des quelques résidents, le rythme apaisé de l'île, tout était calme autour d'elle.

Ne rien faire, ce n'était pas ce qu'elle préférait, mais ces vacances lui avaient été offertes par sa fille et son beau-fils en remerciement de l'aide qu'elle leur avait apportée pour leur mariage. Elle se serait passée de cette attention, mais c'était gentil de leur part, et elle n'avait pas voulu refuser.

Elle était arrivée ce samedi dans l'archipel des Maldives, plus précisément sur l'île de Nadulu où l'attendait un luxueux bungalow sur pilotis au-dessus d'une eau transparente. La vue était splendide, et le mouvement des vagues apaisant. Elle avait défait ses bagages et était sortie se promener. Elle avait mis une heure à faire le tour de l'île, sertie de plages de sable blanc et de gigantesques palmiers.

Peut-être Amy avait-elle raison de penser que tout le monde méritait une pause, de temps en temps. Mel avait conscience de se détendre. Malgré la déplaisante impression d'avoir oublié une urgence, elle s'habituait doucement à l'idée que les événements se dérouleraient sans elle pendant trois semaines.

Durant la majeure partie de sa vie, un calme aussi profond aurait été impensable. La fin de sa relation avec le père d'Amy l'avait laissée en proie à une anxiété écrasante. Lorsque Michael l'avait quittée, une semaine avant le premier anniversaire d'Amy, le futur s'était brutalement résumé pour elle aux dix minutes suivantes. Heureusement, sa famille l'avait aidée à reprendre pied, et l'horizon s'était éclairci. Ses parents s'étaient occupés du bébé pendant qu'elle reprenait ses études de médecine. Peu à peu, elle avait retrouvé une précieuse indépendance, réussi professionnellement et pu offrir un foyer solide à sa fille. Elle l'avait fait pour Amy, avec l'idée que rien ne valait un exemple, un modèle à suivre.

Mais tout était à nouveau en train de bouger. Son adorable fille était désormais adulte, mariée, avec une carrière et une maison à elle. Elle s'y était préparée, comme elle se préparait à tout. Elle avait soigneusement organisé ses semaines autour des quatre jours où elle exerçait dans son cabinet de neurologue à Londres et des trois jours dans le village où elle avait sa maison. Elle s'impliquait dans la vie locale, notamment dans l'association médico-sociale qu'elle soutenait. Cette organisation rigoureuse la protégeait du dernier cadeau empoisonné de Michael : l'anxiété qui l'assaillait depuis qu'il l'avait quittée.

Ayant vidé son verre, elle retourna dans son bungalow lire jusqu'à ce que le sommeil la gagne.

La brochure de l'hôtel proposait tout un panel d'activités, peut-être demain se laisserait-elle tenter par un sport nautique.

Le lendemain, il faisait grand soleil, phénomène probablement courant sous ces latitudes. Après le petit déjeuner, Mel enfila un bermuda, un haut en coton, et glissa un tube de crème solaire dans son sac. Elle était parée pour toutes les aventures.

Alors qu'elle sortait de son bungalow, elle vit une employée de l'hôtel remonter rapidement la passerelle en frappant à toutes les portes.

Par respect pour le rythme placide de l'île, elle attendit qu'elle atteigne sa porte pour en savoir plus.

— Sur ordre du manager, M. Manike, tous les clients de l'hôtel sont attendus dans le restaurant principal. Une réunion va avoir lieu. Merci.

Comme il ne semblait pas y avoir d'autre option, Mel lui sourit en réponse. Peu importait le sujet de la réunion, elle n'avait de toute façon rien de prévu.

— Entendu. J'y vais de ce pas.

Une grande agitation régnait dans le hall de l'hôtel, les employés circulaient nerveusement d'un groupe à l'autre. Le jeune homme de l'accueil était assailli de questions. L'atmosphère paisible de la veille avait disparu.

Elle croisa le regard d'une jeune employée de l'hôtel.

— Qu'est-ce qui se passe ? demanda-t-elle.

— Tout va bien, répondit la jeune femme en souriant.

Cela ne répondait pas à la question, néanmoins c'était une bonne nouvelle. Ou peut-être pas ? En tant que médecin, elle avait parfaitement conscience que « tout va bien » signifiait parfois le contraire.

— Mais alors, pourquoi avoir réuni tout le monde ?

Nouveau sourire de la jeune femme.

— De fortes pluies sont attendues dans la région. Ce n'est pas un problème, vous savez. L'hôtel est équipé pour faire face à ce genre de situation. D'ailleurs ça passera peut-être à côté.

Mel haussa les sourcils, perplexe.

Les publicités de l'hôtel promettaient toutes un grand ciel bleu, mais de fortes pluies n'auraient pas pour autant dû être un sujet d'inquiétude. Les orages étaient courants dans la région, l'hôtel en avait forcément l'habitude. Quel niveau de précipitations déclenchait une panique pareille ?

— C'est un ouragan ?

— Oh non, madame, nous n'avons pas d'ouragans par ici. Juste de la pluie, répondit la jeune femme en riant nerveusement.

Un orage tropical, alors ?

L'employée fut appelée par une collègue, et la question resta sans réponse. Bientôt, les clients de l'hôtel furent dirigés vers le restaurant ouvert sur la mer. Mel prit place à côté de deux femmes déjà installées.

C'était l'occasion d'en apprendre un peu plus.

— Je n'ai pas très bien compris ce qui se passait, fit-elle avec son sourire le plus rassurant. Une employée a évoqué des précipitations…

Les deux femmes hochèrent la tête d'un air entendu.

— Ils minimisent la situation, répondit la plus jeune qui, à en croire son bronzage, n'était pas arrivée de la veille. Il va y avoir une grosse tempête, ça va nous gâcher les vacances.

— C'est terrible, n'est-ce pas ? abonda l'autre. En plus, on est dans les bungalows sur pilotis. Mais même dans le bâtiment principal, avec ces palmiers, c'est dangereux.

Mel observa leurs troncs immenses qui ployaient doucement dans le vent.

Ils étaient probablement plus vieux que l'hôtel. Elle vérifierait sur Internet, mais s'ils avaient tenu si longtemps, sans doute étaient-ils adaptés aux conditions météo de l'île ?

Quoi qu'il en soit, sa voisine semblait au bord des larmes, et elle-même ne se sentait plus très rassurée.

Toutes les têtes se tournèrent vers M. Manike qui venait d'arriver.

— Mesdames et messieurs, dit-il d'un ton calme au micro, je tenais à vous informer de la situation. Nous avons reçu un avis de pluies et de vent de force 8. Si la tempête garde sa trajectoire, elle sera sur nous dans l'après-midi.

Pendant qu'un brouhaha s'élevait dans la salle, Mel tenta de se rappeler si force 8 était un chiffre inquiétant.

— Il n'y a pas de quoi s'inquiéter, précisa le manager comme s'il avait anticipé la question. Par simple précaution, nous allons reloger dans le bâtiment principal tous les résidents des bungalows sur pilotis. Je peux vous assurer que nous ne courons aucun danger. L'hôtel a été construit pour résister à tous les temps, et nous avons des volets antitempête. Nous passerons une agréable soirée en toute sécurité.

Les questions fusèrent aussitôt, et il répondit successivement à toutes : non, il n'y avait pas d'évacuation possible vers le continent. Oui, tous les résidents des bungalows allaient être relogés dans des chambres trois étoiles que, non, ils n'auraient pas à partager. Non, la tempête ne durerait pas, et chacun pourrait reprendre le cours de ses vacances. Non, il ne pouvait pas préciser quand…

Mel retint un soupir.

Des risques imprécis et des promesses de réconfort tout aussi vagues, c'était le cocktail parfait pour l'angoisser. Si au moins elle avait eu de quoi s'occuper, quelque chose à faire…

Comme en réponse à sa prière muette, un homme poussa les portes battantes et entra dans la salle avec détermination.

La démarche chaloupée, le visage bronzé et buriné, de courtes boucles brunes striées de blanc, tout en lui était captivante. Dans son pantalon en toile et ses solides chaussures de marche, il semblait prêt à traverser la jungle.

Moi Tarzan, toi Jane.

Enfin un homme d'action ! Il n'avait peut-être pas beaucoup de conversation, mais elle se réjouit de ne penser qu'à cela pendant quelques secondes. Le charisme de cet homme lui aurait donné des frissons en n'importe quelles circonstances, mais là, il avait en outre l'avantage de chasser toute pensée parasite de son esprit.

M. Manike invita d'un signe le nouveau venu à le rejoindre. Ils eurent un bref échange hors de portée du micro, puis l'inconnu se tourna vers l'assistance.

— Y a-t-il quelqu'un dans l'assistance avec une formation médicale ? Je crois qu'il y a un certain Dr Murphy ?

Tarzan avait un immanquable accent anglais et souriait.

Elle bondit.

— Je suis le Dr Murphy, dit-elle, regrettant de ne pas s'appeler Jane.

— Parfait. Venez par ici, dit Tarzan en se dirigeant aussi sec vers la sortie.

L'homme de la jungle avait manifestement l'habitude d'être obéi au doigt et à l'œil. Au moins tint-il la porte pour elle lorsqu'elle le rejoignit.

— Quelqu'un est blessé ? demanda-t-elle en s'arrêtant devant lui.

Si c'était le cas, elle avait besoin de toutes les informations disponibles pour prendre rapidement les choses en main.

Tarzan secoua la tête et lui fit signe de sortir de la salle. Puis il referma la porte derrière eux.

— Non, dit-il, je suis ici pour la femme d'un employé de

l'hôtel. Elle est enceinte et en parfaite santé, mais l'accouchement est prévu pour aujourd'hui. Je dois décider du meilleur accompagnement médical pour elle et son bébé pour les prochaines vingt-quatre heures.

Sa voix était une véritable invitation à la luxure, comme son parfum ou l'étincelle dans son regard. Mais à quel titre s'imaginait-il qualifié, lui, pour prendre des décisions médicales ?

Elle croisa les bras et le regarda dans les yeux.

— Je suis neurologue, et je collabore depuis une dizaine d'années avec une association spécialisée dans l'obstétrique, pour laquelle je me suis occupée de nombreux accouchements, dit-elle avec netteté, avant de décliner le nom de l'association.

Comprendrait-il qu'il devait s'en remettre à elle ?

Tarzan fronça les sourcils, visiblement sous l'effet de la surprise.

— Votre profil Internet ne mentionne pas d'association d'obstétrique.

— Parce que je ne mélange pas ma vie professionnelle et mes centres d'intérêt personnels. Je vous félicite d'avoir vérifié mes qualifications, mais si vous me disiez, vous, qui vous êtes ?

— Rafe Davenport, répondit-il avec un sourire digne d'une star de cinéma. Je suis temporairement le médecin désigné pour ce secteur. Je ne sais pas ce qu'Internet raconte sur moi…

Pourquoi ne lui avait-il pas simplement dit cela plus tôt ? Prendre la direction des opérations était manifestement important à ses yeux.

Elle allait faire sur-le-champ une petite recherche sur ce Rafe Davenport.

— Je suis sûre que je vous trouverai sur le Net… Vous vivez sur l'île ?

— Non, je suis arrivé ce matin en avion. Vous êtes en vacances, mais nous apprécierions toute l'aide que vous pourriez nous donner.

Il allait falloir lui remettre les idées en place.

— Vous voyez un médecin répondre « désolée, je suis en vacances » ?

Il leva les yeux au ciel. L'idée lui semblait manifestement ridicule, alors pourquoi en aurait-il été différemment pour elle ?

— Nous allons devoir marcher. Vous avez des chaussures plus confortables ? Un jean, peut-être ?

Il n'y avait nulle part où aller dans cet endroit. Comptait-il couper à travers l'île densément boisée ? Évidemment, il ne fallait pas compter sur lui pour dire où ils allaient. Le Dr Davenport avait décidé que c'était lui le responsable, et il avait l'intention de le rester.

— J'ai un jean dans mon bungalow. Pour ce qui est des chaussures « confortables », cela dépend, l'idéal serait de savoir où on va, vous voyez.

Il sourit comme en réponse à une plaisanterie, mais Mel était tout à fait sérieuse.

— On nous attend de l'autre côté de l'île, et le chemin le plus court passe à travers la forêt, dit-il en indiquant vaguement une direction derrière lui. Je vais chercher mes affaires dans l'avion, je vous retrouve devant la passerelle des bungalows.

Rafe avait été un peu avare de détails, il était le premier à le reconnaître. Le Dr Murphy avait eu raison de le pousser dans ses retranchements. En fait, il attendait de voir si elle avait un sourire aussi renversant en personne que sur la vidéo qu'il avait trouvée sur Internet, mais dans la vraie vie elle n'avait pas encore trouvé matière à sourire.

En rejoignant l'hydravion, il fit une recherche sur l'association qu'elle avait évoquée.

Sur le site, sa photo était plus informelle, son sourire plus chaleureux et comme plus incarné. Il résista à la tentation de s'asseoir dans le cockpit pour consulter les clichés plus en détail et consulta en diagonale la présentation qui les accompagnait.

Le Dr Murphy était membre du conseil d'administration de l'association, elle militait pour une prise en charge individuelle et culturellement adaptée des femmes pendant la grossesse.

D'après les photos, elle mettait très concrètement ses principes en action.

Le Dr Murphy avait prouvé sa valeur dans nombre de situations, mais pas encore dans celle qui les attendait. Tant qu'elle ne lui aurait pas prouvé qu'elle était capable de faire face, la sécurité de tous pendant la tempête resterait son objectif principal, et elle n'aurait qu'une place de figurante.

Chargeant le matériel médical sur son épaule, il se dirigea vers les bungalows.

La mer était peut-être un peu plus haute que d'ordinaire, et ses mouvements un peu plus vifs contre les pilotis, mais ils avaient encore du temps. Il avait contacté le service météorologique en arrivant, et même si M. Manike avait demandé aux vacanciers et au personnel de se préparer pour l'après-midi, la tempête n'était pas attendue avant la soirée.

La porte du bungalow du Dr Murphy s'ouvrit, et elle apparut en jean moulant et chaussures de marche, portant en bandoulière un sac qui contenait de toute évidence du matériel médical d'urgence.

Elle ne sembla pas impressionnée par le gros sac à dos qu'il transportait.

— Prêt ? demanda-t-elle en braquant sur lui son regard bleu perçant.

Il faillit en perdre l'équilibre.

Ce n'était pas une bonne idée, avec la tempête qui arrivait.

Ce n'était d'ailleurs *jamais* une bonne idée.

— Oui. Par ici, fit-il en repartant vers la plage, suivi par le bruit de ses pas.

Même le dos tourné à un feu, on en perçoit la chaleur. Et cette femme, sous son calme apparent et son comportement mesuré, avait quelque chose d'un feu. Elle ne laissait manifestement personne lui raconter d'histoires.

Penser à elle lui faisait battre le cœur, exactement comme lorsqu'il avait rencontré Annu. Il avait cru ne plus jamais ressentir cela, maintenant que sa femme était morte. Garder ses distances avec le Dr Murphy était la seule manière de rester concentré sur son travail dans ces circonstances potentiellement catastrophiques. Et il n'y avait pas que cela : le vertige d'être de nouveau attiré par quelqu'un réactivait le chagrin écrasant qu'il avait ressenti en perdant Annu.

Le plus déstabilisant, c'était de n'avoir aucun contrôle là-dessus. Car, malgré tout ce qui aurait dû l'en décourager, il avait hâte de croiser le fer avec cette femme déconcertante.

2.

Sur la plage, la foulée de Rafe s'allongea, et Mel mit un point d'honneur à suivre le rythme. Pas question de le faire attendre

— La tempête est censée arriver quand sur nous ?

Il s'arrêta à la lisière de la forêt et se retourna vers la mer calme et le ciel bleu.

— À un moment dans la soirée. Elle pourrait durer quelques jours.

— Le manager de l'hôtel parlait de l'après-midi, et d'après lui, elle durerait deux jours maximum.

Il lui jeta un regard de dédain, comme si elle interrompait une réflexion importante par ses remarques futiles.

Michael s'était comporté ainsi, refusant de répondre à des questions parfaitement sensées sur les endroits où il passait ses nuits, par exemple. Des questions qu'elle avait finalement renoncé à poser. Elle s'était mise à douter de ses propres raisonnements et n'avait plus fait qu'attendre, imaginant nerveusement tous les scénarios possibles. Se défaire de cette habitude n'avait pas été simple.

Rafe Davenport allait devoir reconnaître que, même si les tempêtes tropicales n'étaient pas son domaine de compétence, elle ne comptait pas pour rien !

— Manike sait ce qu'il fait, dit-il enfin. Il prépare le terrain sans générer de panique, avec des approximations.

— Et la tempête va être plus forte que d'habitude ? Les fortes pluies sont courantes par ici, mais l'hôtel semble prendre celles-ci au sérieux.

— Oui, répondit Rafe en hochant la tête, elles vont être plus intenses.

— Et on ne peut évacuer personne ? J'ai entendu des gens s'interroger à ce sujet.

Il haussa un sourcil et eut un demi-sourire.

Était-ce ainsi qu'il remportait l'adhésion, en faisant usage de son charme ?

— Vous voudriez aller où ?

— Nulle part. Je ne compte pas bouger d'ici, je demande simplement s'il est possible d'aller où que ce soit.

— Pas vraiment. La tempête se déplace vers l'ouest, donc même si nous avions les moyens de transporter les gens au Sri Lanka, ce qui n'est pas le cas, nous nous dirigerions droit vers elle. Nous sommes sur l'une des îles les plus sûres, il y a un vaste plateau sous-marin entre la haute mer et la plage, ce qui amortit les vagues les plus hautes. Et l'île est à peu près circulaire.

Il se tourna vers le sentier qui coupait à travers les arbres en direction du centre de l'île, et elle lui emboîta le pas sans demander de précisions. Elle regarderait plus tard sur Internet pourquoi une forme circulaire était préférable.

Internet était un outil précieux, en particulier pour garder une longueur d'avance sur quelqu'un. En changeant de tenue, dans le bungalow, elle avait fait une petite recherche sur le Dr Davenport.

— Alors, vous êtes basé dans un hôpital au Sri Lanka ?

Il lui jeta un charmant regard par-dessus son épaule, sans s'arrêter.

— Oui, à Colombo. Mais je n'y passe pas tant de temps que ça. Je fais partie d'une équipe qui apporte un soutien médical dans les situations comme celle-ci. Et quand notre présence n'est pas requise par des catastrophes, nous nous rendons dans les zones difficilement accessibles. Partout où il y a un besoin médical et où les circonstances s'y opposent.

Autant ne pas s'attarder sur l'idée de « catastrophes ». Pour l'instant, il n'y en avait pas.

— Vous avez l'air de bien connaître l'île ?

— Je suis déjà venu à diverses occasions.

— Et vous avez fait tout le trajet depuis Colombo ce matin ?

Il secoua la tête.

— Si j'avais tenté ça en hydravion, je serais en train de faire trempette en ce moment. Ils ne couvrent pas de si longues distances. J'étais à Malé avec un groupe de médecins qui travaillent sur un plan-catastrophe unifié pour la région. J'ai réquisitionné un avion, et je suis venu.

Évidemment. « Demander » un avion ne lui avait probablement même pas traversé l'esprit. « Réquisitionner » semblait plus son genre.

Le sentier partait vers la gauche, mais Rafe continua tout droit à travers de denses broussailles.

Elle n'était pas certaine que le chemin le plus droit soit forcément le meilleur, mais Rafe voyait les choses autrement. Heureusement qu'elle s'était changée !

— J'ai regardé le site de l'association…

Qu'en avait-il pensé ? Comment avait-il trouvé les photos ? Elle repoussa ces questions. Il n'avait pas besoin de l'apprécier pour reconnaître qu'elle savait de quoi elle parlait.

— Et ?

— Je me suis dit que notre patiente préférerait peut-être *une* médecin.

Alors elle participait à cette mission parce qu'elle était une femme ? C'était extrêmement agaçant, et s'adresser au dos de Rafe aussi.

— C'est à elle de nous le dire, non ? Et d'après mon expérience, les patients privilégient les médecins qui savent ce qu'ils font.

Il se retourna brusquement, avec un regard qui lui coupa le souffle.

— Bien envoyé, docteur Murphy.

— Maintenant, autant m'appeler Mel.

— Et moi Rafe.

Il ne se formalisait donc pas qu'on le remette à sa place. C'était aussi bien, parce qu'elle ne s'en priverait pas. Même si, en ce moment même, elle manquait un peu de souffle. Elle s'arrêta, prenant appui contre un énorme tronc.

Rafe l'interrogea du regard.

— Ces arbres…, fit-elle, tentant de sauver les apparences, ils ont l'air d'être là depuis un moment.

— Et vous vous demandiez si ceux qui sont autour de l'hôtel résisteront à la tempête ?

— La question m'a traversé l'esprit.

— Eh bien, vous avez raison, ceux-là sont très vieux, ils ont essuyé quelques tempêtes. C'est intéressant parce que…

Se remettant à marcher, il se lança dans une description de la structure des palmiers, faite d'un matériau spongieux qui n'était pas du bois, ce qui lui permettait de ployer plutôt que de rompre. Histoire de la rassurer, il précisa qu'elle devait faire attention au mouvement de fouet du tronc. Puis il se laissa glisser dans une pente et se retourna pour lui tendre la main.

Elle l'ignora. S'il s'en sortait avec son gros paquetage, elle pouvait en faire autant.

— Les palmiers sont plus proches de l'herbe, du maïs et du riz que les autres arbres, vous savez. Et ils sont très anciens. Ils étaient déjà là à l'époque des dinosaures.

— Parfait. J'aime les histoires de survivants.

— Moi aussi, répondit-il.

Pour une fois, ils tombaient d'accord.

Ils débouchèrent sur la plage de sable de l'autre côté de l'île, et elle éprouva un sentiment de soulagement. La forêt, très dense, sombre, était un peu étouffante.

Un vent plus soutenu les attendait à la sortie.

Rafe se dirigea aussitôt vers des bungalows en brique, évidemment sans explication, ce à quoi elle commençait à s'habituer.

Il s'arrêta un instant pour aider une femme à installer un solide volet et continua en direction du bungalow le plus éloigné. Ils étaient attendus : un homme assis très droit dans la véranda bondit à leur approche.

— Docteur Davenport, je suis tellement content que vous ayez pu venir !

Rafe vivait manifestement pour ce genre de phrases. C'était le genre d'homme qui aimait qu'on ait besoin de lui. Il aimait être suivi, adoré. En fait, Mel elle-même pourrait facilement suivre et adorer cette silhouette aux larges épaules, si elle n'y prenait garde. Mais depuis la nuit où Michael, au lieu de rentrer tard, n'était pas rentré du tout, elle n'avait plus « adoré » personne. Elle s'était dévouée à sa fille, à son travail et aux gens de son village, dans cet ordre. Elle savait ce qui était épanouissant pour elle dans la vie, et ce qui pouvait la réduire à néant.

Presque à néant.

Michael lui avait retiré sa confiance en elle, et l'avait laissée en échange avec la peur de tout, mais elle était plus solide désormais. Elle vivrait toujours avec un fond d'angoisse, mais elle avait appris à faire face. Cela faisait des années qu'elle n'avait plus eu de crise de panique.

Pourtant, son cœur battait plus fort en présence de Rafe. Son regard si direct lui faisait monter le rouge aux joues, et réfléchir lui devenait compliqué. La solution, c'était une bonne vieille situation de crise pour se concentrer sur un unique et vrai problème, plutôt que sur une succession de questions sans réponses.

Elle jeta un regard autour d'elle aux bungalows barricadés contre la tempête.

Les habitants se seraient bien passés de cette crise qui menaçait leurs maisons et la vie d'une future maman et de son bébé, mais contrairement aux résidents de l'hôtel, personne ne se plaignait.

S'excusant silencieusement de ses pensées, elle rejoignit Rafe sous la véranda qui entourait la petite maison.

— Je vous présente le Dr Mel Murphy. Mel, voici Haroon Khaleel. Sa femme, Zeena, doit accoucher d'un jour à l'autre, nous allons nous assurer que tout se passe bien.

— Docteur Murphy, dit Haroon en lui tendant la main, merci d'être là. Il paraît que vous étiez en vacances.

— Ça me fait plaisir.

— Le Dr Murphy travaille pour une association d'obstétrique en Angleterre, précisa Rafe, nous avons de la chance qu'elle soit là.

Ainsi, il trouvait plus facile de dire cela à une tierce personne que de le lui dire à elle !

— En effet, répondit Haroon avec un sourire rayonnant

en l'invitant à entrer dans la maison par la seule ouverture qui restait praticable.

— Vous avez besoin de moi ? demanda Rafe.

Mel se sentit faire la moue.

— Ça va aller, je préfère ausculter seule.

Elle ne voulait rien laisser au hasard. Ainsi, Zeena aurait sa pleine et entière attention. Et si jamais cela agaçait Rafe, ce serait un plus.

— Parfait, je serai par là-bas, fit celui-ci en indiquant un groupe de femmes qui transportaient de lourds panneaux de bois.

Elle faillit lever les yeux au ciel.

À l'image de Tarzan, Rafe Davenport ne manquait pas une occasion de se rendre utile !

Un examen consciencieux révéla que Zeena était en parfaite santé et confirma la date estimée pour l'accouchement. Le bébé allait arriver très bientôt, probablement en même temps que la tempête. Il fallait agir maintenant pour le bien de la mère et de l'enfant.

Malgré tout, l'ambiance était au calme autour d'elle, ce qui laissa à Mel le temps d'envisager tout ce qui pourrait mal tourner. Assise dans la véranda, un verre de citronnade à la main en compagnie de Zeena, elle attendit impatiemment que Rafe la rejoigne pour prendre les décisions qui s'imposaient.

Il avait quitté sa veste pour aider à barricader les derniers bungalows. Le vent qui forcissait plaquait sa fine chemise sans col contre son corps, dessinant chaque muscle et la perturbant complètement.

Lorsqu'elle imagina la chemise trempée, elle décida de se reprendre.

— Je peux vous laisser seule un instant pour aller parler avec le Dr Davenport ?

Zeena sourit avec indolence en regardant Rafe et son mari travailler de concert pour fixer les volets antitempête.

— Bien sûr. Il y a des dispositions à prendre.

Mel sentit une piqûre de jalousie.

Cette jeune femme faisait toute confiance aux gens qui

l'entouraient pour agir au mieux. Elle, lorsqu'elle avait donné naissance à Amy, la confiance et le père d'Amy avaient été les deux grands absents.

Attrapant son verre de citronnade, elle se dirigea vers Rafe.

Lorsqu'il eut fini de fixer le volet, il se tourna vers elle et, tout sourires, la rejoignit.

— Merci, dit-il en lui prenant le verre de citronnade, qu'il vida d'un trait.

Puis il eut le culot de le lui rendre.

Au trouble qui traversa son regard, elle sut qu'il avait compris sa méprise. Et comme il aurait adoré qu'elle en fasse une affaire, elle lui sourit.

— De rien. Vous voulez les résultats de mon auscultation ?

— Euh, oui, s'il vous plaît ?

Il consulta un instant les notes qu'elle avait prises.

— Tout a l'air bon. C'est cohérent avec les indications que son médecin habituel m'a transmises.

La citronnade, c'était une chose. La santé d'une patiente en était une autre.

— Et vous n'avez pas partagé ces informations avec moi ?

— Vous préfériez vous faire votre propre opinion, répondit-il avec un haussement d'épaules.

Elle le soupçonnait plutôt de la tester. Les médecins expérimentés se comportaient parfois ainsi avec les étudiants en médecine.

— Vous ne m'avez pas dit que vous aviez le dossier de Zeena, rétorqua-t-elle, hors d'elle. J'ai pris ces notes pour une raison : ça s'appelle le travail d'équipe. Vous en avez entendu parler ?

— Évidemment.

Manifestement peu atteint par ses remontrances, il alla chercher un paquet de documents dans son sac à dos et le lui tendit.

— Si vous voulez y jeter un œil et y ajouter vos observations.

Ce sourire, plus radieux que le soleil du matin et plus apaisant que le murmure des vagues, c'était à cela qu'elle allait devoir faire le plus attention. Le reste, elle pouvait le gérer sans trop de difficulté.

— Merci, répondit-elle en glissant sous son bras le dossier qu'elle comptait bien garder. Comme vous l'avez lu dans mes notes, le bébé de Zeena peut désormais arriver d'un instant à l'autre. J'imagine que vous avez pris du matériel médical avec vous. Je vais avoir besoin que vous le mettiez à ma disposition. À partir de maintenant, je vais rester en permanence avec elle.

Il hocha pensivement la tête.

— Je crois qu'il faudrait la transférer à l'hôtel.

Mel regarda autour d'elle.

— Faut-il vraiment imposer ce trajet à Zeena ? Tout le monde ici a l'air de s'être organisé pour la tempête.

— C'est vrai, ils ont l'habitude de ce genre de situation, et les habitations sont construites pour y résister. Mais je pense que nous devrions concentrer nos forces en un seul endroit. La plupart des hommes travaillent déjà à l'hôtel. Si Zeena reste ici, nous aurons deux lieux à couvrir. Ce sera probablement impossible lorsque la tempête sera sur nous.

De toutes les questions possibles et imaginables qui avaient été posées à l'hôtel, aucune n'avait porté sur le sort des familles des employés.

Elle fronça les sourcils.

— Vous envisagez de déplacer Zeena pour que nous puissions également prendre en charge d'éventuelles urgences médicales à l'hôtel…

C'était agaçant d'en convenir, mais cela semblait pertinent. Injuste pour Zeena, mais rationnel néanmoins.

Rafe acquiesça.

— L'hôtel a des équipements médicaux assez remarquables… Que j'aurais dû vous montrer avant de nous mettre en route.

— Oui, probablement.

— Il y a des chambres médicalisées individuelles, Zeena y sera sans doute mieux. Et nous pourrons en même temps nous occuper des gens de l'hôtel. Tout le monde y gagne.

Elle réfléchit.

Rafe la traitait sans ménagement, mais les décisions qu'il prenait étaient dans l'intérêt général, il était inattaquable de ce point de vue. Peut-être valait-il mieux que la première impression qu'il lui avait faite ?

— Entendu, je suis d'accord. Mais si qui que ce soit reproche aux gens de l'île de se réfugier à l'hôtel alors qu'ils le font pour rendre service, ils vont m'entendre.

Il eut une sorte de gloussement, comme si elle venait de dire exactement ce qu'il espérait.

— Excellente idée, répondit-il. Je me joindrai à vous.

Était-il lui aussi en train de corriger la première impression qu'il avait eue d'elle ? L'idée la fit frissonner.

3.

Rafe regarda Mel repartir dans la véranda auprès de Zeena.

Comment ne pas être fasciné ? Il ne s'agissait pas de sympathie ou d'amitié. Simplement, il aurait voulu ne jamais la quitter, être en permanence en sa présence.

Il devait se méfier. C'était une inconnue, elle n'avait pas l'habitude de travailler dans ce type d'environnement, il devait se faire une idée d'elle, la juger froidement, avec logique, pas avec des critères qui relevaient du béguin d'adolescent.

Une chose était certaine, les raisonnements de Mel ne pouvaient être pris en défaut. Elle posait des questions et en concluait ce qu'il fallait. Elle estimait qu'il la testait, ce en quoi elle n'avait pas tort, mais elle s'en sortait à merveille.

Et lui, quelles étaient ses motivations, au fond ? S'assurer qu'un médecin inconnu était à la hauteur de la tâche, cela s'entendait. Mais utiliser sa méfiance naturelle pour tenir ses sentiments à distance, c'était différent.

Après ses années d'études et d'internat, il avait eu envie de bouger. Une fois diplômé, il était venu au Sri Lanka. C'était là qu'il avait rencontré Annu. Elle sortait tout juste de ses études de médecine à Colombo et n'était pas aussi avancée dans sa formation, mais elle n'avait jamais tenu son ancienneté à lui pour acquise. Elle était pleine de fougue, n'avait pas peur du conflit, et elle lui avait fait gagner à la sueur de son front le respect qu'elle avait fini par lui accorder.

Il était tombé amoureux d'elle, évidemment. Deux médecins travaillant ensemble, repoussant chacun leurs limites, une femme pleine de charme et de beauté, comment aurait-il pu ne pas lui demander sa main ?

Le souvenir de la cérémonie le rendait encore mélancolique. Annu avait l'air d'une reine en blanc et or, et il avait été accueilli dans sa gigantesque famille si aimante. Dix mois plus tard, leur fils, Ashok, était né.

Au départ, il avait attribué la fatigue d'Annu à l'accouchement et au manque de sommeil, puis il l'avait convaincue de faire des examens, et le cancer avait été détecté. Il en avait été réduit à suivre ses traitements, espérant toujours que chaque nouvelle étape serait plus efficace que les précédentes, mais voyant faiblir la flamme qui animait sa femme, jusqu'à sa mort.

Il avait cru mourir de chagrin, mais il avait un fils, il devait survivre. Survivre n'aurait pas suffi, d'ailleurs, il devait vivre et aimer sa vie. Repartir en Angleterre était hors de question. Il n'y avait plus que de vieilles tantes qui s'étaient à peine intéressées à lui depuis que ses parents étaient morts dans un accident de la route quand il était étudiant. Les grands-parents, oncles, tantes et cousins d'Ash étaient, eux, très investis dans sa vie. Il était resté par amour pour son fils mais aussi pour ce pays qui l'avait adopté comme un des siens, et qui avait donné un but à sa vie.

Il n'avait rencontré personne qui aurait pu remplacer Annu. En fait, il n'avait pas cherché, préférant consacrer son énergie à son fils et à son métier… Il avait prétendu ne pas voir les femmes qui auraient rêvé de le consoler de la mort de sa femme. Il avait rencontré une fois l'amour dans sa vie, et Annu lui avait donné un fils. Une fois suffisait pour la vie entière, n'est-ce pas ?

Jusqu'à ce que Mel Murphy vienne le surprendre dans ses retranchements. Mel était très différente de sa femme par bien des aspects, mais il reconnaissait cette sensation que son cœur allait bondir hors de sa poitrine.

Bien sûr, il pouvait prétendre que cela n'existait pas.

Ou peut-être pas ?

Il ne s'était jamais posé la question auparavant, et il ne se la poserait pas.

Un buggy de plage à deux places, c'était un mode de transport original pour une femme enceinte, mais Rafe avait l'habitude de faire avec ce qu'il avait, et Zeena monta dans le véhicule en souriant. Il conduisait tandis que le mari de Zeena marchait à côté d'eux, discutant de tout et de rien.

Mel s'était jointe au groupe de femmes et d'enfants qui avaient choisi de faire le tour de l'île. À leur arrivée, les enfants coururent dans les bras de leurs pères qui travaillaient à l'hôtel, puis ils repartirent avec les mamans dans les chambres que M. Manike avait prévues pour eux.

Rafe guida Zeena, Haroon et Mel vers l'aile médicalisée, ultramoderne et équipée pour faire face à pratiquement toutes les urgences médicales.

— Waouh ! C'est…

L'expression de surprise sur le visage de Mel le fit sourire.

— … un peu *too much* ? compléta-t-il.

C'était manifestement ce qu'elle se disait.

Il fit traverser la salle de consultation à Zeena et, dans le couloir, lui ouvrit la porte de la première chambre médicalisée.

— Celle-ci te convient, Zeena ? C'est la plus grande, mais il y en a trois autres et tu es notre seule patiente, tu peux choisir !

— C'est parfait, merci, répondit-elle en s'asseyant sur le lit.

Elle fit un signe de tête à son mari, qui vint la rejoindre.

— Alors on vous laisse vous installer, dit Rafe. Vous pourrez avoir de la visite quand vous serez prêts.

Il ne doutait pas qu'il y en aurait. Faire sortir tout le monde serait probablement sa première mission lorsque Zeena commencerait le travail.

— À plus tard, fit Mel avec un grand sourire.

Il la suivit dans le couloir en faisant son possible pour ne pas remarquer la grâce avec laquelle elle se mouvait.

— C'était une des conditions pour que les promoteurs

puissent construire ici, lui expliqua-t-il quand ils eurent rejoint la salle de consultation : un équipement médical susceptible de répondre aux urgences de l'île ou des îles les plus proches. Nous sommes relativement loin de l'hôpital central de Malé.

— Ce genre d'équipements ne sert pas à grand-chose sans médecin, répondit-elle avec une petite moue.

— Il y a une médecin qui couvre la région. Elle est normalement basée ici, mais elle est à Colombo en ce moment.

— Et j'imagine que ça fait rassurant, dans une brochure, ce genre d'endroit, dit-elle en désignant la pièce.

Rien ne lui échappait.

— J'imagine. Mais le manager a pris les choses au sérieux, ce n'est pas qu'un décor…

On frappa à la porte de la salle de consultation, et un des concierges de l'hôtel passa la tête par l'entrebâillement.

— Docteur Murphy, docteur Davenport…

Il y avait un brouhaha derrière lui, et l'homme se glissa dans la pièce, refermant aussitôt la porte.

— Les clients vous ont vus revenir. Il y a beaucoup de questions, notamment médicales, et…

Rafe se renfrogna.

S'agissait-il vraiment de questions médicales ? Les gens s'imaginaient toujours qu'être médecin lui donnait des compétences concernant la sécurité en situation de crise. Il se trouvait qu'il avait des connaissances en la matière, mais M. Manike faisait parfaitement son travail…

Avant qu'il ait pu exprimer ses doutes, Mel avait suivi le concierge à l'extérieur. Il entendit son petit cri de surprise lorsqu'elle découvrit la foule bruyante qui l'engloutit aussitôt.

Le concierge faisait de son mieux pour faire revenir le calme, mais Mel était malgré elle au centre de l'attention. Tout le monde haussait la voix pour se faire entendre.

Elle restait immobile, et son silence semblait pousser la foule à se resserrer plus encore, à parler plus fort. Rafe la vit lever l'avant-bras comme pour se protéger. Manifestement dépassée par les événements, elle ne se tournait pas vers lui, ce qui lui pinça le cœur. Il n'avait rien fait pour lui offrir son aide, mais il aurait aimé qu'elle la lui demande.

Une série d'hypothèses traversa son cerveau formaté pour élaborer des diagnostics : agoraphobie, crise de panique ? La tension ambiante avait-elle réveillé des peurs enfouies, ce qui serait compréhensible dans ce genre de situation ?

Mais ce n'était pas le moment d'analyser en détail ce qui se passait.

— Du calme ! tonna-t-il, haussant la voix pour se faire entendre.

Il vit Mel tressaillir et résista à l'envie de fendre la foule pour la sortir de là.

Tout le monde se tourna vers lui.

Maintenant qu'il avait repris le contrôle, il savait ce qu'il avait à faire : éviter à tout prix la panique, parce que c'était ainsi que les gens se blessaient. Il fallait de la poigne.

— Mettez-vous en rang, s'il vous plaît. Là, derrière cet homme.

L'homme en question n'en revenait pas de sa chance, et la foule se rangea derrière lui en luttant pour gagner des places.

Mel s'était tournée vers Rafe, elle le dévisageait en silence, les joues rouges et les yeux humides.

Mieux valait ne pas y accorder d'attention pour le moment. Il ne devait pas montrer la moindre faiblesse. La seule chose qui comptait, c'était d'asseoir son autorité et de faire en sorte que ses décisions soient suivies sans discussion. Personne n'avait l'air malade ni blessé, mais il fallait restaurer le calme pour savoir si quelqu'un avait vraiment besoin d'aide.

— Qui a une question d'ordre strictement médical ?

Miracle des files d'attente, presque tout le monde leva la main. Seule une femme, manifestement frustrée d'être loin dans la queue, parla sans y être invitée.

— Et les installations médicales de l'hôtel ? Les clients ne devraient-ils pas avoir la priorité ?

Mel se raidit et redressa les épaules.

— Elles peuvent largement accueillir tous ceux qui en ont besoin, si on partage. Les habitants de l'île séjournent ici pour que le personnel médical qui leur est attribué soit disponible aussi pour les clients de l'hôtel, au cas où.

Réponse parfaite. Le feu qui brûlait en Mel avait chassé son trouble. Elle tremblait toujours, mais elle se reprenait.

Il y eut des hochements de tête, quelqu'un dit que l'arrangement était honnête, mais Rafe ne voulait pas d'une discussion au sujet des priorités médicales. Il n'y avait pas matière à débat.

Il leva la main pour demander le silence.

— Vous avez des questions, c'est compréhensible, et vous obtiendrez des réponses en temps voulu. Mais qui parmi vous doit être pris en charge pour un problème médical ?

Il scruta les personnes en bout de queue, celles qui ne pouvaient pas se défendre par eux-mêmes.

— Mon petit garçon…, dit une femme en levant la main, son fils accroché à sa jambe.

Il remonta la file vers eux et en fit sortir la femme.

Soudain, Mel fut là, à ses côtés.

— Je m'en occupe, dit-elle.

Il hocha la tête, lui indiquant la salle de consultation d'un geste. Elle comprit aussitôt et y entraîna la maman et son fils.

— D'autres préoccupations concernant des problèmes médicaux ou des traitements ? demanda-t-il en scrutant la file d'attente.

— J'ai une question sur mon traitement, dit un homme en agitant la main.

— Moi aussi, dit une femme.

— Mettez-vous tous les deux là-bas, s'il vous plaît, ordonna Rafe en faisant signe au concierge.

Celui-ci les fit passer de l'autre côté du couloir et resta à leurs côtés tandis qu'ils se faisaient des politesses pour laisser la priorité à l'autre.

— Quelqu'un d'autre ? Apparemment pas. Bon, je vais aller chercher de quoi écrire pour que vous puissiez noter vos questions. Je tiendrai une réunion cet après-midi, et elles y seront toutes abordées.

Quelques femmes sortirent du papier et des stylos de leur sac et en distribuèrent autour d'elles. Tout le monde était calme désormais, chacun prenait garde aux autres au lieu de ne penser qu'à sa petite personne, ce qui était précisément l'attitude désirée

Rafe fit irruption dans la salle de consultation en s'excusant auprès des patients de Mel, attrapa un bloc-notes, des crayons, et repartit les distribuer dans la file d'attente, se renseignant au passage sur d'éventuelles préoccupations médicales dont il aurait dû être au courant.

C'était exactement à cause de ce type de situation qu'il ne devait plus penser à Mel. Éprouver de nouveau ce qu'il avait ressenti en rencontrant Annu, c'était accepter la possibilité de revivre les sentiments que sa mort avait provoqués. C'était plus terrifiant que n'importe quel ouragan.

Une demi-heure plus tard, Rafe rejoignit Mel, désormais seule dans la salle de consultation.

— Tout va bien ?

— Oui, le petit garçon a vomi plusieurs fois ce matin. Son estomac n'est pas encore habitué à la nourriture d'ici, je ne pense pas que ce soit un virus, mais j'ai demandé à M. Manike de placer la famille à l'isolement pour le moment. Il n'a pas de fièvre, j'irai prendre de ses nouvelles plus tard dans la journée.

Cela ne répondait pas à sa question, il se demandait plutôt comment elle allait, *elle*. Mais elle n'avait manifestement pas envie d'aborder le sujet.

— J'ai vu deux personnes qui s'inquiétaient pour leurs traitements médicaux, il n'y a pas de problème pour le moment, mais c'est bien de savoir sur qui garder un œil.

Elle acquiesça d'un signe de la tête et enchaîna :

— Il nous faudrait une sorte de grand tableau, pour regrouper les informations. Tu… On va se tutoyer, non ? Tu crois que M. Manike aurait ça ?

— J'imagine, je lui poserai la question. Je lui ai déjà glissé un mot pour organiser une réunion cet après-midi et répondre aux questions des gens, il pense que c'est une bonne idée. Et il va te trouver une tunique chirurgicale – enfin, un lot de tuniques.

Elle le regarda droit dans les yeux.

Pas de surprise, pas de questions. Son visage était impassible. Elle ne voulait rien laisser paraître de ce qui se passait derrière cette façade.

Depuis le matin, Mel lui parlait sans restriction, elle s'ouvrait à lui de ce qui lui passait par la tête. Là, il se sentait exclu.

— Il en a commandé pour le médecin basé ici. Parfois, l'habit fait le moine. Ça donne confiance aux gens… Moi aussi, je me sens plus confiant quand je suis en tenue, dit-il pour l'encourager.

Mais elle ne mordit pas à l'hameçon.

— Tu t'en sors très bien, répondit-elle. Donne-moi les questions, je les listerai pendant que tu vas chercher un tableau et des marqueurs auprès de M. Manike.

C'était une manière polie de mettre fin à la discussion.

— D'accord. Je serai avec lui si tu as besoin de moi.

Il supposait que ce ne serait pas le cas, et il voulait en profiter pour couper court à ce trouble dangereux pour l'équilibre de sa vie.

4.

Au grand soulagement de Mel, Rafe quitta enfin la pièce pour aller chercher des tenues médicales et un tableau blanc, ce qui n'avait en vérité rien d'urgent.

Pourquoi avait-elle ressenti ce besoin de le chasser ? Il était médecin, ils avaient des objectifs communs. Elle n'affronterait pas seule ce qui se préparait, elle aurait dû se réjouir de sa présence.

Peut-être avait-elle encore des choses à découvrir sur ce qu'elle était capable ou non de supporter. Elle avait peur de la tempête qui approchait et des dégâts possibles, mais c'était une réaction normale, rationnelle, à une menace objective. Elle pouvait y faire face. Un accouchement dans ces conditions était préoccupant, mais elle était certaine de pouvoir répondre aux besoins de Zeena. Être aux aguets n'était pas un problème, contrairement à la panique complète qui l'avait réduite à l'impuissance lorsqu'elle avait été prise dans la foule hurlant ses questions.

À ce souvenir, elle déglutit, et ses mains se mirent à trembler. Elle ferma les yeux et respira profondément pour chasser la panique.

Rafe Davenport… C'était lui le déclencheur, l'élément auquel elle ne pouvait pas faire face.

Sa dernière angoisse aussi profonde remontait à l'époque où elle était avec Michael. Ça ne pouvait pas être une coïncidence. Elle avait eu des aventures depuis, mais elle avait fait en sorte qu'elles restent polies, convenables, avec des hommes rassurants et un peu ternes qui étaient à peine plus que des amis. Mais les sentiments que lui inspirait Rafe n'avaient rien de poli ni de convenable, ils la dépassaient complètement. Où tout cela allait-il l'emmener ?

Rafe était le type d'homme capable de faire basculer la vie la plus routinière dans le chaos. Certes, il était d'une spontanéité stimulante, elle se sentait plus vivante, mais cela provoquait également en elle une anxiété qui la paralysait…

Assez ! Elle avait des éléments de compréhension, à présent, elle devait stopper la panique qui pulsait dans ses veines. C'était l'absence de contrôle qui provoquait son anxiété, elle devait donc faire quelque chose, n'importe quoi en fait, pour se prouver qu'elle avait prise sur sa vie.

La liste des questions pouvait attendre, elle avait besoin d'action. La rangée d'armoires alignées contre le mur attira son attention : savoir quel produit était disponible et où il était rangé, ce serait forcément utile.

Elle procéda méthodiquement, ouvrant chaque porte et notant mentalement ce qui se trouvait derrière. Il y avait une armoire entière de pansements. Un cerveau bien fait avait imaginé toutes sortes de situations et commandé le matériel correspondant pour les diagnostiquer et les soigner…

Mais une armoire complète de préservatifs ?

Évidemment. Sur une île, impossible de foncer à la pharmacie la plus proche ou à la supérette du coin. Les gens étant en vacances, les aventures sentimentales devaient probablement figurer en tête des urgences locales avec la turista.

Elle en resta là de ses investigations car on frappait à la porte. Elle referma aussi sec l'armoire et invita le visiteur à entrer.

C'était M. Manike, un paquet dans les mains.

— Bleu ou rose, docteur Murphy ? demanda-t-il.

Tout à ses préservatifs, elle en resta sans voix. Le manager la ramena sur terre en ouvrant le paquet, qui contenait des piles de tuniques.

— Je peux en avoir une de chaque, monsieur Manike ?

Il en déposa deux de chaque pour faire bonne mesure.

— J'espère qu'elles vous iront, j'ai commandé la taille femme standard pour notre médecin habituel.

— C'est parfait, merci.

— Je me suis également permis de vous apporter une des

blouses blanches de notre médecin habituel, je suis certain qu'elle vous l'aurait proposée si elle avait été là. La blanchisserie les amidonne, mais juste ce qu'il faut.

— Alors c'est parfait, merci, répondit-elle, doutant à part elle que la quantité d'amidon change quoi que ce soit dans une tempête. Sauriez-vous par hasard où se trouve le Dr Davenport ?

— J'ai échangé un mot avec lui à propos du tableau blanc et des marqueurs, je crois qu'il est en train de sécuriser les fenêtres avec des employés. Il m'a dit que vous vous occupiez de la liste des questions pour la réunion de cet après-midi, pointa M. Manike en sortant un papier de sa poche. Voici le nom d'utilisateur et le mot de passe de notre médecin habituel, au cas où.

Elle n'avait pas pensé à utiliser l'ordinateur portable, qu'elle avait repoussé dans un coin sur le bureau. Le temps de le remercier, M. Manike abordait déjà le point suivant :

— Nous demandons aux occupants des bungalows sur pilotis de faire leurs bagages et nous leur attribuons un logement équivalent dans le bâtiment principal. Une chambre est à votre disposition.

Cet homme était un véritable antidote à Rafe ! Grâce à son efficacité pointilleuse, elle respirait de nouveau librement.

— Merci. Je pensais m'installer ici, dans l'aile médicalisée, pour être disponible pour qui en aurait besoin. Peut-être y a-t-il un lit de camp que je pourrais utiliser ?

— Il y a un appartement pour les médecins de passage, mais vous êtes ici en vacances, docteur Murphy.

— Pour le moment, je suis médecin, et c'est ici que je souhaite être.

— Comme vous voulez, répondit-il. Je pense que nous avons abordé tous les sujets pressants. Si je peux faire quoi que ce soit pour vous, faites-le-moi savoir.

Il referma sans bruit la porte derrière lui, et elle prit une profonde inspiration, un peu rassérénée.

Il suffisait de ne pas prêter attention à la petite lumière dans les yeux de Rafe, ni à son sourire qui la faisait se sentir si vivante, ni à son odeur, à son corps, et surtout pas à l'effet que devaient produire ses caresses. Elle avait été capable de faire face à nombre de situations dans sa vie, elle était capable de faire face à cela.

Mel s'était occupée de la liste de questions, puis elle était allée chercher ses affaires dans le bungalow. En revenant avec sa valise à roulettes, elle accorda à peine un regard à Rafe, qui fixait avec deux autres hommes des panneaux de bois aux fenêtres des bâtiments médicaux.

Mieux valait ne pas prendre de risques, l'effort physique rendait M. À-Tomber-Par-Terre encore plus séduisant.

Mais il l'interpella :

— À 3 heures.

— Qu'est-ce qui se passe à 3 heures ? demanda-t-elle, mettant une main en visière pour le regarder.

— La réunion, répondit-il en se laissant glisser de l'échelle avec une aisance outrageusement sexy dont il ne semblait même pas conscient.

— Ah oui, fit-elle comme il la rejoignait. J'ai tapé la liste de questions, si tu veux la consulter.

Il secoua la tête.

— Merci. Je verrai la liste sur place et j'improviserai.

Elle aurait dû s'y attendre.

— Et tu mettras tout le monde à la queue leu leu s'ils font du grabuge ? fit-elle d'une voix un peu trop aiguë.

Sa plaisanterie sonna comme une critique, ce qui était injuste. Il avait géré la situation bien mieux qu'elle. À en croire son expression amusée, il en était conscient, mais eut la gentillesse de ne pas le dire.

— Tu as fait ce qui devait être fait, se reprit-elle. L'instinct prend le dessus dans ce genre de situation, on n'est plus vraiment soi-même.

C'était une façon voilée de s'excuser. Elle ne voulait pas aller plus loin, car des excuses plus formelles auraient réclamé une explication. Rafe avait manifestement remarqué qu'elle avait perdu les pédales, mais il n'y ferait peut-être pas allusion.

Il haussa les épaules et changea de sujet.

— M. Manike t'a trouvé une chambre pour ce soir ?

— Je vais rester à côté de Zeena. Il y a un logement pour le personnel médical, n'est-ce pas ?

— Absolument. Je vais te le montrer.

Rafe fit signe aux hommes avec qui il travaillait qu'il en avait pour une minute. Il lui fit traverser la salle de consultation, remonta le couloir, passa devant les chambres des patients et ouvrit la dernière porte.

Il y avait là trois lits d'apparence confortable autour desquels des rideaux pouvaient être tirés pour créer un semblant d'intimité. Une porte donnait sur une petite cuisine. Rafe pointa vers celle qui se trouvait à l'opposé.

— La salle de bains est là, mais il ne faut surtout pas utiliser la douche ou les robinets pendant un orage tropical. Quelqu'un de l'équipe passera tout à l'heure avec un gros rouleau de scotch pour condamner bac de douche et lavabo.

— Ça sera suffisant dans les chambres individuelles pour dissuader les clients de les utiliser ?

— Non, il y en a toujours un qui décide qu'une électrocution est un risque à courir pour prendre une douche. On a beau répéter que la foudre peut tomber sur le réseau d'eau, il faut condamner les portes des salles de bains. Mais ici, nous aurons besoin de nous laver en cas d'urgence médicale. Ils vont nous apporter une réserve d'eau et une bassine. Ton téléphone est chargé ?

— Euh, oui, il me semble. On pourra utiliser nos téléphones ?

— Si l'antenne de télécommunication tient le coup… J'ai des batteries de rechange et un chargeur, mais il faut réduire les communications au minimum, car on ne sait pas combien de temps ça va durer. L'équipe condamne aussi les prises électriques.

— D'accord. Pas d'eau courante, pas d'équipements électriques. Et l'éclairage ?

— Il y a un éclairage de secours ici comme dans la plupart des espaces de l'hôtel, ça devrait aller de ce point de vue-là.

Il attrapa le petit sac à dos qui se trouvait sur un des lits.

— Bon, je te laisse t'installer…

— Attends, tu vas dormir où ? demanda-t-elle, comprenant soudain qu'il s'était attribué un des lits, pensant qu'elle dormirait dans une chambre de l'hôtel.

— Je vais… Je vais trouver, répondit-il, brièvement gêné.

C'était ridicule. Et une occasion de prouver à Rafe – ou peut-être à elle-même, elle ne savait pas trop – qu'une nuit à quelques pas de lui ne finirait pas en panique et en insomnie.

— Ne t'embête pas. On a tous les deux fait des études de médecine.

— Avec la fatigue, tu peux dormir n'importe où ?

— Et avec n'importe qui.

Elle se mordit la lèvre, ça sonnait bizarrement, mais Rafe ne releva pas le double sens.

— Tu es sûre ?

— Complètement, répondit-elle en déposant sa valise à côté du lit le plus éloigné. Ce sera très bien. D'ailleurs, autant être au même endroit si on a besoin de nous.

Il acquiesça et reposa son sac.

— Entendu. Alors je vais en finir avec les fenêtres et faire une petite toilette avant la réunion.

Mieux valait qu'il n'en fasse pas trop, ou l'assemblée allait passer à côté d'informations importantes !

— Et moi, je vais prendre des nouvelles de Zeena.

Il hocha la tête.

Avec un peu de bonne volonté, ils arriveraient à se répartir les responsabilités. Sourire à Rafe ne lui semblait plus aussi difficile à présent, elle laissa même son regard s'attarder sur son dos lorsqu'il sortit.

Mel passa une heure avec Zeena et son mari et put ainsi leur poser des questions plus précises sur leurs attentes concernant la naissance. Elle voulait créer un environnement épanouissant pour eux, pour leurs souhaits personnels comme pour leur foi de musulmans.

Puis Haroon consulta sa montre.

— C'est l'heure, dit-il. Tu veux venir, Zeena ?

— Oui, marcher me fera du bien.

Zeena et Haroon ne comptaient pas faire les cent pas dans le couloir, ils avaient une destination en tête. Mel les suivit jusqu'au restaurant, où ils rejoignirent les autres îliens. Ils allaient écouter Rafe évoquer les questions de sécurité et les conseils sanitaires pour les clients de l'hôtel.

— Vous devez déjà tout savoir, non ? demanda Mel à l'oreille de Zeena.

— Oui, on est là pour le soutenir, répondit Zeena en souriant. Le Dr Davenport va dire que tout va bien se passer, et nous allons acquiescer.

Lorsque Rafe rejoignit la salle où avait lieu la réunion, un profond silence se fit dans l'assemblée.

Une chemise comme sortie du pressing, un pantalon kaki, des cheveux encore humides de la douche, un large sourire, il avait un vrai charisme. On lui faisait aussitôt confiance, pensant qu'il savait ce qu'il faisait, on se sentait en sécurité en sa présence. Il était taillé pour le rôle.

Il passa tous les points en revue, répondit à toutes les questions et donna des instructions claires et précises sur la manière de réagir à différentes situations. Se méfier des animaux sauvages qui pourraient chercher refuge dans l'enceinte de l'hôtel. Rester à l'intérieur même si la tempête semblait passée, attendre que l'équipe de l'hôtel annonce qu'on pouvait sortir sans danger pour le faire. Appeler immédiatement à l'aide en cas de blessure ou de maladie et attendre sur place l'arrivée du personnel médical. Tout semblait simple, à l'écouter.

— En résumé, dit-il avec un sourire à doper le moral des troupes, si vous restez tranquilles et suivez les instructions de l'équipe de l'hôtel, vous pourrez reprendre le cours de vos vacances dès que la tempête se sera éloignée. En prime, vous aurez une sacrée histoire à raconter en rentrant chez vous.

Tout le monde rit. Personne n'avait d'autres questions, tous semblaient se satisfaire des réponses qui avaient été données. Zeena, une main protectrice posée sur son ventre, hochait la tête. Mel elle-même se surprit à sourire.

Il ne devait pas y avoir tant que cela matière à s'inquiéter.

— Oh ! À propos, reprit Rafe. Nous avons la chance que le Dr Murphy soit en vacances ici. Nous serons de garde tous les deux ce soir. Vous n'aurez probablement pas besoin de nous, mais vous pouvez compter sur Mel, au cas où.

Il la désigna d'un grand geste de la main pour que les gens l'identifient. Les applaudissements qui suivirent n'étaient pas vraiment nécessaires, mais Zeena lui tapota le dos avec un visage rayonnant, et les clients de l'hôtel sourirent à leur tour, s'inspirant des gens de l'île.

— Combien de temps va durer la tempête ? demanda Mel en repartant vers la salle de consultation avec Rafe.

— Comme je te le disais, on ne peut pas être précis. La nature a un tempo bien à elle.

— Comme ça approche, je pensais que ce serait plus facile à déterminer.

Rafe referma la porte derrière elle.

— Oui, on a quelques éléments. D'après le service météorologique, un front se déplace dans la direction opposée et pourrait immobiliser la tempête à l'endroit de leur rencontre.

— Qui serait où ? demanda-t-elle avec angoisse.

— C'est impossible à déterminer pour l'instant. Peut-être au-dessus de nous, peut-être à une cinquantaine de kilomètres à l'est de l'île. Mais si c'est ici, la tempête durera plus d'une nuit. Deux ou trois jours peut-être. On verra. J'en ai parlé avec M. Manike, ça ne sert à rien de faire paniquer les gens tant qu'on n'en sait pas plus.

Elle était d'accord. Pour le moment le calme régnait, l'atmosphère était à la camaraderie.

— D'accord. Merci de m'avoir prévenue. Les gens de l'île sont au courant ?

— Ils savent qu'on ne peut prévoir ni le comportement d'une tempête ni sa durée. Ils disent qu'on verra bien, que ce sera fini quand ce sera fini.

— Et que tout ira bien ?

Elle avait soudain besoin de l'entendre dire ça. Si lui le disait, elle le croirait peut-être.

Il eut un sourire évasif.

—Tu es médecin, tu sais que ça ne sert à rien de faire des promesses qu'on ne peut pas tenir…

Puis il la regarda, pensif. Vit-il la détresse qu'elle essayait de dissimuler ?

— Mais oui, tout ira bien.

Mel était une énigme. Elle avait l'air sûre d'elle, compétente, mais il percevait chez elle des accès de vulnérabilité. Pas seulement une inquiétude bien normale face à une situation de crise inconnue, mais quelque chose qui ne collait pas.

Quelques personnes s'étaient attroupées devant la porte de la salle de consultation, principalement des gens qui avaient besoin d'être rassurés. Il se demanda s'il devait s'en charger, mais Mel fit mettre des chaises en ligne le long du mur et le chassa. Être occupée calmait ses angoisses, et lui, il devait mettre l'hydravion à l'abri avant la tempête.

Il passa rapidement un T-shirt et, rejoignant le petit groupe avec lequel il avait sécurisé les fenêtres, déchargea le matériel médical de l'hydravion. Puis ils le mirent hors d'eau dans le hangar qui abritait les équipements nautiques de l'hôtel.

Le vent se levait, soulevant de petits panaches de sable blanc sur la plage. Le ciel s'était assombri, avec des nuages venant de l'est.

Il retourna à l'hôtel et commanda une caisse de boissons

gazeuses pour les hommes qui avaient travaillé toute la journée et devaient avoir la gorge sèche. Ils avaient fait tout ce qu'ils pouvaient, il n'y avait plus qu'à attendre.

Il croyait Mel dans la chambre de Zeena, mais celle-ci était seule. Elle lui assura qu'elle allait bien et que le bébé viendrait quand il viendrait. Mel était venue la voir, mais elle était repartie essayer de grappiller quelques heures de sommeil avant la tempête.

Sur une intuition, il remonta le couloir.

Était-ce l'idée que, même avec un moral d'acier, il était difficile de dormir avant une tempête ? Ou avait-il besoin de savoir où était Mel, de s'assurer qu'elle allait bien ?

La porte était entrouverte, tout semblait calme à l'intérieur. Peut-être Mel dormait-elle vraiment. Puis il entendit un son étouffé.

Toute seule dans le noir à l'abri des regards indiscrets, elle pleurait.

5.

« Le calme avant la tempête. »

Mel avait toujours pensé que c'était une image, mais tout était *vraiment* calme. L'air était lourd, chargé d'humidité, elle avait l'impression d'être prisonnière d'une couverture oppressante.

Elle avait dîné avec Zeena et son mari, avait pris la tension de la future maman, puis, après lui avoir à nouveau assuré qu'elle était en parfaite santé, elle avait laissé le couple tranquille pour la soirée. Elle doutait de pouvoir dormir, mais quelques heures de repos seraient les bienvenues pour affronter ce qui se préparait.

Elle tira les rideaux autour de son lit. Malheureusement, il faisait trop chaud pour se glisser entre des draps. Allongée, sans rien sur elle, elle n'arrivait pas à se détendre. Dans le noir et le silence, sa fragile confiance en elle se fissurait. Elle se tournait d'un côté, de l'autre, sur le dos, sur le ventre.

En désespoir de cause, elle alla se chercher à boire dans la cuisine. Le réfrigérateur était débranché, mais les bouteilles d'eau à l'intérieur étaient encore fraîches. Alors qu'elle refermait la porte, un grondement lointain lui parvint.

Le tonnerre. À un kilomètre ? Cinq ? Cinquante ? L'incertitude la rongeait.

Elle se replia dans la chambre.

Devait-elle prévenir Amy ?

Non, la tempête serait passée avant que sa fille s'inquiète de ne pas avoir de ses nouvelles. Elles étaient convenues de s'appeler une fois par semaine pour se donner des nouvelles… Mais si l'orage s'installait, les communications pouvaient être perturbées pour Dieu savait combien de temps. Et si Amy appelait et que, incapable de la joindre, elle consultait la météo de l'île ?

Elle pouvait appeler Amy, lui dire que le téléphone passait mal et qu'elle ne devait pas s'inquiéter de ne pas recevoir de nouvelles.

L'écran afficha une seule barre de réception. Le téléphone étant chargé, ce devrait être suffisant. Pourtant, rien. Elle composa à nouveau le numéro. Encore et encore. En vain.

Elle aurait tellement voulu entendre la voix d'Amy !

Elle devait se reprendre, surtout ne pas pleurer. Si Amy décrochait, elle allait s'inquiéter…

Mais après l'échec d'une nouvelle tentative, Mel se laissa glisser le long du mur.

Combien de temps resta-t-elle ainsi prostrée ?

Un léger bruit de pas lui fit ouvrir les yeux. Il y avait de la lumière dans le couloir. Puis ses yeux s'accommodèrent, et elle distingua la silhouette carrée de Rafe. Paniquée, elle chercha désespérément comment expliquer pourquoi elle était assise par terre dans le noir, le front sur les genoux.

S'il était venu chercher quelque chose, peut-être ne la remarquerait-il pas ?

— Je parlerais bien un peu à quelqu'un. L'attente me porte sur les nerfs.

Il avait une voix douce, presque tendre. En fait, oui, il avait une voix tendre. C'était sa manière à lui de la rassurer.

Elle ne s'en formalisa pas, car sa simple présence était apaisante. Elle but une gorgée d'eau pour s'éclaircir la gorge.

— Il y a un siège libre, si tu veux.

— Merci, c'est gentil, répondit-il en se laissant glisser contre le mur à côté d'elle.

Les ombres de la pièce étaient soudain moins maléfiques, et ses larmes plus discrètes dans la pénombre – même s'il les avait vues puisqu'il lui tendait un mouchoir.

Elle s'essuya les yeux, se moucha.

— Merci. Vous vous en êtes sortis, avec l'hydravion ?

— Oui, il est attaché dans un des hangars avec les bateaux. Tu essayais de joindre quelqu'un ? demanda-t-il en désignant le téléphone qu'elle serrait encore dans sa main.

— Ma fille, Amy.

Il se pencha pour lui prendre l'appareil et le déposer sur le sol entre eux deux.

— Tu voulais lui dire quoi ?

— C'est sans doute mieux si je lui raconte tout ça à mon retour, fit-elle en haussant les épaules. De toute façon, il n'y a pas de réseau.

— Oui, tous les clients de l'hôtel sont sur Internet ou en train d'essayer de joindre leur famille. Pourquoi ne pas lui envoyer un message ? Il partira quand ce sera possible, pas besoin de refaire sans cesse son numéro.

— Peut-être plus tard, quand je saurai mieux ce que je veux lui dire.

— C'est aussi une idée. Zeena va bien ?

Il le savait probablement déjà. Il voulait simplement lui changer les idées, mais cela fonctionnait.

— Ses constantes sont stables, le bébé sera là bientôt. Je les ai laissés tranquilles, son mari et elle.

Elle se mordilla la lèvre. Maintenant que la panique était passée, elle reprenait conscience de la situation, pour le moins gênante.

— Attendre ne me met pas dans cet état-là, normalement.

— Moi, c'est à chaque fois comme ça. Je me prépare à tout, et ensuite je tourne en rond. Je ne voudrais pas qu'il reste quoi que ce soit à faire, et pourtant j'aimerais trouver à m'occuper.

— C'est la même chose pour moi. Rien n'est pire que ce qu'on imagine.

Il acquiesça.

Il donnait une impression de solidité, de sécurité. Elle sentait son cœur s'apaiser au son de sa voix, à son odeur : un soupçon d'huile de machine et de travail physique, dominé par un parfum de savon.

— Alors, à quoi ressemble Londres, en ce moment ? Ça fait longtemps que je n'y suis pas allé.

— C'est comme d'habitude, j'imagine, ça change sans arrêt.

Cela le fit sourire.

— Oui, c'était ce que j'aimais. Toujours la même chose, et toujours différent.

— Ça fait combien de temps que tu n'y es pas allé ?

— Huit… Non, dix ans. J'y ai emmené mon fils quand il avait quinze ans, pour lui montrer d'où venait son père.

— Tu as un fils ?

Il attrapa son téléphone dans la poche arrière de son pantalon et chercha une photo qu'il lui montra.

Debout sur les flotteurs d'un hydravion, un jeune homme brun et bronzé souriait au photographe sur fond de ciel bleu.

Tel père, tel fils.

— Ash vient de finir ses études de médecine. Il travaille à Colombo en ce moment.

— Il te ressemble.

Rafe se pencha vers le téléphone, leurs épaules se frôlèrent.

— Tu trouves ? Je pensais qu'il avait eu la bonne idée de prendre de ma femme.

Sa femme. Fallait-il la considérer comme une chanceuse, ou se dire que sa vie n'était pas de tout repos ? En tout cas, Mel n'en était pas moins sensible à la chaleur qui émanait de Rafe.

— On dirait qu'il vient de finir une chose et qu'il s'apprête à passer à une autre.

— C'est ça, répondit Rafe en riant. Si je me souviens bien, quand j'ai pris la photo, il venait de faire des réparations et allait redécoller.

— Ta femme est sri lankaise ?

— *Était*. Annu est morte d'un cancer quand Ash avait dix mois.

Rafe avait parlé avec une sorte de détachement, mais il y avait un tremblement dans sa voix. La douleur était encore actuelle pour lui.

Le temps faisait son œuvre mais ne guérissait pas tout.

— Je suis désolée. Ça a dû être terrible pour toi.

— Oui. Les premières années ont été les plus dures, mais m'occuper d'Ash a été salvateur.

— Tu l'as élevé seul ?

Il eut un petit sourire.

— Si par « seul » tu veux dire avec l'aide de la très grande famille d'Annu, dont certains n'étaient d'ailleurs pas de sa famille au sens strict, alors oui. Je l'ai élevé seul. C'est grâce à eux que je suis resté au Sri Lanka. Ash avait besoin d'eux autant que de moi, et je n'ai pas beaucoup de famille en Angleterre.

— Mais tu n'as pas l'intention d'y retourner maintenant non plus, n'est-ce pas ?

Il avait l'air tellement chez lui, ici.

— Non. On tombe facilement sous le charme du Sri Lanka. Et puis, j'ai de quoi m'occuper ici.

— En faisant un petit tour dans les airs et en atterrissant là où on a besoin de toi ?

Il haussa les épaules, et elle n'insista pas.

— Moi aussi j'ai des photos, dit-elle en attrapant son téléphone.

— Ah oui, montre-moi.

Elle chercha une photo de sa fille qu'elle aimait particulièrement, prise sous le porche de l'église alors qu'elle souriait à son tout jeune mari.

— Voici Amy, ma fille.

— Je vois ça, fit Rafe avec un grand sourire. Elle te ressemble beaucoup. Elle est très belle.

Si elles se ressemblaient et qu'il la trouvait belle…

Elle sentit une boule de chaleur monter en elle, puis elle la repoussa.

Qu'aurait-il pu dire d'autre d'une photo de mariée ?

— Tu devais être très jeune quand tu l'as eue.

— Amy est née à la fin de ma première année à l'université. J'ai pu repousser mes études d'une année, mais ma relation avec le père d'Amy n'a pas tenu. J'ai eu le soutien de ma famille, moi aussi. Ils nous ont accueillies et se sont occupés d'Amy pour que je puisse retourner à la fac.

— Ça change tout, n'est-ce pas ? remarqua-t-il en cherchant une autre photo, qu'il lui tendit. C'est Ash à cinq ans, avec ses grands-parents.

— Il a l'air de bien s'amuser dans cette pataugeoire ! Je peux en voir d'autres ?

— Tant que tu veux ! Ash se moque toujours de moi : quand j'ai un nouveau téléphone, la première chose que je fais, c'est de charger toutes les photos de lui enfant.

— C'est dur à saisir pour eux, hein ? Quand Amy aura des enfants, elle comprendra.

Elle lui tendit son propre téléphone avec l'album des photos d'Amy petite.

— Elle est adorable. Je peux voir les autres ?

— Vas-y. On verra qui finira le premier !

Quelque chose se passait, là, dans la pénombre. Quelque chose de tendre qui résonnait avec les visages sur les photos. Rafe et elle avaient trouvé un terrain d'entente dans ce qui leur importait le plus au monde. Être assise si près de lui que leurs bras se frôlaient semblait naturel, rassurant.

Le téléphone de Rafe sonna dans ses mains, la faisant sursauter. Quand il se pencha vers elle pour le récupérer, son parfum l'enveloppa, l'enivra.

Il était temps que ce moment prenne fin.

Il décrocha, laissa son interlocuteur parler puis hocha la tête.

— D'accord, on arrive, dit-il, avant de raccrocher et de se tourner vers Mel. Ça y est, on passe à l'action.

Il sauta sur ses pieds et lui tendit la main pour l'aider à se remettre debout. Quand ils passèrent la porte, le tonnerre retentit presque au-dessus d'eux.

6.

Après trois petits coups frappés à la porte de la chambre de Zeena, Rafe passa la tête par l'entrebâillement pour s'assurer que tout allait bien.

Zeena et Haroon étaient en pleine partie de dames, le bébé n'allait pas arriver dans le quart d'heure. Avec un peu de chance, à ce moment-là il aurait résolu son principal sujet de préoccupation… Et il aurait aussi remis en perspective ce sentiment nouveau que rien ne comptait plus au monde que de passer du temps avec Mel.

Cela faisait vingt-cinq ans qu'il n'avait pas ressenti une telle proximité, et il ne se l'autorisait pas. Il avait été heureux dans le mariage, cela n'arrivait qu'une fois dans une vie. S'il en doutait, le souvenir de la douleur de la mort d'Annu le lui rappellerait.

M. Manike était assis dans le bureau de direction devant un petit mur d'écrans de surveillance. Il les salua d'un rapide signe de tête.

— Quel est le problème ? demanda Mel en s'avançant aussitôt.

La femme qui attrapait le taureau par les cornes était de retour !

— Regardez ici.

M. Manike pointa un écran qui montrait le lagon et les bungalows sur pilotis. Mel se pencha pour mieux voir, et Rafe regarda par-dessus son épaule, lui frôlant le dos. Elle ne s'écarta pas, et il lui sembla même qu'elle reculait contre lui.

— Il y a de la lumière dans ce bungalow, non ? fit-elle.

— On dirait, répondit M. Manike, les yeux rivés sur l'écran, mais je crois qu'il y a plus.

Alors ils virent une silhouette passer rapidement devant la lumière.

— Il y a quelqu'un ! Qui loge dans ce bungalow ?

M. Manike consulta un document devant lui.

— M. et Mme Cartwright. C'est un jeune couple en voyage de noces. Cartwright s'est inscrit à nos activités nautiques les plus poussées.

De jeunes mariés en quête de sensations fortes. Rafe savait à quel point cela pouvait mal finir.

— Bon, je vais les chercher, dit-il.

Comme il attrapait un ciré en traversant le bureau, Mel retint sa main.

Il se libéra instinctivement.

— Reste, Zeena a besoin de toi.

Le message était clair : s'il avait un problème, s'il lui arrivait quelque chose, il y aurait encore un médecin pour prendre Zeena en charge. D'ailleurs il ne comptait pas pour grand-chose, lui qui avait survécu alors que sa femme si talentueuse, elle qui avait tellement plus à apporter au monde, était morte. Il ne laisserait pas Mel prendre de risque. L'idée lui était insupportable, sans qu'il soit prêt à l'admettre.

Elle l'appela, exaspérée, mais il s'en moquait. Qu'elle soit en sécurité, cela seul importait.

Il ouvrit la porte qui donnait directement sur la plage et salua les deux personnes qui la gardaient. C'était la seule ouverture à ne pas être bardée de planches. Il s'avança dans la tempête.

C'était une lutte, une lutte dont il devait sortir vainqueur parce qu'un jeune couple était sur le point de faire la plus grosse bêtise de leur vie.

Typique ! *Typique !* Juste au moment où Mel pensait pouvoir faire confiance à Rafe, il piétinait la connexion, la réduisait à néant !

C'était d'autant plus douloureux que Michael s'était comporté ainsi à de nombreuses reprises et qu'elle avait fini par ne plus savoir quoi faire ni penser. C'était tellement frustrant.

— Vous ne pouvez pas le retenir ? lança-t-elle à M. Manike.

— N'importe quel homme réagirait comme ça, répondit-il en suivant la progression de Rafe sur ses écrans.

Pas tout à fait n'importe lequel. Rafe était du genre à prendre la direction des opérations et à jouer les héros solitaires. Malheureusement, ils avaient, lui autant qu'elle, un travail à accomplir. L'expérience lui avait appris à reconnaître ses limites, et celle des autres. En l'occurrence, il s'agissait de celles de Rafe.

S'il ne se laissait arrêter par rien, il en allait de même pour elle. Elle était tellement furieuse contre Rafe qu'elle serait bien allée toute seule le chercher dans l'œil du cyclone pour le ramener par la peau des fesses, mais ce n'était pas la bonne stratégie.

— Vous auriez deux volontaires pour m'accompagner dehors ? Des costauds…

— Bien sûr.

Cela devait être son idée au départ, car il n'eut qu'un mot à dire pour faire apparaître deux hommes solides équipés contre la pluie. Elle-même attrapa un ciré, trop grand mais qui ferait l'affaire.

— Bien, dit-elle en se tournant vers les volontaires, et reconnaissant le barman de la veille, ça vous va de me suivre dehors ? Je vais peut-être avoir besoin de votre aide.

— Pas de problème, répondit en souriant Adil, le barman. Mushan et moi, on vous amènera dehors et on vous ramènera à l'intérieur, pas de problème.

— Merci. Faites bien attention et ne prenez pas de risques inutiles, on ne peut aider personne quand on est blessé.

M. Manike lui tendit une paire de lunettes de protection, et Adil et Mushan sortirent les leurs de leur poche. Ils savaient manifestement plus qu'elle à quoi s'attendre.

Au premier pas sur la plage, le vent la déstabilisa, et Adil la rattrapa. Il y avait aussi le sable, qui leur fouettait le visage. Elle releva le col de son ciré contre sa bouche, et ils s'engagèrent sur la passerelle sur pilotis qui menait aux bungalows. Elle produisait des craquements inquiétants sous leur poids, l'eau leur battait les pieds, mais Adil estima qu'elle tiendrait bon.

Ils faisaient front contre les rafales et progressaient donc plus vite que Rafe. Elle gardait les yeux fixés sur lui et retint son souffle quand il faillit perdre pied. Quand il reprit son équilibre, il les aperçut. Aussitôt, il leur fit signe de repartir, mais elle continua d'avancer, et Adil et Mushan, qui hésitaient, la suivirent.

— Je croyais t'avoir dit de rester, cria Rafe quand elle fut à portée de voix.

— Et moi je croyais t'avoir dit de ne pas y aller seul, hurla-t-elle sur le même ton.

La situation allait-elle vraiment tourner à l'affrontement en pleine tempête ? Mais Rafe haussa soudain les épaules et, attrapant le bras de Mel, la guida sur la passerelle.

Son soutien fut bienvenu, car les vagues plus puissantes menaçaient de la déséquilibrer.

De là où ils étaient ils voyaient clairement de la lumière à l'arrière du bungalow, là où était située la chambre. Le jeune couple était-il venu chercher des affaires oubliées ? Quel objet justifiait de mettre sa vie en danger ?

Devant la porte, Rafe sortit un outil multifonction et s'attaqua à la serrure, qui ne lui résista pas longtemps. Il fit entrer Mel, suivie d'Adil et de Mushan, et referma la porte derrière lui. Le vent et le bruit s'arrêtèrent brusquement, et elle mit un moment à reprendre ses esprits.

— Crois-moi, mec, le sexe en pleine tempête, c'est beaucoup moins excitant qu'on ne croirait. Fais-nous plaisir et sors ta femme de là, fit Rafe d'un ton presque détendu, moqueur.

Un homme jeune, très bronzé, aux cheveux blanchis par le soleil, se tenait dans le plus simple appareil dans l'embrasure de la porte de la chambre. Son sourire arrogant s'élargit quand il remarqua Mel, et il plaça lentement une main devant son entrejambe.

— T'embête pas, le Dr Murphy en a vu d'autres, lui jeta Rafe d'un ton plus sec. Habille-toi et allons-y.

Son ton de voix semblait faire effet lorsqu'une jeune femme tout aussi blonde apparut, une minuscule serviette de bain enroulée autour d'elle. Elle poussa un cri perçant à la vue des trois hommes imposants et se réfugia derrière son mari.

Adil et Mushan fixèrent aussitôt le plancher. Même Rafe essayait de regarder ailleurs tout en gardant le contrôle de la situation.

— Ah non, par pitié, grommela Mel.

Elle n'était pas venue pour jouer à ce genre de jeu, pas plus que ses accompagnateurs, d'ailleurs. Elle se dirigea vers la femme, qu'elle attrapa par les épaules et fit rentrer dans la chambre. Ramassant un jean et un pull sur le sol, elle les lui tendit.

— Mettez ça, maintenant. Vite.

— Oh ! ça va, fit le jeune homme, qui heureusement enfilait un pantalon.

— Ça suffit maintenant, fit la voix désormais beaucoup plus autoritaire de Rafe depuis le salon. Faites ce qu'elle vous dit.

— On devrait peut-être y aller, Ty, fit la femme qui se tortillait en enfilant son jean. Le bungalow n'a pas l'air aussi solide que…

Solide, un bungalow sur pilotis face à une tempête ?

Mel n'eut pas le temps de relever cette absurdité, car une vague s'écrasa contre la baie vitrée qui allait du sol au plafond, envoyant du verre brisé partout sur le lit.

Soudain Rafe fut là, un bras autour d'elle, et fit sortir tout le monde de la pièce.

M. et Mme Cartwright comprirent soudain le message. Rafe fit un aller-retour dans la chambre pour attraper deux paires de baskets qui traînaient au sol, et Mel vérifia qu'il n'y avait pas de morceaux de verre dedans avant de les passer à Ty et à sa femme.

— On reste groupés, compris ? Vous suivez les instructions de Mushan et d'Adil à la lettre, sans discuter.

Rafe n'avait manifestement plus l'intention de ménager le couple. Il mit son ciré sur les épaules de la jeune femme.

— Oui, d'accord, fit Ty, essayant de sauver la face. Fais ce qu'ils disent, Em.

Mel n'en revenait pas. Elle chercha le regard de Rafe, qui lui répondit d'un sourire narquois. Puis il ouvrit la porte du bungalow. Adil et Mushan sortirent les premiers, puis Rafe fit signe à Ty et Em de les suivre. En sortant à son tour, Mel sentit la main rassurante de Rafe se poser sur son bras.

Alors qu'ils avaient déjà fait la moitié du chemin en direction de la plage, le vent tomba. Il y eut un moment de silence, puis une pluie torrentielle se déchaîna. Ty lâcha la main de sa femme pour se protéger le visage. Em perdit l'équilibre et chuta sur la passerelle. Avant que Rafe ait pu la remettre sur pied, une vague la poussa à l'eau.

En temps normal, cela n'aurait pas été dangereux. La veille au soir, des vacanciers s'étaient mis à l'eau depuis la terrasse de leur bungalow. Mais les vagues étaient désormais assez puissantes pour renverser n'importe qui, et elles charriaient toutes sortes d'objets potentiellement contondants.

Mais Rafe veillait. Tandis qu'Adil attrapait le bras de Mel, Rafe enjambait la rambarde et se laissait glisser dans la mer. Em se débattait. Il l'attrapa, la hissa hors de l'eau. Un filet d'eau mêlée de sang coula de son bras.

Qui était blessé ?

Mushan fit passer Em par-dessus la rambarde et la reposa sur ses pieds. Mel l'ausculta rapidement.

— Ça va ? Vous pouvez marcher ?

— Oui, je... Je peux marcher.

— Alors on regardera ça de plus près dès qu'on sera rentrés.

Au grand soulagement de Mel, Rafe était remonté sur la passerelle. Le petit groupe atteignit enfin la plage et, dès qu'ils furent à proximité de l'hôtel, la porte s'ouvrit et des bras bienveillants les attirèrent à l'intérieur.

Mel était dans son élément. Elle avait emmené Em se doucher dans une des chambres de patients et avait envoyé Rafe en faire autant dans l'appartement des médecins.

Il s'était savonné, rincé avec une bassine remplie au tonnelet, et se séchait désormais avec précaution.

Certaines zones se révélaient sensibles. Les profondes éraflures de son avant-bras ne porteraient pas à conséquence, mais l'autre blessure allait probablement avoir besoin de points de suture. Et comme elle était située à l'arrière du bras, après le coude, il allait devoir demander à Mel de s'en charger, alors qu'elle lui en voulait encore d'être parti seul chercher Ty et Em Cartwright.

Avec le recul, c'était facile de dire qu'il avait eu tort. Il aurait probablement pu se débrouiller sans aide, et il ne démordait pas de son principe : si quelqu'un devait prendre des risques, ce serait lui.

On frappa à la porte de la salle de bains.

— Alors, comment ça va là-dedans ? demanda Mel.

— Tout va bien, répondit-il à travers le battant fermé.

— Pas « tout », n'est-ce pas ? Tu saignes.

— Qu'est-ce que tu en sais ?

Elle eut un rire un peu forcé.

— J'ai vu du sang quand tu as sorti Em de l'eau, et je viens de lui faire prendre une douche. Elle n'est pas blessée.

— Elle a bu la tasse ? demanda-t-il dans l'espoir de détourner la conversation.

Gagner du temps pour faire bonne figure, ou au moins se sécher.

— Elle dit que non, mais je la surveille. Et maintenant…

La porte de la salle de bains s'ouvrit en grand.

Il bondit dans la douche et s'y enferma.

— Hé !

— Je croyais que j'en avais vu d'autres ? demanda-t-elle, amusée.

Il se passa la main sur le visage pour effacer son sourire.

— Je ne veux pas t'embêter, lui répondit-il.

— Tu te sous-estimes.

— Merci pour ton grand cœur. Si ça ne te dérange pas, je crois qu'il va me falloir quelques points. Je te rejoins dans dix minutes dans la salle de consultation ?

— Avec plaisir. Si tu as la tête qui tourne, appelle-moi.

C'était déjà le cas. Il avait le vertige, et les jambes qui tremblaient, mais pas parce qu'il avait perdu du sang. Plutôt parce qu'elle était à quelques pas de lui.

— Je suis certain que vous avez mieux à faire que de vous entretenir avec moi, docteur Murphy.

— Évidemment, docteur Davenport, répondit-elle en s'éloignant.

Mel fut très consciencieuse, et très douce. Rafe, assis torse nu sur la table de consultation, n'était pourtant pas très à l'aise qu'elle lui ait enlevé son T-shirt pour ausculter attentivement son torse et ses épaules. Elle était désormais assise derrière lui, et, loupe et pince à épiler en main, elle enlevait les échardes de sa blessure au bras.

— Je pense que c'est tout. Tu veux vérifier ?

— Je te fais confiance, répondit-il, les yeux fixés sur le mur.

Quand allait-elle estimer qu'elle avait été assez gentille et qu'il méritait un savon ?

— Tu es sûr de vouloir me faire confiance *maintenant* ? fit-elle avec un calme qui soulignait le message.

— D'accord, fit-il avec un soupir. Tu es en colère, c'est ça ?

— Oui, je suis en colère. Ne bouge pas, je vais irriguer la plaie et la recoudre.

L'idée d'être recousu par quelqu'un qui lui en voulait l'aurait inquiété chez n'importe qui d'autre, mais il faisait confiance à Mel pour mettre ses sentiments de côté. Elle avait déjà appliqué un anesthésiant local, et il ne sentit le froid de la solution antiseptique que lorsqu'elle coula sur son coude, où Mel l'épongea aussitôt avec un coton.

Il sentit à peine la pression des points de suture.

— Tu en fais cinq ? demanda-t-il, regrettant aussi sec sa question.

Ce n'était pas le meilleur moment pour contrôler ce qu'elle faisait, il allait se retrouver avec la bouche cousue.

— Six. Si tu joues à nouveau les cascadeurs, je ne veux pas que ça se rouvre.

— Ce n'était pas une cascade, Mel. Il fallait que quelqu'un y aille, et ça n'avait pas de sens que les deux seuls médecins sur place le fassent.

— Alors on ne devrait peut-être pas dormir au même endroit, au cas où le plafond nous tomberait sur la tête.

Le sixième point fut fait aussi délicatement que les cinq premiers, et elle lui tendit un miroir.

— C'est très bien, merci, dit-il en observant la suture parfaite. Mais tu en rajoutes, rien ne va nous tomber sur la tête ce soir. Je pense simplement qu'il faut éviter de prendre des risques ensemble. Je connais mes limites.

Il n'avait pas eu l'intention de faire allusion à la paralysie de Mel face à la foule, puisqu'elle ne voulait pas en parler, mais il ne pouvait pas faire comme si ce n'était pas arrivé.

— Je comprends. Mais ça ne t'autorise pas à prendre des risques inconsidérés.

Elle pansa la blessure avec douceur. Il allait remettre son T-shirt lorsqu'elle l'arrêta.

— Attends…, fit-elle en lui posant la main sur l'épaule. Je te fais un pansement pour les écorchures. Elles vont continuer à saigner si on ne les protège pas.

Maintenant, elle travaillait sous ses yeux, irriguant soigneusement la peau profondément égratignée de son avant-bras et plaçant stratégiquement le pansement. Elle était bizarrement aussi impeccable qu'avant leur petite sortie dans une tempête de force 8, et ses cheveux avaient gardé une légère odeur de rose.

— Ce n'étaient pas des risques inconsidérés. Tu me prends pour qui ?

Elle le regarda droit dans les yeux, et il se sentit mystérieusement mis à nu.

— Je ne sais pas encore pour qui je te prends. Mais je sais qu'on est censés travailler ensemble et que tu n'as pas jugé utile de discuter de l'étape suivante avec moi.

— Tu veux dire qu'on aurait pu en parler pour décider que

j'y aille seul ? La baie vitrée aurait explosé sur Em et Ty, et tu ne serais pas juste en train de me faire un pansement pour des égratignures.

— Non. La discussion, c'est un vrai échange dans les deux sens, Rafe. Ça ne veut pas dire discutailler pour faire ensuite ce que tu avais déjà en tête. Ça ne retarde pas le processus de décision, ça l'améliore.

D'accord, elle marquait un point. Il devait reconnaître qu'il avait agi à l'instinct, pour la protéger plutôt qu'à la suite d'un raisonnement logique.

Il enfila son T-shirt.

— J'admets que j'aurais dû attendre Adil et Mushan. Mais si toi tu avais toutes tes capacités de raisonnement, qu'est-ce qui t'a poussée à venir avec eux ?

— L'énervement, dit-elle, en rougissant.

Voilà. Là, ils tenaient quelque chose. C'était peut-être le moment de partir et de la laisser réfléchir à ce qu'elle venait de dire.

— Bien, dit-il en se levant.

Mais elle le retint par le bras.

— Non, ce n'est pas bien. Je n'ai pas été très raisonnable, et toi non plus. Si on doit travailler ensemble, il faut qu'on trouve des manières de faire plus rationnelles. Parce que je ne vais pas te laisser décider de tout.

Il sentit sa colère céder le pas à l'analyse.

Il comprenait ce qui coinçait pour Mel. Il en savait plus sur les conditions météo qu'elle, il savait à quoi être attentif. Mais elle n'était pas du genre à attendre qu'un homme lui dise quoi faire. Et lui, il laissait difficilement une femme se mettre en danger.

— Et avec raison. C'est une bonne chose que tu me remettes en question.

Elle le dévisagea. Il voulait plus que tout qu'elle soit d'accord avec lui.

— Je ne m'y suis peut-être pas prise comme il fallait.

— Alors, reprenons les choses à zéro. Nous collaborons,

dans cette histoire, on doit apporter une réponse commune à ce qui se présente.

— Tu veux dire « commencer par discuter » ?

Elle n'allait pas le laisser s'en sortir avec de vagues promesses. Elle perçut son hésitation et se pencha vers lui.

La simple odeur de rose l'acheva.

— Entendu. On va discuter.

Du moment que ce ne soit pas de ce qu'il commençait à ressentir pour elle. Il ne s'était pas autorisé ce type de sentiments depuis qu'Annu était morte, ça n'allait pas changer. Mais ce qui rendait Mel si fascinante n'avait que faire de ce qu'il s'autorisait ou pas.

— Marché conclu ? demanda-t-elle en lui tendant la main.

Il la prit. Une main petite, douce, mais forte.

— Oui. Marché conclu.

7.

Ils avançaient. Au moins Rafe ne semblait plus sur le point de détaler sur un coup de tête, d'ailleurs la situation était plus ou moins sous contrôle. Ils avaient reçu un appel pour une visite qui ne présentait pas de caractère d'urgence dans une des chambres de l'hôtel, et Rafe avait estimé qu'ils pouvaient y aller ensemble.

Personne ne dormait vraiment. Au bar de l'hôtel, un groupe avait décidé de se noyer dans l'ivresse.

Mel fronça les sourcils en passant à côté, mais Rafe sourit.

— Ce sont des cocktails sans alcool. M. Manike a annoncé que c'était la maison qui régalait ce soir, mais, regarde, les étagères derrière le bar sont vides. Ce serait une mauvaise idée d'avoir des gens ivres sur les bras.

— C'est bien imité, répondit-elle, alors que des rires gras retentissaient dans le bar vide.

— Ils se prennent au jeu. Ils sont dans un bar, ils vident des verres. S'il se passait quelque chose ils dégriseraient vite.

— D'accord. Quand tout ça sera fini, je me commanderai un whisky single malt, et je le savourerai jusqu'à la dernière goutte.

— Je t'accompagnerai sans doute. Ils ont une bonne sélection de whiskys.

C'était une belle perspective. Elle s'était imaginé que, une fois la tempête passée, Rafe déguerpirait, mais peut-être resterait-il pour prendre un verre au soleil avant de sortir son hydravion du hangar et de s'envoler pour aller voir ailleurs ?

Ils montèrent à l'étage dans la chambre de M. et Mme Denby, un couple de retraités qui faisaient le voyage de leur vie.

D'après M. Manike, le fracas de la tempête angoissait beaucoup Mme Denby.

— Elle pleure sans arrêt, dit M. Denby, lui-même assez perturbé, en leur ouvrant la porte. Vous auriez quelque chose à lui donner pour la faire dormir ?

— Allons lui parler, dit Rafe dans un sourire, en entrant dans la chambre.

Mme Denby était assise, prostrée, dans l'un des fauteuils. Chaque bourrasque la faisait sursauter, les larmes coulaient sur ses joues.

Mel s'accroupit devant elle et lui prit la main.

— Bonjour, je suis Mel.

— Je m'appelle Terri. Vous êtes le docteur ?

— Oui. Nous sommes venus prendre de vos nouvelles.

— Oh ! ma pauvre ! dit Terri dans un sanglot. C'est atroce.

Mel sentit Rafe lui glisser un mouchoir en papier dans la main.

— Ça fait du bruit, c'est sûr. Mais on est en sécurité ici.

— Vous croyez ? demanda Terri avec un regard plein de doute.

— Absolument. L'hôtel est conçu pour résister à ce type de temps.

Les gens avaient tendance à croire les médecins, c'était un des avantages du métier. Elle n'en savait pas plus qu'une autre sur la résistance des matériaux, mais Terri retrouva un léger sourire.

— Il y a un lézard dans la chambre, dit-elle en pointant un coin sombre où un petit gecko s'accrochait au mur.

Rafe fit quelques pas en direction du petit animal couleur sable, avec des taches sombres sur le dos, qui faisait à peine la moitié de la main de Mel.

— Nous pouvons vous en débarrasser.

— Oui, ça mord peut-être, ou pire.

— Vous êtes d'accord qu'une mission de déménagement de gecko s'impose, docteur Murphy ? dit Rafe, les yeux pétillants.

— Tout à fait. J'ai hâte de vous voir à l'œuvre, docteur Davenport.

Pendant que Rafe allait chercher de quoi attraper l'animal, elle prit par précaution le pouls et la tension de Terri.

Ils étaient tous les deux trop élevés, mais le seul problème était la peur de Terri. Pour cela, mieux valait parler que de prendre des médicaments.

— Je me demande comment il va s'en sortir avec le gecko, dit Mel, et Terri haussa les sourcils en réponse.

Lorsque Rafe revint avec une sorte de filet à papillons, Terri s'installa comme pour un spectacle. Il en fit un peu trop pour sa première tentative, mais c'était pour la bonne cause. Et lorsqu'il l'attrapa, elle battit des mains, ravie.

— Bravo ! Mais soyez prudent, il est peut-être venimeux.

— Il ne ferait de mal à personne, sauf à une mouche. Il s'est probablement réfugié ici pour être à l'abri de l'orage. Je vais lui trouver un autre refuge.

— Merci. Je préfère vraiment le savoir ailleurs.

Terri allait déjà beaucoup mieux, elle sursauta à peine quand un gros coup de tonnerre se fit entendre.

Une demi-heure plus tard, Mel trouva Rafe dans l'appartement des médecins, penché sur un aquarium vidé de son eau qu'il avait essayé de transformer en gîte acceptable pour le gecko. Le saurien le dévisageait sans bouger, à côté d'un bol d'eau, de fruits coupés en tranches et de branchages.

— Comment va Terri ? demanda Rafe sans le quitter des yeux.

— Bien. M. Manike a organisé un quizz et des jeux de cartes dans le grand salon, j'y ai laissé Terri et son mari. Les animateurs de l'hôtel y sont, ils vont lui remonter le moral et veiller sur elle.

— Parfait. C'est mieux que des cachets, dit-il, pensif, en la regardant.

— Oui, parler prend plus de temps, mais c'est plus efficace, répondit-elle en s'installant à côté de lui sur le lit.

Elle prit une grande inspiration.

— Il faut que je te dise quelque chose, à propos de travailler ensemble.

— Oui ?

Elle déglutit.

Rafe la verrait-il différemment si elle lui disait qu'elle avait des attaques de panique ? Lui, l'aventurier qui n'hésitait jamais, pourrait-il comprendre ? Il ferait preuve d'indulgence le temps qu'ils affrontent l'orage ensemble, mais elle désirait soudain plus que cela.

Le silence la tétanisait.

Soudain, il lui sourit.

— Et si on fermait les yeux et qu'on faisait le grand saut ?

— C'est ton genre de truc, ça, fit-elle, souriant en retour.

— Pas toi ?

Ainsi, elle aussi était une aventurière ! Les mots furent aussitôt plus simples à dire.

— Ce matin, devant la salle de consultation, quand je me suis retrouvée entourée de tous ces gens… J'ai eu une réaction d'angoisse qui m'a tétanisée.

Il hocha la tête, l'air songeur.

— J'ai eu l'impression que ce n'était pas lié tant que ça à ce qui se passait autour de toi.

Il avait fait mouche ! L'anxiété n'était pas une réaction au monde réel, mais une réponse à son monde intérieur. À un moment où elle n'avait pas pu recourir à ses défenses habituelles.

— C'est vrai. J'ai des troubles de l'anxiété. Ça ne signifie pas que je ne peux pas faire face à la situation, Rafe. Mais j'ai pensé que tu devais le savoir parce que… Si on travaille ensemble, il faut qu'on soit au courant de nos points faibles.

— D'après mon expérience, les personnes qui ont des troubles anxieux sont loin d'être faibles. Elles se débattent avec des obstacles et des symptômes bien réels. Mais tu es médecin, Mel, tu le sais aussi bien que moi.

En effet, mais elle se lassait parfois de le répéter.

— Tout le monde ne voit pas ça comme ça.

— Ceux qui disent que ça passe si on n'y fait pas attention ? Jamais ils ne proposeraient de guérir une jambe cassée comme ça.

— Sans doute.

— Et tu m'as mis dans le même sac qu'eux ? Tu pensais que

j'allais voir ça comme une défaillance et que ça changerait ma façon de travailler avec toi ?

Peut-être, oui. Rafe était un homme complexe, fascinant. Elle se souciait malgré elle de l'opinion qu'il avait d'elle. Elle avait écouté ses peurs, et elle l'avait mal jugé.

— Ça aurait été très mal de ma part, non ? fit-il avec un sourire renversant.

— Sans doute.

— J'aurais été mortellement blessé que tu te fasses une fausse idée de moi, dit-il encore, la main sur le cœur.

— Arrête, Rafe ! Je m'excuse, d'accord ? C'est toi qui jauges mes compétences depuis ce matin, répondit-elle, incapable de ne pas lui rendre son sourire.

— Mais maintenant, je sais que tu es une dure, et un bon médecin. Quelqu'un de précieux en situation de crise.

— Alors, tu ne vas pas t'excuser ? Moi aussi j'aurais pu te tester. Mais je ne l'ai pas fait.

Il secoua la tête, lui faisant comprendre que les mots n'étaient pas faciles à prononcer, mais ses yeux restèrent rieurs.

— Je suis désolé. D'accord ?

Oui. Soudain, tout allait bien. Même les coups de tonnerre semblaient s'éloigner. Ils étaient en sécurité ici, protégés.

Manifestement fatigué, il s'étira sur le matelas en regardant le plafond.

— Tu as envie d'en parler ?

Il devait avoir sommeil. Ils devraient en profiter pour dormir tant que c'était possible. Mais oui, elle voulait bien en parler.

Elle s'allongea sur le lit, prenant appui sur ses coudes, et tendit les jambes pour soulager son dos.

— Il n'y a pas grand-chose à dire. Tu connais ça, élever un enfant seul.

— Je n'étais pas seul, la famille d'Annu a toujours été là. Et j'étais déjà diplômé, je n'étudiais pas en même temps, fit-il, alerte, manifestement disposé à discuter.

— Je ne m'en serais pas sortie sans ma famille non plus. Pour être honnête, j'ai commencé à reprendre pied après le départ du père d'Amy, même si je ne voyais pas ça comme ça à l'époque.

— Ce n'était pas le bon pour toi.

Elle secoua la tête.

— J'avais seize ans quand j'ai rencontré Michael. Un amour d'adolescents. On a décidé d'aller à la fac ensemble. La première année a été super. On s'est bien amusés. Et puis, je suis tombée enceinte. Amy a été la meilleure erreur que j'aie jamais faite. La meilleure que je ferai jamais.

— Je vois ce que tu veux dire. Ash est ce qui nous est arrivé de mieux, à Annu et moi.

Il avait été heureux dans son mariage. Elle lui enviait ça, même si sa femme était morte.

— Michael et moi, on n'a pas fait grand-chose d'autre de bien. Il a eu l'air d'accord quand je lui ai annoncé que j'étais enceinte, et il a dit qu'on se marierait quand le bébé serait là.

— Il voulait attendre ?

Avec le recul, ça avait été le premier signe avant-coureur.

— Il prétendait que je voudrais être la plus belle possible en mariée.

— Personnellement, j'ai toujours trouvé les femmes enceintes resplendissantes, objecta Rafe. Mais ce n'est pas vraiment la question, n'est-ce pas ?

— Non. C'était une excuse. Michael aimait être au centre de l'attention, il ne voyait pas pourquoi ma grossesse l'aurait privé de ce qu'il aimait faire. J'avais décidé de finir mon année de fac, c'était fatigant. Il a commencé à sortir seul, et… Je ne savais jamais quand il rentrerait.

— Alors, c'est toi qui te coltinais toutes les responsabilités.

— Pour lui, ne pas être parti était déjà bien. J'étais jeune, j'y ai cru. La première fois que j'ai remis sa position en question, c'est quand j'ai eu Amy. Michael était parti quelque part, je ne savais pas où, et je n'ai pas pu le joindre.

— C'est impardonnable, dit Rafe d'un ton glacial.

— Je me suis débrouillée. Surtout parce que, à l'époque, je ne pensais pas mériter mieux. Je croyais que les choses s'arrangeraient, mais non : je ne perdais pas mes kilos de grossesse assez vite, je n'étais plus drôle.

— Ah, tout était ta faute, c'est ça ?

— C'était ce qu'il disait, et je le croyais. J'avais arrêté mes études pour un an, on n'avait pas d'argent. Il dépensait tout, passait ses nuits dehors et rentrait avec des excuses bidons. J'étais persuadée que si je comprenais ce qu'il attendait de moi tout irait mieux. Je voulais que ça marche pour Amy.

Elle s'était trompée sur toute la ligne, c'était beaucoup plus clair maintenant. Et devoir observer les moindres mouvements d'humeur de Michael et les anticiper lui avait déclenché une anxiété terrible.

Rafe s'était assis, un peu raide, mutique.

— Dis quelque chose, Rafe.

— Quelque chose que tu ne saches pas déjà ?

— Dis-le quand même.

Elle voulait l'entendre. Sur ses lèvres, les mots avaient plus de puissance.

— Il s'est comporté de manière cruelle, irresponsable. Le plus impardonnable, c'est de t'avoir fait croire que c'était toi la fautive, pas lui, dit-il, marquant une pause pour observer l'expression de son visage. Tu lui as pardonné ?

Il comprenait ce qui lui avait fait le plus de mal. Et il acceptait la confusion de ses émotions, ce dont elle-même était incapable.

— Une semaine avant l'anniversaire d'Amy, son premier, il n'est simplement pas rentré. Il n'a rien dit, mais quelques jours plus tard, alors que j'étais allée en cours puis récupérer Amy, il en a profité pour déménager la plupart de ses vêtements. Quand mes parents sont venus fêter l'anniversaire, ils ont compris ce qui se passait. Ils ont entassé toutes nos affaires dans leur voiture et nous ont ramenées à la maison. Je me souviens encore de cette première nuit, du sentiment que quelqu'un veillait sur moi…

Ce sentiment si puissant, si basique, l'atteignait encore des années plus tard. Les mots s'étranglèrent dans sa gorge.

Rafe ne coupa pas court, il attendit.

— Mon père et ma mère m'ont vraiment soutenue. Je suis

l'aînée, j'ai quatre frères et sœurs, ils se sont occupés de leurs derniers et d'Amy en même temps. J'ai pu continuer mes études et passer du temps avec elle quand je rentrais, plutôt que de faire le ménage et de cuisiner. J'avais des attaques de panique à l'époque. Ça avait commencé à la naissance d'Amy, j'angoissais en permanence pour elle, mais ça s'améliorait. Et puis, Michael a appelé. Apparemment, il n'allait pas si bien, ailleurs, il voulait qu'on se remette ensemble.

Rafe eut du mal à garder le silence, c'était évident, mais il se retint.

— Je lui ai dit que je lui pardonnerais peut-être si on comprenait ce qui devait changer dans notre relation. Il m'a répondu que j'avais toujours eu des attentes irréalistes le concernant, et il a raccroché.

— Alors, tu lui as retiré ton pardon ?

— Pas tout de suite. Il ne voulait pas voir Amy chez mes parents, il trouvait l'environnement hostile, alors de temps en temps il proposait qu'on se retrouve quelque part pour la voir. Parfois il venait, et parfois non. Il évoquait l'idée qu'on se remette ensemble, mais il y avait toujours quelque chose que j'avais fait et qui rendait cela impossible. Et puis un jour, Amy avait quatre ans, on attendait qu'il arrive dans un café, il était terriblement en retard, et elle s'est mise à pleurer. Elle s'ennuyait, elle voulait rentrer. Michael est arrivé, il lui a jeté un regard, et il m'a demandé pourquoi il aimerait une gamine qui pleurait tout le temps.

Cela avait été une nouvelle prise de conscience, un nouveau point de rupture.

— Je voyais quelqu'un pour mes attaques de panique. Au rendez-vous suivant, je lui ai dit que je ne le laisserais pas traiter Amy comme il me traitait moi. C'est à ce moment-là que je lui ai retiré mon pardon pour de bon.

— Et ta fille ?

Rafe comprenait instinctivement où se situaient les vrais problèmes !

— Amy devait pouvoir voir Michael si elle le souhaitait,

mais j'avais le devoir de la protéger. J'ai consulté un avocat spécialiste en droit de la famille, et on a établi un ensemble de règles centrées sur le bien-être d'Amy. Des lieux de rencontre adaptés à elle plutôt qu'à lui, par exemple.

— C'était un équilibre difficile à trouver.

— Ça a été vite vu, en fait. Michael n'a pas supporté de ne pas être la personne qui comptait le plus, et il a tout simplement disparu de nos vies. Le souvenir principal qu'Amy garde de lui, c'est qu'elle ne pouvait pas lui faire confiance. Pour son mariage, elle a demandé à mon père de la conduire à l'autel. C'était un des plus beaux moments de la journée, la fierté avec laquelle il la tenait à son bras.

— Et toi ? Tu as tout ce que tu souhaites ?

Elle ne se posait plus la question. Peut-être qu'ici, loin de sa vie quotidienne, il était possible de voir plus clairement la réalité en face.

— Les angoisses ne m'ont jamais vraiment quittée, comme tu l'as vu aujourd'hui, mais j'ai des mécanismes de défense, je m'adapte, c'est gérable. Je suis en paix et j'aime ma vie.

— C'est un des avantages d'avancer en âge. On fait avec ce qu'on a, on s'accepte comme on est sans essayer d'être parfait. Ça évite de perdre du temps.

Qu'avait-il eu à accepter ?

— Tu n'as pas rencontré le bon, l'homme qu'il te fallait ?

Elle réfléchit.

Elle allait en dire trop, elle en avait envie. Il lui restait peut-être une dernière chose à « accepter ».

— Non. Chat échaudé craint l'eau froide, j'imagine.

Cela sonnait un peu définitif.

— Je pensais recommencer à sortir quand Amy serait adolescente, reprit-elle, mais ça n'a rien donné. C'était toujours très poli, très correct.

La différence avec l'effet que lui faisait Rafe lui coupa le souffle. La lueur dans ses yeux, qui n'était ni polie ni correcte, lui rappelait que, dans la rencontre entre deux personnes qui n'étaient pas toujours d'accord mais qui faisaient en sorte que cela fonctionne, c'était le risque qui rendait la relation suffisamment excitante pour qu'on s'y accroche.

— Alors, tu n'as pas été pardonnée, toi ?

— Qu'est-ce qui te fait dire ça ? J'ai travaillé avec ma thérapeute !

— Chat échaudé craint l'eau froide, ça veut dire que tu vois tous les hommes comme s'ils étaient ton ex.

— Pas du tout ! Évidemment que non, heureusement !

— Alors c'est toi qui crains l'eau froide pour rien ?

Rafe savait la mettre au pied du mur comme personne. Et relever ce défi lui donnait des forces au lieu de l'affaiblir. Comment était-ce possible ?

— Je ne sais pas. Les relations, ça marche toujours dans les deux sens. J'ai accepté beaucoup trop facilement le comportement de Michael. Accepter le bonheur, il faut le faire aussi, quelle que soit la forme qu'il prend.

Maintenant, c'était à Rafe de réfléchir. La mort de sa femme le rendait-elle incapable de voir le bonheur ailleurs que dans ce qu'il avait perdu ?

— Peut-être, dit-il en se massant le visage. Tu as peut-être raison.

Il était fatigué, elle aussi. Ils avaient bien parlé, elle lui était reconnaissante de son écoute et de sa compréhension malgré les leçons de sa thérapeute – le fait qu'elle ne doive de reconnaissance à personne pour être acceptée comme elle était.

— On devrait se reposer un peu.

— Oui, dit Rafe en s'étirant, un peu trop pour ses points de suture. L'équipe de l'hôtel nous réveillera si on a besoin de nous.

Il semblait soudain très fatigué.

— Tu es debout depuis quand ? demanda-t-elle, prenant soudain conscience qu'à l'heure du petit déjeuner il devait déjà être en vol depuis Malé.

— Depuis… trop longtemps. Une heure ou deux de sommeil et ça ira mieux.

— Je vais prendre des nouvelles de Zeena, je reviens.

À son retour, c'était comme s'il s'était endormi aussitôt la tête posée sur l'oreiller, tout habillé, avec une jambe qui pendait hors du lit. Il remua légèrement lorsqu'elle lui retira ses chaussures, mais quand elle le couvrit d'un drap, il était de nouveau dans un sommeil profond.

Elle alla s'allonger sur son lit de l'autre côté de la chambre, tout habillée au cas où il faudrait passer rapidement à l'action.

C'était étrange de fermer les paupières en sachant qu'il y avait quelqu'un d'autre dans la pièce. Mais la respiration lente et régulière de Rafe, le son lointain de l'orage et les petits bruits du gecko lui firent l'effet d'un puissant tranquillisant. Elle s'endormit, sa respiration calée sur celle de Rafe.

8.

Du plus profond de son sommeil, Rafe perçut des coups répétés à la porte. Il s'assit sur le coup dans le lit, se débattant avec un drap.

Il ne se souvenait pas s'être allongé ni avoir enlevé ses chaussures, et certainement pas avoir remonté un drap sur lui.

Il se leva en chancelant et se cogna le gros orteil dans le montant d'un lit. Quand il ouvrit la porte, il était parfaitement réveillé.

— Le bébé arrive ?

— On dirait, lui répondit Haroon avec un grand sourire excité.

— Va rejoindre ta femme. On arrive.

Il alluma la lumière.

Mel était allongée tout habillée, apaisée, magnifique. Elle dormait profondément malgré les coups de tonnerre et la pluie battante.

Il hésita un moment puis lui toucha l'épaule. Elle ne réagit pas, alors il la secoua légèrement, et elle s'assit aussitôt dans son lit, comme lui. Sauf qu'avec ses cheveux en bataille et sa joue rosie par l'oreiller, elle était absolument adorable.

— Euh… Bébé ?

— Oui.

— Alors ne reste pas planté là, Rafe, on y va !

Elle s'attacha les cheveux en chemin, mais leur précipitation se calma lorsqu'ils arrivèrent devant la chambre de Zeena. Celle-ci avait des contractions régulières, et les deux voisines qu'elle avait choisies pour l'accompagner durant l'accouchement étaient déjà là. Haroon faisait les cent pas près de la porte.

Mel, toute trace de sommeil disparue, se pencha tout sourires vers Zeena.

— Vous voulez qu'Haroon reste encore un peu ?

— Non, non, dites-lui qu'il peut y aller, répondit Zeena en se mordant la lèvre de douleur.

— Rafe ?

Un regard suffit pour qu'il fasse gentiment sortir Haroon. Un petit groupe d'hommes l'attendait devant la porte. Rafe promit de venir le chercher dès qu'il y aurait des nouvelles.

À son retour, Mel s'était lavé les mains et se nouait un tablier chirurgical à la taille. Zeena se mordait la main pour ne pas crier quand la contraction venait.

— Zeena, vous pouvez crier, vous savez.

— Je ne veux pas qu'Haroon… s'inquiète.

— Tout va bien pour lui, il n'entendra rien. Pensez à vous. Respirez comme votre sage-femme vous l'a appris et criez-moi autant que vous voulez dans les oreilles. Ça fait du bien, non ? fit-elle aux deux femmes, qui acquiescèrent.

Elle fit le nécessaire, le laissant surveiller le rythme cardiaque du bébé et les constantes de Zeena. Mais tout n'était pas qu'une question de médecine. L'atmosphère de la pièce était pleine d'amour, d'entraide, trois femmes soutenaient une des leurs pour mettre une nouvelle vie au monde. Trois heures plus tard, le bébé de Zeena était né.

Rafe avait assisté à de nombreuses naissances depuis celle de son fils, mais aucune ne s'était ainsi approchée du sentiment de tenir pour la première fois son enfant dans ses bras. Avec Mel, tout tournait autour des besoins spécifiques de la maman, elle avait fait de ce moment une célébration de la vie, une expérience positive et touchante.

Par respect pour les traditions religieuses que Zeena et Haroon voulaient suivre, la consigne était de garder le silence une fois le bébé né. Le premier son humain que celui-ci devait entendre était la voix de son père lui murmurant l'appel à la prière à l'oreille droite. Mel avait gardé cela à l'esprit, elle fit signe à Rafe d'aller chercher Haroon. Ils tamisèrent la lumière, et le nouveau papa prit son fils dans ses bras.

Rafe en eut les larmes aux yeux. Pas à cause de sa femme morte ou de son fils qu'il aimait tant, non. Des larmes de gratitude. L'atmosphère que Mel avait instaurée dans la pièce touchait tout le monde.

Elle prit soin de Zeena et suggéra que Rafe photographie le bébé pour donner les photos aux parents déjà très fiers. Puis elle en prit à son tour quelques-unes, et ils laissèrent les parents en tête à tête avec leur bébé.

— Bien joué, dit Rafe avec un rictus quand ils eurent refermé la porte. Ils n'ont pas vu que tu étais inquiète.

— J'espère que c'est à tort. Tu en penses quoi ? demanda-t-elle en ouvrant la porte de l'appartement des médecins et en sortant son téléphone.

Elle zooma sur le petit visage du bébé.

Il observa la photographie de près et passa à la suivante. Mel l'avait prise sous un autre angle, et ce qui la préoccupait lui apparut aussitôt.

— On dirait une cataracte à l'œil gauche. Je n'arrive pas à voir s'il y en a sur l'œil droit.

Ce qui changeait la donne. Le plus souvent, lorsqu'un bébé naîssait avec un œil affecté, c'était dû à une blessure in utero. Mais si les deux yeux l'étaient, la cause était plus probablement une maladie ou un problème génétique.

— J'ai regardé attentivement, je n'ai rien vu à l'autre œil. Mais c'est peut-être seulement moins évident. Il va falloir poursuivre les investigations.

Il allait falloir préparer les jeunes parents au fait que leur bébé avait peut-être un problème de santé. C'était toujours une conversation délicate, mais si quelqu'un était à la hauteur de la tâche, c'était bien Mel.

— J'ai une très bonne amie ophtalmologue à Londres, elle pourrait nous conseiller, dit-elle en regardant son téléphone. En même temps, je n'ai qu'une barre de connexion…

— Essaie, répondit-il en sortant son appareil. Je n'en ai pas plus sur le mien, mais l'antenne doit encore être debout. L'orage complique la réception, c'est tout.

Elle était déjà en train de taper son message, qu'elle envoya sur-le-champ avec quelques photos.

— On dirait que c'est passé. Il est plus de 22 heures là-bas, je n'aurai pas de réponse avant demain matin, si on a encore du réseau à ce moment-là !

Il s'assit sur le lit. C'était tellement normal, tellement naturel, de s'asseoir à côté d'elle.

— On va leur laisser une demi-heure d'intimité, puis on ira ausculter le bébé, dit-il en joignant les mains.

Ce qu'il aurait voulu faire, c'était prendre Mel dans ses bras.

— Oui. J'ai déjà fait tous les examens standard, mais ils ne le savent pas. On prétendra que c'est la procédure.

Lorsque son téléphone sonna, elle sauta dessus pour répondre.

— Maddie ?

À l'écran, l'image d'une femme blonde en robe rouge sans manches se figeait un peu, mais ça allait.

— Mel, je suis dans une soirée. Tu n'étais pas censée être en vacances ?

— C'est le cas. Enfin, pas vraiment. Un orage tropical est venu corser un peu la situation. Je te présente le Dr Davenport, on vient de faire un accouchement tous les deux.

C'était une manière généreuse de présenter les faits. Elle s'était occupée de l'accouchement, il avait observé. Il rendit son salut à Maddie.

— Alors, vous avez accès à quel type d'équipement ? demanda-t-elle, professionnelle malgré sa tenue.

— Nous avons de bonnes installations cliniques, et on peut faire à peu près tout ce qu'on veut en termes d'examens… Maddie ?

La connexion se figea puis, après quelques secondes angoissantes, reprit.

— OK, j'ai entendu. Et pour ce qui est des hôpitaux ?

Mel se tourna vers lui.

— Il y en a à Malé, sur l'île principale, mais ils sont inaccessibles pour le moment à cause de la tempête.

— Ils auront les moyens de faire de la chirurgie des yeux sur un bébé ?

Le visage de Maddie se figea de nouveau sur un froncement de sourcils.

— Pas forcément. Mais je m'en occupe, je trouverai ce qu'il faut, répondit-il.

— Entendu. Mel, je vais t'envoyer une liste de choses à faire, je t'en parle juste rapidement au cas où ça ne passerait pas.

— Attends…

Mel chercha autour d'elle de quoi noter, et il alla prendre un bloc-notes et un crayon sur sa table de chevet. Elle le remercia d'un signe de tête et reprit la conversation.

— Tu peux y aller, Maddie, je suis prête.

C'était peut-être leur dernière chance de consulter un spécialiste avant plusieurs jours, c'était précieux.

9.

Mel relut la page de notes devant elle.

— Merci mille fois, Maddie, je te revaudrai ça ! Tu appelles Amy pour moi, alors, tu veux bien ?

— Je n'y manquerai pas. Je la préviens que tu ne pourras peut-être pas donner de nouvelles mais qu'il n'y a pas de quoi s'inquiéter. Je ne lui dirai pas que tu es coincée dans un paradis tropical avec l'homme le plus *splendide* de la planète.

Maddie avait de nouveau la tête à la fête.

— Coincée dans un centre médical avec peu de perspectives de repos, surtout…

— Mel, je suis certaine que tu pourrais en tirer parti et t'amuser si tu voulais.

Après tout, pourquoi ne pas suivre l'exemple de Maddie et profiter des plaisirs simples de la vie au lieu de s'inquiéter ? La tendresse avec laquelle Rafe avait montré à Haroon comment porter son bébé valait toutes les siestes en chaise longue du monde.

— Eh bien, il faudra attendre que je sois moins occupée. J'espère juste que Rafe pourra répondre aux besoins du bébé. Je crois qu'il a le réseau professionnel qu'il faut ici.

— Et voilà. Il n'est pas seulement à tomber, c'est carrément un Prince Charmant !

L'écran se figea une dernière fois, et la communication fut coupée.

Cela valait sans doute mieux. Il n'y avait pas assez de réseau pour qu'elle s'étende sur les qualités de Rafe. Son téléphone bipa, elle téléchargea la liste de recommandations de Maddie, sans doute rédigée à l'intention d'étudiants ou de stagiaires.

Merci, Maddie, c'est parfait.

Puis elle envoya un second message.

À propos du Prince Charmant, tu n'imagines pas à quel point...

Maddie répondit par une ligne de smileys souriants et précisa qu'elle avait hâte d'en savoir plus.

Mel avait elle aussi très envie de découvrir ce qui se passerait avec Rafe, même si cela pouvait mal finir. Et si elle cédait à l'attirance évidente entre eux et qu'il fuyait ? Valait-il mieux résister au désir et ne jamais savoir ? Aucune de ces perspectives n'était attrayante, et son cœur battait la chamade.

La porte qui s'entrouvrit la fit sursauter.

— Tu peux entrer, dit-elle.

Rafe avait dû attendre quelque part qu'elle finisse sa conversation.

— Tu as tout ce qu'il te faut ?

Il ouvrit la porte en grand.

— Oui, j'ai reçu la liste de Maddie et j'ai même eu le temps de lui poser quelques questions. Si on ne s'est pas trompés, il va falloir transférer le bébé dans un hôpital.

Rafe plissa le front.

— Les Maldives ont fait beaucoup de progrès, mais la géographie complique tout. Il y a un programme qui permet aux habitants de se faire soigner à l'étranger dans des hôpitaux partenaires si le traitement dont ils ont besoin n'est pas disponible ici.

— Qu'est-ce que cela implique si le bébé de Zeena doit être opéré ?

— Je crois que la moitié des opérations de la cataracte pour adultes ont lieu à l'étranger. J'imagine que ce sera nécessaire pour un bébé. L'hôpital avec lequel je travaille à Colombo fait partie du réseau de partenaires, et il est équipé pour cette opération. J'ai envoyé quelques messages, j'en saurai plus demain matin. Mais ne t'inquiète pas, si Zeena et Haroon ont besoin de quoi que ce soit, je ferai en sorte qu'ils l'obtiennent.

Un Prince Charmant, un chevalier. En vérité, Rafe Davenport ne ressemblait ni à l'un ni à l'autre en ce moment. Il avait l'air épuisé, fripé, mais il était encore plus beau à ses yeux.

— Bien. D'après Maddie, il n'y a pas grand-chose à faire médicalement parlant. Si le bébé souffre de cataracte, nous devons le repérer, essayer de comprendre pourquoi et en référer à un spécialiste.

— Alors pour ce soir, nous pourrions répondre à leurs questions éventuelles, laisser Zeena se reposer et leur parler demain matin ?

— Ça semble bien, fit-elle, souriant à sa manière de suggérer plutôt que d'imposer. Mais j'aimerais revoir le bébé, juste pour m'assurer qu'il n'y a pas de maladie associée.

— Bonne idée, répondit Rafe avec un sourire malicieux. On pourrait le subtiliser un moment pour lui faire un check-up complet. C'est une procédure normale.

Lui aussi s'amusait de ce nouveau processus de décision.

— Ça me va. Laisse-moi juste relire la liste de Maddie pour ne rien oublier.

Il s'assit sur le lit à côté d'elle.

C'était difficile de garder sa concentration alors qu'il était si près. Et si elle lui trouvait une mission ?

Se mettre torse nu, par exemple. Ce serait vraiment très agréable. Le prétexte de vérifier ses points de suture pourrait fonctionner… Mais ce serait mélanger travail et plaisir.

Repoussant l'idée, elle tenta de se concentrer sur la liste.

— Sur quoi d'autre pourrions-nous tomber d'accord ?

Oh ! sur tellement de choses ! Mais ce à quoi elle pensait pourrait leur causer toutes sortes de problèmes inextricables.

— Je… Et si je t'envoyais la liste ?

— D'accord. Merci, fit-il avec dans la voix une nuance de déception en écho à ce qu'elle ressentait.

Tout allait rentrer dans l'ordre, redevenir normal, lorsqu'elle fit l'erreur de le regarder.

Ses yeux. Il aurait aussi bien pu lui dire qu'il voulait faire sauvagement l'amour avec elle, là, sur le lit où ils étaient assis.

Mais il y avait aussi du Prince Charmant en lui. Comme s'il avait besoin qu'elle le touche, d'une main légère, pour lui faire part de ses sentiments.

Allait-il lui poser la question ?

Mais il baissa la tête vers son téléphone.

Ah non, non, non ! La leçon qu'elle avait tirée des vingt-trois ans depuis que Michael était parti, c'était qu'il fallait dire ce qu'on avait en tête. Les non-dits avaient sur elle le plus mauvais genre de pouvoir.

— C'est toujours émouvant, non, une nouvelle vie qui commence…

Rafe laissa la phrase en suspens et la regarda, le regard brûlant. Peut-être voyait-il la même intensité en elle, mais elle devinait que ce ne serait pas suffisant pour lui. Il ne ferait pas le premier pas sur une intuition. Il avait besoin de plus. Comme elle. C'était une des énigmes qui venaient avec les années : c'était plus simple de parler des choses, et plus nécessaire aussi.

— C'est émouvant. Tu t'en es très bien sorti.

— Tu as donné le cadre. Je me suis senti à l'aise pour faire ce qui me semblait bien pour Zeena.

Elle hocha la tête. Le silence entre eux était chargé d'électricité, la lumière des éclairs leur parvenait à travers les volets, et elle se rapprocha instinctivement de lui.

— Il y a un sentiment d'intimité avec l'orage, aussi, dit-il, comme s'il passait en revue tout ce qui pouvait expliquer ce qu'ils ressentaient.

— Oui, sans doute.

Elle aurait pu mettre fin à ce moment de toutes sortes de manières, délicatement, en souriant, mais elle ne le ferait pas. Ils avaient tous les deux vécu assez pour s'engager sur ce chemin les yeux grands ouverts, c'était ce qui les retiendrait d'aller trop loin. Elle ne pouvait pas compter sur sa maîtrise d'elle-même, car son regard la faisait fondre.

— Je suis un peu… rouillé dans ce domaine, mais j'aimerais te demander quelque chose.

Elle en eut la chair de poule.

— J'adorerais que tu me demandes quelque chose.

Il sourit.

— On se connaît depuis très peu de temps, mais j'ai envie de t'embrasser.

— J'aimerais beaucoup que tu le fasses.

Il hésita.

Non, ce n'était pas le genre de Rafe. Mais il lui montrait que c'était important pour lui, que ce n'était pas un caprice passager.

Puis il toucha son visage, si doucement qu'elle frissonna, et il posa les lèvres sur les siennes de la façon la plus douce, la plus déchirante qu'elle ait jamais connue.

Il lui fallait un instant pour reprendre ses esprits.

Rafe avait reculé. Il la dévisageait sans la moindre trace de regret.

— Très agréable, dit-elle, caressant le tissu de son vêtement puis refermant le poing dessus. Tu veux réessayer pour de vrai, sincèrement ?

— Tu crois que je n'étais pas sincère ? fit-il, ses lèvres se retroussant à l'idée du défi qu'elle lui proposait.

Puis, soudain, il ne fut plus question de vrai ou de faux, de ce qu'ils voulaient ou pas. Il l'attira à lui et l'embrassa, prenant possession de son souffle, régnant sur chacun de ses battements de cœur. Même lorsqu'il s'écarta, il la garda sous son emprise, la dévorant des yeux.

Elle le connaissait depuis moins d'une journée, il l'avait embrassée une fois, et elle lui appartenait.

Ce n'était pas possible, il y avait autre chose ! Ce seul baiser avait déclenché plus de passion en elle que toutes les aventures polies et sans conséquence dont elle s'était contentée depuis des années. Elle était experte à garder le contrôle de ses relations sentimentales et à y mettre fin avant que quelqu'un souffre, mais elle en prenait conscience, avec Rafe, ce serait différent.

On frappa à la porte, et ils se séparèrent d'un bond, comme des coupables. En bon homme d'action, Rafe fut debout en une seconde et fila ouvrir la porte. Après un court échange avec une des voisines qui avaient assisté à l'accouchement, il se tourna vers Mel.

— Zeena va bientôt s'endormir. Ce serait peut-être le moment de prendre ses constantes et de faire les examens postnatals du bébé ?

Elle répondit d'un hochement de tête, la parole ne lui était pas encore revenue.

— Alors je vais chercher le bébé et je l'amène dans la salle de consultation. Rejoins-moi quand tu es prête.

Elle répondit de la même manière, et il partit avec un sourire, avant de se retourner comme s'il avait oublié quelque chose.

— Au fait, j'étais sincère.

— Je sais, répondit-elle, d'une voix étranglée qu'elle ne se connaissait pas.

Il hocha la tête et ferma soigneusement la porte derrière lui.

Rafe avait tous les sens en alerte et plus mal nulle part. Il ne sentait plus les égratignures de son bras, et la plaie recousue par Mel ne pulsait plus. Il avait l'impression que la foudre était tombée sur lui et lui avait conféré des superpouvoirs.

C'était absurde, évidemment. Il savait qu'on pouvait tomber amoureux après un unique baiser, car cela avait été le cas avec Annu. Mais ce baiser était arrivé alors qu'ils se connaissaient déjà bien. Une vingtaine d'heures, ce n'était rien. Comment était-il possible de tout aimer de quelqu'un dont on ne savait quasiment rien ?

Mais son sentiment profond n'avait que faire de ces raisonnements. Il se sentait capable de défier les lois de la science, de la psychologie humaine, de l'amour ou de quoi que ce soit d'autre qui ait été mobilisé par ce baiser avec Mel. Ce baiser, c'était la seule chose vraie, l'absolu sur lequel il pouvait compter.

Zeena était sur le point de s'endormir. Elle réagit à peine quand il lui prit sa tension.

Dans la salle de consultation, en attendant Mel, il parcourut la liste de Maddie, claire et concise.

— Tu as quel niveau, en cataractes ? demanda Mel qui était entrée sans un bruit.

Elle avait remonté ses cheveux et enfilait des gants, prête à se mettre au travail. Ses yeux semblaient un peu plus grands et sa bouche un peu plus rouge. Si une telle chose était possible, elle était encore plus belle. Il ne pouvait détacher les yeux d'elle.

— Moyen à avancé. J'ai reçu en consultation quelques enfants qui en étaient affectés.

— Tu as plus d'expérience que moi. J'ai tendance à me concentrer sur les mamans.

— D'accord. Alors, tu le tiens pendant que je l'ausculte ?

Elle acquiesça, prit doucement le bébé dans son berceau, le calma, le berça gentiment comme il s'agitait.

Rafe sortit l'ophtalmoscope de son étui et tamisa les lumières.

— Alors, petit bonhomme, ouvre les yeux pour moi.

Trouver le bon angle sans toucher Mel n'était pas évident. À la fin, il abandonna. Il appuya la joue sur son épaule, ce qui ne sembla pas la gêner, et il put voir tout ce qu'il avait besoin d'observer. Toute idée de flirt ou de plaisir s'effaça tandis qu'il auscultait attentivement le bébé.

Puis il ralluma la pièce pour prendre des notes, et Mel s'assit, le poupon dans les bras. Les yeux de celui-ci se refermèrent, il se pelotonna contre sa poitrine.

— Qu'est-ce que tu as vu ?

— Le réflexe rouge du fond d'œil révèle une cataracte dans l'œil gauche, et il y a aussi une légère réduction dans le réflexe de l'œil droit.

Elle plissa le front.

— C'est bilatéral, alors. Il y a donc plus de risque que ce soit congénital ou dû à une infection in utero. La rougeole, la rubéole ?

— Ça pourrait être la rubéole. Il y a d'importants efforts pour l'éradiquer, mais elle reste plus fréquente qu'en Angleterre.

Ils convinrent des questions à poser le lendemain matin à Zeena et Haroon pour déterminer la cause du problème, puis Mel bâilla.

— Va te reposer, dit-il. Je reste debout au cas où.

— Mais tu es fatigué aussi.

Il la fit taire d'un froncement de sourcils.

— Pas de discussion. Je reprends mes habitudes autoritaires. Je vais examiner rapidement le bébé et chercher des maladies associées. Allez, va t'allonger, je viens te réveiller autour de 9 heures.

— 8. Je prendrai le relais pendant que tu dors une heure ou deux, puis on ira parler à Zeena et Haroon ensemble.

— Comme tu veux, mais vas-y.

C'était aussi bien qu'ils dorment à tour de rôle, parce qu'il n'était pas certain d'être capable de rester sagement dans son lit avec Mel allongée à quelques mètres. L'idée de la tenir dans ses bras pendant qu'ils s'abandonnaient tous les deux au sommeil était beaucoup trop séduisante.

Quelques heures plus tard, il avait piqué du nez une bonne dizaine de fois, et son bras commençait à être douloureux, mais il repoussait le moment de réveiller Mel. Elle devait avoir mis une alarme, car à 8 h 10 elle vint le relever, fraîche comme une rose.

— La tempête a l'air d'être coincée au-dessus de nous, dit-elle.

— Oui, j'ai écouté la radio, on en a encore pour vingt-quatre heures au moins. Tu as dormi ?

— Oui. Vas-y, toi.

Il était trop fatigué pour discuter.

10.

Rafe se réveilla avec une odeur de café et de bacon.

L'hôtel avait organisé un brunch, et Mel lui avait apporté son petit déjeuner à domicile.

Il y avait des matins plus agréables que d'autres !

Mais elle repartait déjà.

— Tu vas où ? Tu ne manges pas avec moi ? demanda-t-il en tendant la main vers elle.

Les points de suture se rappelèrent à lui.

— Le devoir m'appelle. Il y a une file d'attente devant la salle de consultation. Rejoins-moi quand tu es prêt.

Vingt minutes plus tard, il avait installé un bureau dans une chambre vide et recevait son premier patient. Quand il n'y eut plus personne à ausculter, Mel le rejoignit.

— Alors. Deux indigestions, trois insomnies et quelques migraines. Heureusement, j'ai eu un orteil cassé pour me stimuler un peu.

— C'est moi qui gagne : entorse de la cheville.

— Pas du tout. Une fracture compte plus qu'une entorse.

— Et les points de suture ? Moi, j'ai des points de suture.

— Comment ça ? Mais c'est moi qui les ai faits, je te signale !

— Je les ai auscultés ce matin, et c'est *ma* peau. Mon corps m'appartient.

— Pas du tout. Pas si ça saigne. Ce bras est à moi.

Il éclata de rire et se renfonça dans son siège.

— Imagine la situation inverse. Tu dirais quoi si je revendiquais une partie de ton corps ?

Ils se taquinaient, ils flirtaient. C'était peut-être une manière de garder le contrôle après leur baiser, de se dire qu'ils maîtrisaient la situation. Ou alors d'oublier qu'une tempête se déchaînait à l'extérieur, ou qu'ils allaient devoir parler à Zeena et Haroon… Ou peut-être était-ce simplement pour le plaisir.

N'empêche, ils avaient du pain sur la planche.

Il écouta ses messages.

— Le médecin qui couvre normalement le secteur confirme que la meilleure option est de transférer le bébé à Colombo. Elle va activer son réseau. J'ai averti le directeur de l'hôpital et quelques personnes qui peuvent faciliter le trajet jusqu'au Sri Lanka une fois la tempête passée. Avec un peu de chance, ça va se faire sans trop de difficultés.

— Parfait. Il ne nous reste plus qu'à parler à Zeena et Haroon.

Avertir des parents que leur enfant avait un problème était toujours un moment délicat. Qu'il soit potentiellement héréditaire le rendait parfois gênant. Personne n'était responsable de son bagage génétique, mais cela n'évitait malheureusement pas les reproches ou la honte.

Rafe passa tous les éléments en revue avec calme et sang-froid. Son attitude positive, que Mel avait trouvée plus d'une fois excessive, se révéla un atout. Ni Zeena ni Haroon ne doutèrent que la médecine allait aider leur bébé ou que le traitement dont il avait besoin serait disponible pour eux.

Comme Zeena n'avait pas été malade pendant la grossesse, Rafe aborda en douceur la possibilité que le problème soit héréditaire.

— Nous pouvons examiner vos yeux dès maintenant pour savoir si l'un de vous a une légère cataracte indétectée. Il vaut mieux le savoir pour vos futurs enfants, ils pourront être surveillés attentivement…

Zeena, qui avait été sereine jusque-là, éclata en sanglots. Précisément ce qu'ils voulaient éviter.

Mel lui serra la main, mais avant qu'elle puisse parler, Haroon intervint :

— Zeena, tu es ma femme, et je ne veux pas que tu sois testée. Si le Dr Davenport veut bien m'examiner, cela suffira.

— Oui, Haroon, merci, dit Zeena.

Rafe se leva d'un bond, souriant à Haroon.

— Très bien. Si c'est ce que vous souhaitez.

Mais, comment…

Puis Mel comprit : Rafe allait parler à Haroon lorsqu'il serait seul avec lui et essayer de comprendre ce qui se passait.

Elle n'intervint pas, et Rafe sortit avec Haroon.

Zeena ne pleurait plus, elle tendit les bras vers son fils.

Mel le prit doucement dans son berceau et le déposa sur les genoux de sa mère.

— Maintenant que nous sommes seules, Zeena, je peux vous poser une question ? Haroon est un peu directif, parfois, non ? Vous interdisait-il de vous faire tester ? Parce que c'est à vous de décider, évidemment.

Zeena se mit à sourire.

— Le divorce est très répandu aux Maldives, vous savez.

— J'ai lu un article à ce propos. C'est le plus haut taux de divorce au monde, non ?

— Oui. Ma mère a divorcé trois fois, ce qui n'est pas exceptionnel. Mon beau-père n'était pas un homme bien, il nous battait. Haroon est au courant.

— Je suis désolée, Zeena. Mais pourquoi me dites-vous ça ?

— Quand j'ai épousé Haroon, il m'a dit qu'il serait mon seul mari. Qu'il serait toujours un mari aimant et que nos enfants ne subiraient jamais la même chose que moi. Il tient ses promesses, mais parfois j'ai peur. Quand Dr Rafe a dit que notre bébé avait un problème…

Elle embrassa le front de son fils.

— Je comprends. Je continue à avoir peur de ce qui m'a blessée par le passé, moi aussi, dit Mel qui réfléchit un moment. Alors, Haroon vous disait à sa façon qu'il ne vous quitterait pas même s'il y avait de la cataracte dans votre famille ? C'est pour cela que vous n'avez pas besoin d'être testée ?

Zeena acquiesça.

— Mais personne n'est en faute. Nous voulons seulement savoir ce qui s'est passé pour que votre bébé reçoive le traitement le plus adapté.

— Haroon en est conscient, et moi aussi. On nous enseigne la génétique à l'école. Mais j'ai mes peurs, et Haroon me protège d'elles.

— Mais que se passera-t-il si Rafe ne trouve pas de cataracte dans les yeux d'Haroon ?

— Je lui parlerai. Il se laissera convaincre quand il verra que j'ai réfléchi et que je n'ai plus peur. Vous comprenez ?

Oh que oui ! Tout aurait été tellement différent avec un homme qui aurait apaisé ses angoisses au lieu de jouer avec elles, quelqu'un qui aurait pris soin d'elle et d'Amy.

— Vous êtes en train de me dire qu'Haroon est quelqu'un de bien, et que je ne dois pas m'inquiéter pour vous, c'est ça ?

— Oui. Exactement.

Pourtant, l'attente était interminable. Rafe prenait manifestement l'examen au sérieux, sachant qu'il y avait en jeu plus que des données médicales. Finalement, Haroon revint avec des notes de Rafe à la main. Il vint s'asseoir sur le lit à côté de Zeena.

— Zeena, je suis désolé. J'ai des légères traces de cataracte dans les deux yeux, il est possible que j'aie transmis le problème à notre fils.

— Alors, notre fils a de la chance, il va aussi devenir fort et courageux comme son père.

Mel et Rafe se regardèrent et sortirent de la pièce.

— Si tu veux m'engueuler parce que c'est à Zeena de prendre les décisions médicales la concernant et que je n'ai rien dit, c'est maintenant, dit-il quand ils furent dans l'appartement des médecins.

— Tu as bien fait.

— Tu ne cesses pas de m'étonner, Mel Murphy, dit-il en haussant les sourcils.

— Tu as pris une décision en t'appuyant sur ta connaissance de la région, sachant que tu poserais des questions précises à Haroon avant de l'examiner.

— Tu écoutais à la porte ?

— Non, j'ai posé les mêmes questions à Zeena, et j'ai probablement obtenu à peu près les mêmes réponses : il s'avère qu'elle a des peurs bien à elle, et compréhensibles vu son enfance, et qu'Haroon voulait la rassurer en lui faisant comprendre que c'était désormais différent.

— C'est à peu près ce qu'il m'a dit. Alors, nous… On a confiance l'un en l'autre, maintenant, n'est-ce pas ?

Cela semblait être le cas : elle lui avait fait confiance pour poser les bonnes questions, et il en avait fait autant.

— C'est un problème ?

Il éclata de rire.

— Absolument pas. Du moment que tu me jures que tu serais sortie le couteau entre les dents si tu avais découvert qu'Haroon prenait des décisions médicales pour Zeena sans son accord.

Elle leva les yeux vers lui et se retrouva captive de son regard.

— Qu'est-ce que tu crois, Rafe ?

Ils avaient beau se taquiner, ils avaient plus en commun qu'ils n'osaient se l'avouer.

À la radio, les nouvelles étaient bonnes. La tempête était censée se déplacer aux petites heures du lendemain matin pour déchaîner sa furie sur l'océan, à l'ouest des îles. Tout n'était pas réglé, ils n'avaient toujours pas de téléphone, et le bureau de M. Manike était évidemment pris d'assaut. Mais cet après-midi-là régnait une atmosphère de camaraderie tranquille, avec le sentiment que le pire avait été évité.

Mel et Rafe se relayèrent de nouveau pour dormir.

La santé de Zeena et du bébé, très bonne, ne justifiait pas ce genre de précaution, c'était pour d'autres raisons qu'ils devaient être prudents. Ainsi, quand Rafe réveilla Mel en posant la main sur son épaule, la première impulsion qu'elle ressentit fut de l'attirer à elle dans le lit.

— C'est tout calme, fit-elle en attrapant son peignoir pour ne plus y penser.

Le bruit du vent lui manquait presque.

— Oui, je ne sais pas si c'est la peine que tu te lèves. Tout le monde dort. Enfin, sauf M. Manike. On doit se voir dans dix minutes.

Elle alla s'assurer que Zeena et le bébé allaient bien puis rejoignit les deux hommes.

— Nous nous demandons s'il y a un danger à sortir pour évaluer les dégâts, dit Rafe. M. Manike va d'abord envoyer des groupes en éclaireurs. Quand ils reviendront avec des informations, les clients de l'hôtel seront mis au courant.

— L'une de nos priorités est de réparer le mât de communication, pour savoir ce qu'il en est pour le bébé qui a besoin de soins.

Rafe approuva.

— Je vais aller voir l'hydravion, puis j'irai donner un coup de main pour le mât. Tu veux venir ?

Rien ne s'y opposait. Le bébé se nourrissait bien, Zeena prenait de l'assurance, elle se remettait de l'accouchement. Il était temps de la laisser faire, qu'elle trouve son rythme.

— D'accord. Tu penses y aller quand ?

— Après le petit déjeuner.

Mel serra les lacets de ses chaussures de marche. Malgré la chaleur, elle était en jean et blouson pour se protéger des débris, et Rafe lui avait trouvé de solides gants de travail.

Il avait pris un bocal en verre dans lequel se trouvait le gecko.

— Tu vas la relâcher ?

Il lui avait assuré que c'était une femelle, mais il avait refusé de la baptiser, arguant qu'ils risquaient de s'attacher. Elle en avait conclu que c'était déjà fait, pour lui comme pour elle.

— Elle appartient au monde sauvage, ce n'est pas un animal de compagnie. Ni toi ni moi n'allons la ramener chez nous, alors, oui, je la relâche. Le plus tôt est le mieux.

Mel enfila ses gants, essayant de ne pas penser au fait que leurs maisons respectives se trouvaient de part et d'autre de la planète.

Le ciel d'un bleu sans nuages se fondait avec la mer couleur saphir, le soleil brillait. En faisant abstraction des branches cassées, du bois qui flottait partout et des bungalows qui avaient pauvre allure, tout semblait relativement normal.

— Ça n'a pas l'air si terrible.

Rien en tout cas qui ne puisse s'arranger.

— Oui. J'espère que l'avion n'a pas souffert.

Rafe semblait soudain en mission, il se dirigea à grandes enjambées vers le spacieux hangar. Tendant le bocal du gecko à Mel, il dégagea les branchages qui encombraient le passage, déposa les panneaux de protection contre le mur et ouvrit la porte.

Au fond se trouvait l'hydravion, que Rafe inspecta, se glissant en dessous à la recherche de fuites et sautant sur le flotteur pour entrer dans le cockpit.

— Tout va bien ?

De près, l'hydravion était plus excitant, ou peut-être était-ce Rafe qui l'était, avec ses mouvements si précis, si gracieux.

— On dirait. Tu veux venir voir ?

Oui, mais le cockpit avait l'air minuscule. Et ils savaient ce qui arrivait quand ils étaient l'un près de l'autre.

— Plus tard, j'adorerais. Mais le mât…

— Tu as raison, commençons par le commencement. J'espère que j'ai des réponses à mes messages.

Il referma la porte du hangar et remit les panneaux de

protection en place. Puis il lui indiqua un chemin sur la gauche : l'accès le plus direct vers le mât, situé au point culminant de l'île.

Elle fut vite essoufflée. Rafe marchait vite, il préférait avancer en ligne droite plutôt que de suivre les chemins, et avec le chaos de la tempête, branches et troncs jonchaient la pente, qui grimpait régulièrement.

Soudain, il s'arrêta.

— Là, c'est un bon endroit.

Il ressemblait à tous les autres. Était-ce par égard pour elle qu'il refrénait son envie d'arriver rapidement à destination ?

— Tu trouves ? Moi, ça me ferait du bien de m'arrêter un instant.

Ça aussi, c'était nouveau. Admettre une faiblesse au lieu de serrer les dents et de continuer.

— Bien. Alors…, fit-il, souriant au gecko comme s'il avait complètement oublié que ce n'était pas un animal de compagnie. Tu vas être bien ici, à faire ce que tu aimes.

Il s'accroupit, inclina le bocal et ouvrit le couvercle.

— Regarde bien : elle va prendre une minute ou deux pour trouver la sortie, mais après, elle va filer à toute allure.

Ils se penchèrent au-dessus du bocal, attendant.

Le gecko sembla s'habituer à l'idée de partir. Approchant doucement de l'ouverture, il s'arrêta, humant l'air. Puis il fusa sans laisser de traces.

— Au revoir, prends soin de toi, dit Mel en se redressant.

— Elle est là où elle doit être.

— Je sais. Prendre soin d'eux, les aimer du mieux qu'on peut, et les laisser partir.

Elle avait fait cela récemment avec Amy, et elle ne s'en était pas encore remise.

— Oui, répondit Rafe. J'ai encore la nostalgie des matins où Ash venait me réveiller en sautant sur mon lit. C'était il y a déjà un moment…

Il se perdit dans ses pensées puis se reprit.

— Bon, ne nous attardons pas.

— On a encore du chemin à faire, dit-elle en regardant la pente accidentée qui grimpait jusqu'au mât.

Presque timidement, il lui tendit la main. Et, presque en s'excusant, elle la prit.

L'ascension fut sportive, mais ils atteignirent bientôt le sommet qui avait été dégagé pour faire place au mât de communication. Un groupe d'hommes discutaient devant un petit bâtiment qui devait abriter le générateur et les équipements de l'installation.

— Docteur Davenport, fit l'un d'eux, vous aimeriez que votre téléphone fonctionne…

— Oui, j'attends des messages. Quel est le pronostic ?

— Plutôt bon. Mais les antennes se sont décrochées, dit l'homme en désignant une antenne plate rectangulaire qui gisait à côté d'eux sur le sol, et deux autres qui pendaient à mi-hauteur du mât.

— Alors, il suffit de les refixer ? demanda Rafe en mettant sa main en visière pour observer le sommet du mât. Vous avez des harnais de sécurité ?

— Bien sûr. On tire à la courte paille qui va monter là-haut.

Mel regarda ses pieds. Elle savait pertinemment ce qui allait se passer.

— Moi, je veux bien, dit Rafe. Je parie que la vue est pas mal, de là-haut, ajouta-t-il en se tournant vers elle.

Lui demandait-il son avis ? C'était difficile à savoir, et elle devinait qu'il ne se laisserait pas aisément dissuader. Ça n'avait d'ailleurs pas l'air si compliqué. Au centre de la structure, une échelle protégée par une cage de sécurité circulaire allait jusqu'au sommet.

— Sans doute. Monter là-haut a l'air assez simple, répondit-elle sans enthousiasme.

— Alors…, fit-il en sortant son téléphone de sa poche, tu veux bien garder un œil dessus ? Avec un peu de chance, on va commencer à recevoir des messages dès que les antennes seront à nouveau en place.

En voyant les hommes enfiler les harnais et suivre les procédures de sécurité, elle sentit l'angoisse monter en elle pour Rafe : et si quelque chose cédait ? Si la tour avait été fragilisée par l'orage et qu'elle s'écrasait au sol ?

Elle se dirigea vers un des quatre larges piliers plantés dans une dalle de béton.

Ils allaient tenir, n'est-ce pas ?

Le problème, c'était qu'elle ne savait pas. Elle ne pouvait pas calculer les probabilités, estimer les risques.

Sentant la peur monter en elle, elle alla s'asseoir à la limite de la clairière pour que Rafe ne voie pas son angoisse.

— Hé !

Elle sursauta et reprit contenance avant de se tourner vers lui.

— Prêt à y aller ?

— Oui. La structure est solide, il n'y a pas de danger à grimper. Ces types n'y monteraient pas si ce n'était pas le cas.

Il lisait en elle !

Elle hocha la tête.

— Il y en a deux qui montent à mi-mât chercher les antennes coincées dans la structure. C'est le plus dangereux, en fait. Moi, je fais le plus facile : je grimpe au sommet avec un autre. Les antennes seront tractées par des câbles. Nous, on va les fixer.

Il lui montra les mousquetons de son harnais.

— Et tout du long, on sera assurés avec ça.

— D'accord. OK. Merci.

Elle se sentait déjà plus calme. Le plus sûr aurait été qu'il reste au sol avec elle, mais cela n'arriverait pas, alors autant qu'il y aille et qu'elle reste en bas en faisant comme s'il ne se passait rien de spécial.

Il hésita.

— Tu ne veux pas aller rejoindre les autres ? Ils vont avoir besoin d'aide pour tracter les antennes au sommet. Tu pourrais même te faire offrir une tasse de thé.

Il l'impliquait.

Tout à coup, elle se sentit capable de le regarder à l'œuvre.

— D'accord. Autant que je prépare le thé, ils sont occupés.

— Je suis sûr qu'ils apprécieront, dit-il avec ce sourire qui la faisait fondre.

11.

Les réparations avaient pris un peu de temps mais n'avaient pas présenté de difficultés particulières, et bientôt les téléphones avaient vibré de tous les messages reçus.

Maddie avait envoyé les photos des yeux d'Haroon et du bébé, elle ne pouvait pas se prononcer pour le papa, mais le bébé devait être vu au plus vite par un spécialiste. Justement, un message confirma à Rafe que le transfert était autorisé.

— Bien. Alors tu vas accompagner Zeena et Haroon en hydravion à Colombo ?

C'était une bonne nouvelle, mais son cœur battit plus vite. Elle allait perdre Rafe.

— Euh…, fit-il en parcourant un autre message qui sembla lui faire plaisir. On dirait que non. L'hôpital de Colombo envoie quelqu'un pour Zeena et Haroon. On me demande de rester sur zone un peu plus longtemps et de mettre en place un centre médical temporaire pour les îles voisines où la tempête a fait des dégâts.

— Vraiment ? répondit-elle, incapable de cacher son bonheur.

— Oui, les moyens sont limités en ce moment. Avec l'hydravion, je peux me déplacer facilement, et les installations médicales de l'hôtel sont dignes d'une petite clinique.

Il chercha son regard.

— Tu es partante ?

— Oui !

— Tu ne veux pas reprendre tranquillement tes vacances ?

Il la taquinait car il savait pertinemment ce qu'elle allait répondre.

— Arrête, Rafe. C'est beaucoup plus intéressant que des vacances !

Il fit une petite grimace comique et répondit au message. Son téléphone vibra aussitôt en retour, comme si quelqu'un avait attendu la réponse.

— On dirait qu'on a déjà besoin de nous.

Ils prirent rapidement congé de l'équipe et dévalèrent la colline pour rentrer à l'hôtel.

Rafe n'adapta pas sa vitesse cette fois, mais il ne lui lâcha pas la main, et le sentier de retour était heureusement en descente.

Il commença par s'entretenir avec M. Manike, et l'organisation se mit rapidement en place. Des équipes furent constituées, et quelques clients de l'hôtel se joignirent aux employés pour remettre l'hydravion à flot sous sa supervision. Les caisses de matériel médical furent acheminées à bord.

Puis il prit une douche éclair, et Mel le rejoignit dans le cockpit.

Une heure à peine s'était écoulée depuis qu'il avait reçu le message, et soudain ils furent dans les airs.

— Oh ! C'est tellement beau !

Le bleu profond de l'océan, la nuance plus claire autour de l'île, la plage de sable blanc encerclant un cœur de verdure, elle en eut le souffle coupé.

— Oui.

Il n'était pas bavard, comme s'il se concentrait déjà sur ce qui les attendait.

Plus que sa propre peur de l'inconnu, ce fut ainsi qu'elle comprit que ce ne serait pas simple.

Lorsqu'il pilota l'hydravion au ras de l'eau autour de la petite île à la recherche d'un endroit où se poser, la différence avec Nadulu apparut clairement : il y avait un hôtel tentaculaire d'un côté de l'île, et d'en haut il était évident qu'il avait souffert beaucoup plus que le leur. Il y avait de nombreux dégâts, des gens abattus erraient sans but sur la plage.

Rafe posa l'hydravion avec précaution près d'une petite jetée où ils purent décharger les fournitures médicales nécessaires.

Rafe et M. Manike s'étaient préparés à la tempête dans les moindres détails, elle le comprenait maintenant. Ici, les gens n'avaient reçu aucun soutien, l'hôtel était en ruine, et personne ne prenait la situation en main.

Rafe se tourna vers elle, sérieux.

— Mel, je vais dire quelque chose qui ne va pas te plaire.

— Vas-y, ça ne peut pas être pire que ce que je vois.

— J'ai besoin que tu sois très prudente et que tu restes vigilante. Je vais donner des instructions, des ordres, et je préférerais que tu me fasses part de tes objections en privé.

— Je comprends. Ça n'a rien de personnel. Ces gens ont besoin qu'on leur dise quoi faire.

— Oui, c'est exactement ça.

La foule se rassembla autour d'eux, certains avaient des blessures non soignées aux bras et au visage, d'autres criaient.

— Est-ce qu'on peut avoir un peu de calme ? dit Rafe en haussant la voix pour obtenir l'attention. Je suis le Dr Davenport, et voici le Dr Murphy. Le directeur de l'hôtel est parmi vous ?

— Oui, fit un homme aux cheveux longs, en chemise bariolée décontractée. C'est moi.

Il n'aurait pas pu être plus différent de M. Manike, dont Mel commençait à apprécier le comportement un peu formel.

— Bien. J'ai besoin que ces personnes rentrent se mettre à l'abri à l'hôtel et que deux de vos employés surveillent l'hydravion. Il nous faut aussi un endroit pour le triage et la prise en charge des patients.

Le temps que le directeur regarde autour de lui pour décider quoi faire en premier, Rafe avait déjà désigné deux hommes qui avaient essayé de calmer la foule.

— Pouvez-vous rester ici et vous assurer que personne n'approche l'hydravion, s'il vous plaît ?

— Oui, docteur.

Les deux hommes se positionnèrent aussitôt entre l'appareil et la foule, qu'ils firent reculer.

— Tout le monde rentre tranquillement à l'hôtel. Nous vous donnerons d'autres instructions là-bas.

La foule se fit moins pressante et commença à reculer en direction du bâtiment.

— J'ai l'endroit qu'il vous faut, dit le directeur, se mettant à l'unisson. Suivez-moi.

Les gens s'écartèrent, et Rafe traversa la plage au pas de charge, Mel sur les talons.

— Ton côté lieutenant en mission est étonnamment utile dans certaines circonstances.

— Je croyais que tu devais me laisser du lest ? fit-il avec un petit rictus.

— Mais c'est ce que je suis en train de faire !

— Ah ! Heureusement que tu le dis.

Elle sentit ses doigts lui effleurer la main.

Ils allaient se sortir de ce chaos.

Un patient après l'autre, ils vinrent à bout de la gigantesque file d'attente. La plupart des blessures étaient dues à des éclats de verre. L'obsession de Rafe de couvrir les fenêtres prenait tout son sens, maintenant qu'elle voyait les conséquences d'huisseries non protégées.

Enfin, ils repartirent à Nadulu, l'hydravion rempli de passagers.

Dave s'était entaillé la jambe, il avait une légère fièvre du fait de l'infection. Après lui avoir administré des antibiotiques en intraveineuse, Mel avait estimé qu'il devait passer quelques jours sous surveillance. Izzy, sept ans, avait été projetée en l'air quand une branche était passée à travers la fenêtre de la chambre de ses parents. Elle s'en était tirée avec des coupures superficielles, mais elle s'était cassé le poignet et souffrait terriblement depuis la veille. Rafe lui avait mis une attelle et promis un vol en hydravion, ce qui lui avait tiré un pauvre sourire. Les parents d'Izzy et la femme de Dave avaient fini de remplir l'habitacle. À l'arrivée, l'équipe de l'hôtel avait pris en charge Dave et Izzy, et la mère d'Izzy avait pleuré de soulagement en découvrant les lieux.

Deux patients couverts de bleus après des chutes pendant la tempête avaient été amenés par bateau d'une île voisine. M. Manike les avait installés dans l'appartement des médecins. Il s'excusa auprès de Mel : une employée avait transféré ses bagages dans une suite de luxe au dernier étage de l'hôtel.

— Monsieur Manike, vous êtes un trésor ! Rassembler les patients en un seul lieu est précieux. Merci.

— Je ne fais que mon métier. Et rien n'est trop beau pour nos médecins, répondit le manager avec un sourire d'autant plus remarquable qu'il était rare.

Elle rejoignit ensuite Rafe dans la salle de consultation pour lui demander la clé de l'armoire médicale réfrigérée.

— Ces pauvres gens, dit-elle en se laissant tomber sur une chaise. Ça m'a fendu le cœur de les abandonner.

— Oui, mais on a fait du mieux qu'on a pu. On a hiérarchisé les urgences et soigné tout le monde en fonction de leurs besoins. Des bateaux sont partis de Malé pour évacuer l'île ce soir.

Il avait averti la compagnie qui desservait l'hôtel que c'était une urgence médicale.

— Je sais, mais j'aurais aimé pouvoir faire plus.

— Tu as recousu combien de plaies ?

— J'ai perdu le compte.

— Trop pour les compter, c'est déjà un nombre respectable. On n'en fait jamais autant qu'on voudrait dans ce genre de situations.

— Je suis en train de comprendre la chance que j'ai d'avoir été ici, où les choses étaient organisées.

— Ça change tout. On doit beaucoup à M. Manike, même si je doute qu'il le revendique.

Après avoir tripoté son porte-clés dans tous les sens, il parvint à libérer la clé et la lui tendit.

— Merci. Mais je ne suis pas sûre d'avoir la force de me relever.

Il rit et l'enveloppa de ses bras pour la remettre sur ses pieds.

— Bien. Merci. Autant y retourner, alors.

Il avait suffi du contact de sa joue contre la sienne pour qu'elle retrouve son énergie.

Il y avait encore beaucoup à faire. Surveiller la plaie de Dave qu'elle avait laissée à découvert pour qu'elle se draine, par exemple. Il avait évoqué l'idée que marcher un peu résoudrait le problème, mais sa femme, Beverley, avait eu le dernier mot :

il allait rester tranquille et faire précisément ce qu'on lui disait. Mel pouvait compter sur une alliée.

Izzy était adorable. Rafe lui avait posé un plâtre temporaire, et pendant qu'il finissait de discuter avec ses parents, elle avait proposé à Mel de mettre sa signature à côté de celle du Dr Rafe.

Leurs autres patients, deux jeunes hommes qui étaient sortis pendant la tempête, semblaient avoir été passés à tabac. Ils avaient été examinés par des secouristes à leur arrivée sur l'île, mais Rafe et elle les auscultèrent de nouveau attentivement : bien que couverts de bleus, ils ne s'étaient rien cassé. Un petit miracle.

— Les gars, dit Rafe, je ne vais pas vous demander ce que vous pensiez faire. Mais vous y réfléchirez à deux fois avant de sortir en pleine tempête tropicale, n'est-ce pas ?

— Houla oui, dit Robbie, le plus expansif des deux. On était six, et on a parié que…

— Je ne veux pas le savoir. La seule chose qui m'intéresse, c'est : est-ce que vous le referiez ?

— Je comprends. Eh bien, non, plus jamais. Hein, Brian ?

Brian remua dans son lit avec une grimace de douleur.

— Tu rigoles. Évidemment que non.

Rafe sortit de la pièce à la suite de Mel et referma la porte derrière eux. Puis il s'adossa au mur et ferma les yeux.

Cédait-il enfin à la fatigue ?

— Qu'est-ce qui t'arrive ? lui demanda-t-elle.

— Moi aussi, j'ai fait ça. Je suis sorti en pleine tempête tropicale tout seul.

— Et tu veux savoir si je pense que tu es aussi idiot que ces deux-là ?

— Ne tourne pas autour du pot. Dis-le-moi.

— Oui, Rafe, tu es idiot. Mais tu avais une bonne raison : tu voulais mettre tout le monde en sécurité. Ce n'est qu'aujourd'hui que j'ai compris l'importance de ce que tu as fait. Et tu avais aussi raison : on était les deux seuls médecins, c'était insensé de prendre des risques ensemble.

— D'accord, fit-il, les yeux toujours fermés, en plaçant les mains sur son torse. Ça n'a pas fait trop mal.

— Mais il y avait un peu de machisme là-dedans, d'y aller pour que la femme n'ait pas à le faire.

— Ça, ça fait mal, répondit-il en rouvrant les yeux. Mais vas-y à fond. Donne-moi des claques si tu veux, je suis trop fatigué pour sentir quoi que ce soit.

Il était incorrigible. À l'opposé des hommes qu'elle fréquentait d'habitude, qui ne la défiaient en rien et ne risquaient pas de lui rappeler Michael. Mais elle aimait les défis dans la vie, et Rafe lui montrait qu'elle était capable d'en relever dans le domaine sentimental aussi.

— Viens dans ma chambre.

— Tu veux me boxer à l'abri des regards, ou c'est une proposition ? demanda-t-il en haussant les sourcils.

Elle sourit. Au moins, avec lui, elle ne s'interrogeait pas sur ce qui lui passait par la tête ! Ce qui lui permettait de répondre en toute franchise.

— Ni l'un ni l'autre. Je suis beaucoup trop fatiguée pour quoi que ce soit. Mais j'ai envie de regarder le coucher de soleil, et je n'ai personne d'autre avec qui le faire.

Ni pour revenir sur les frustrations et les victoires qui avaient émaillé leur journée.

Il réfléchit un moment.

— Bonne idée. Je dois juste faire le point avec les secouristes. Je te retrouve là-haut ?

Mel prit l'ascenseur jusqu'au dernier étage et laissa la porte entrouverte pour Rafe.

Le soleil commençait à s'enfoncer dans la mer. Cette chambre était l'endroit rêvé pour profiter du spectacle, avec ses canapés confortables installés face à des baies vitrées qui montaient du sol au plafond. Sur la table basse se trouvaient un énorme bouquet et un assortiment de fruits exotiques. Un petit mot accompagnait les fleurs.

Pour le Dr Murphy, avec nos remerciements les plus sincères,
J. Manike.

On pouvait faire confiance à M. Manike pour faire sobre !

Dans la chambre, où les mêmes baies vitrées donnaient sur la même vue, elle trouva ses affaires soigneusement rangées et la valise vide placée dans le placard.

— Dis donc, c'est un *bel* endroit, fit la voix de Rafe dans le salon.

— N'est-ce pas ? Je devrais mettre une jolie robe pour faire honneur au coucher de soleil.

— Tu n'as pas besoin d'une robe. Une tenue chirurgicale, c'est beaucoup plus parlant, comme vêtement. C'est presque une médaille en soi.

Il disait si bien les choses, comme s'il s'agissait de faits plutôt que de compliments ! Et elle ne se sentait pas obligée de le remercier comme si c'était un plaisir dont elle n'était pas vraiment digne.

— Qu'est-ce que c'est que ça ? demanda-t-elle en indiquant la bouteille et les verres qu'il tenait à la main.

— Tu disais que tu te commanderais un bon whisky quand la tempête serait passée. Elle est passée, même s'il reste beaucoup à faire.

— Tu as bon goût, c'est un super scotch, et il n'est pas donné.

— La faute à M. Manike. J'ai trouvé ça dans ma chambre à la place des fleurs.

— Ah non, tu ne t'en tireras pas comme ça ! C'est *toi* qui es responsable, *toi* qui t'en es souvenu.

Elle s'assit sur un canapé, et Rafe prit celui d'en face.

— Un glaçon ? demanda-t-il, l'air de rien, en remplissant les verres.

— Ce serait du gâchis, répondit-elle en levant son verre. On boit à quoi ?

Il y pensa un moment.

— Au fait qu'on s'en est sortis ?

— C'est tout ? On n'a fait que ça, s'en sortir ?

Il rit.

— Au fait de s'en être sortis ensemble, alors. C'est un peu plus délicat, parfois.

Elle fit tinter son verre contre le sien, souriante, et ils prirent une gorgée, les yeux dans les yeux.

Elle s'adossa au canapé, ferma les paupières et essaya de fixer l'image en elle.

— Je suis trop fatiguée pour regarder le coucher de soleil jusqu'au bout.

— Oui, moi aussi.

12.

Mel se réveilla face à la mer qui scintillait dans le soleil du petit matin.

Le canapé était très confortable, et le parfum des fleurs, et la respiration de Rafe…

Quoi ?

Elle se frotta les yeux.

Rafe était profondément endormi dans le deuxième canapé, de l'autre côté de la table basse. Il souriait doucement, ses rêves devaient être agréables.

Que s'était-il passé ? Elle était en train de siroter un whisky, et…

Le problème ne venait pas de là. Sur la table, son verre était encore à moitié plein. Elle était en chaussettes. Personne ne faisait l'amour en chaussettes, n'est-ce pas ?

— Rafe, réveille-toi ! fit-elle, d'un ton sans doute impérieux car il s'assit sur le coup.

— Qu'est-ce qu'il y a ?

— Euh, rien, tu dormais. Et c'est le matin, répondit-elle avec un air embarrassé.

— Ah, d'accord. Merci de me le signaler.

À sa manière de regarder autour de lui, il devait être aussi perdu qu'elle.

— C'était une sacrée journée, hier, non ? reprit-il.

— Oui. J'ai dormi d'une traite.

— Moi aussi. Enfin… Je me suis réveillé pour manger un de tes ramboutans, fit-il en désignant, piteux, l'assortiment de fruits exotiques.

— Pas de problème. Ressers-toi si tu veux.

La situation était tellement embarrassante. Si au moins ils avaient fait l'amour !

— Bon, eh bien, je vais y aller, dit-il en consultant sa montre. On se retrouve vers 7 heures pour un petit déjeuner ?

— Oui. N'oublie pas ton verre de whisky.

Rafe, déjà à mi-chemin de la porte, s'arrêta.

— Tu me le gardes ? On peut retenter notre chance, pour le coucher de soleil.

— Retenter notre chance ?

Il s'arrêta et se tourna vers elle.

— Il y en aura un nouveau ce soir, et j'aimerais le regarder avec toi. Peut-être que, cette fois, on pourra se passer de la tenue chirurgicale et de l'épuisement ?

Le cœur de Mel battit plus vite.

— C'est une proposition ?

Elle aurait dû accepter et en rester là. La question lui avait échappé.

— On peut l'appeler comme ça, répondit Rafe *mezzo voce*.

Son charisme et son assurance de baroudeur semblaient l'avoir déserté. Il était terrifié, lui aussi.

— Mel, je ne te propose pas une soirée agréable qui pourrait ou pas se prolonger en nuit très agréable. Est-ce que tu veux bien m'accorder du temps, un rendez-vous ?

Cela faisait une différence énorme. Elle se conditionnait depuis des années pour se satisfaire d'un repas plaisant suivi d'une nuit d'amour décente qui ne donnait pas envie de plus. Ce que Rafe proposait ne comportait pas de date de péremption. C'était plein de délicieuses incertitudes.

— Je n'ai pas fait ce genre de chose depuis longtemps.

— Moi non plus. L'idée te va ?

Non, absolument pas, mais elle en avait terriblement envie.

— Si ça te va, à toi ?

Il réfléchit. Il avait baissé la garde, il était sérieux.

— Oui. Absolument.

— Moi aussi.

Il acquiesça d'un signe de tête, comme s'il avait la gorge aussi sèche qu'elle et que les mots lui manquaient. Puis il repartit de son pas vif habituel.

Elle se laissa tomber sur le canapé, le regard perdu sur la mer.

L'orage avait fait office d'entremetteur, les poussant l'un vers l'autre. Mais elle se savait déjà plus forte que ce que la vie pouvait lui réserver. Il y aurait effectivement un nouveau coucher de soleil, et Rafe et elle seraient là pour en profiter.

Lorsque Mel retrouva Rafe au restaurant pour le petit déjeuner, ils avaient tous les deux pris une longue douche et retrouvé leur calme. Ils passèrent en revue ce qui les attendait pour la journée.

M. Manike avait invité les familles de Dave et d'Izzy à rester à l'hôtel jusqu'à leur rétablissement. Brian et Robbie, toujours couverts de bleus, grimaçaient de douleur au moindre mouvement, mais ils étaient hors de danger, et Rafe prévoyait de les ramener sur leur île en hydravion dans l'après-midi. Zeena et Haroon s'apprêtaient à partir pour Malé, d'où ils prendraient un vol vers Colombo.

Mel passa une heure avec eux pour les préparer à la suite des événements. Le couple lui semblait encore plus amoureux, si une telle chose était possible. Leur expérience de l'accouchement était tellement différente de ce qu'elle avait vécu à la naissance d'Amy !

— On dirait que nous avons un visiteur, lui annonça Rafe, manifestement ravi, après l'entretien.

Elle le suivit sur la plage.

Comment pouvaient-ils avoir un visiteur tous les deux alors qu'ils n'avaient pas d'amis communs ?

Un hors-bord filait droit vers la jetée, et Rafe se précipita vers le jeune homme qui en descendit.

Même de loin, elle le reconnut. Ash. Il avait l'aisance physique de son père, elle l'avait vu sur les photos. Les deux hommes tombèrent dans les bras l'un de l'autre avec une chaleur qui ne pouvait être feinte. Puis ils revinrent vers elle.

Rafe était toujours content de voir son fils, mais pour la première fois, une petite retenue traînait à l'arrière de son crâne, due à un événement qui ne s'était pas encore produit et qui n'arriverait peut-être jamais.

Ce n'était même pas le problème. Lorsque Ash avait été assez grand pour poser la question, Rafe n'avait pas nié avoir eu quelques amies depuis la mort d'Annu. En prenant de l'âge, son fils avait compris que ces amitiés avaient pu être sexuelles, comme Rafe se doutait que lorsque son fils passait le week-end avec une copine ils ne dormaient pas dans des chambres séparées. Mais Ash était jusqu'ici certain d'une chose : personne n'avait pris la place de sa mère.

Mel avait demandé à Rafe de l'embrasser sincèrement, et il l'avait fait. Il avait été absolument sincère, une première pour lui. Qu'ils ne soient pas allés plus loin n'y changeait rien, Ash était assez fin pour comprendre que c'était différent avec elle.

Comment le prendrait-il ?

— Ça a été d'une grande aide d'avoir un autre médecin sur place, dit Rafe pour lui présenter Mel qui les attendait sur le rivage.

— Tu ne l'as pas malmenée, papa, j'espère ? fit Ash avec un sourire entendu.

Comment répondre ?

— Pas que je sache.

— OK, je ne veux pas en savoir plus, répondit Ash en tendant la main à Mel et en se présentant.

Elle sourit, les joues un peu rosies dans le soleil, comme si la situation l'embarrassait légèrement elle aussi.

— Alors, qu'est-ce qui nous vaut ta visite, Ash ? demanda-t-elle.

— Je viens chercher la famille du nouveau-né atteint de cataracte. L'hôpital devait envoyer quelqu'un, et je me suis proposé, histoire de voir ce que trafiquait mon père.

Prise de court, elle regarda Rafe, qui changea de sujet avant qu'elle se sente obligée de répondre.

— J'imagine que Zeena et Haroon passeront leur temps à

l'hôpital, mais s'ils ont besoin d'un pied-à-terre, tu as la clé de la maison d'amis dans le jardin, n'est-ce pas ?

— Oui, je m'occuperai de ça. Alors, il paraît que tu vas rester ici, à passer d'île en île ?

Il sourit à son fils.

— Par pitié, laisse entendre que je travaille aussi de temps en temps, ou je vais avoir des ennuis avec l'administratrice de l'hôpital à mon retour.

— Il y a peu de chances. Elle m'a fait passer un message pour toi : n'abats pas *tout* le travail, laisses-en un peu pour les autres médecins du secteur…

Ils rentrèrent tranquillement à l'hôtel en bavardant. Quand Ash s'installa pour lire le dossier de transfert du bébé, Rafe le laissa en compagnie de Mel pour aller chercher du café.

À son retour, la voix d'Ash lui parvint à travers la porte ouverte de la salle de consultation.

— Je me spécialise en chirurgie. Je voudrais que les communautés rurales du Sri Lanka aient accès aux opérations chirurgicales de base. Cela peut changer de nombreuses vies.

Il n'aurait pas dû écouter aux portes, mais il était tellement fier de son fils ! Puis il entendit Mel.

— C'est un objectif remarquable. Je sais qu'il y a eu des progrès, mais il reste beaucoup à faire, disait-elle d'un ton intéressé et encourageant.

— C'est sûr. De nouvelles techniques se développent en permanence, et je veux apporter ma pierre. Pas seulement une pierre, je veux être à la pointe. Je sais que ça demandera beaucoup de travail…

Rafe ne put résister à l'envie d'intervenir.

— Ça ne lui fait pas peur, déclara-t-il.

Puis, comme Ash et Mel se tournaient vers lui d'un seul mouvement, il désigna les documents qui se trouvaient devant Ash.

— Lis ça. Si tu veux des solutions concrètes sur la manière d'obtenir l'aide d'un spécialiste quand tu es loin de tout, tout y est. Avec des exemples éclairants sur les bonnes questions à poser et les bonnes réponses à apporter.

Il déposa le plateau sur la table et tendit une tasse à Mel, qui le regarda avec un soupçon de sourire, un rouge léger aux joues.

Elle attendit qu'il s'assoie et se tourna vers Ash.

— Ça m'intéresse, ce que tu envisages comme carrière. J'ai quelques contacts à Londres qui pourraient te servir. Je pourrais prendre ton numéro de téléphone ? dit-elle en interrogeant Rafe du regard.

— C'est gentil, répondit Ash, mais je ne voudrais pas te déranger.

Rafe s'adossa à son siège.

— Si un médecin de l'ancienneté et de l'expérience de Mel me demandait mon numéro, je n'hésiterais pas, dit-il.

Les contacts de Mel seraient précieux pour Ash, il travaillait dur, cela commençait à se savoir, il avait besoin de prendre son envol.

— Je n'ai pas besoin de ton numéro, Rafe, je suis assise en face de toi, répondit-elle en levant les yeux au ciel.

Ash avait compris le message, il lui donna son numéro.

C'était le moment du départ. Mel prit Zeena dans ses bras et embrassa le front du bébé. Elle guida le couple vers la jetée tandis que Rafe restait en arrière avec Ash.

— Mel est vraiment quelqu'un de bien, dit Ash en la regardant.

— C'est un bon médecin.

— Ce n'est pas ce que je voulais dire, papa.

— Oui, je sais.

Ash garda le silence un moment, mais Rafe estimait en avoir assez dit. Mieux valait d'abord éclaircir avec Mel ce qui se passait entre eux avant d'en discuter avec Ash.

— Papa, je n'ai jamais pu parler avec maman, mais sa famille et toi, vous m'avez élevé selon ses principes, non ?

— Oui. Ta mère était une femme bien, elle serait fière de toi.

— Je sais. Je ne peux pas parler pour elle, mais je crois que je comprends la façon dont elle pensait. Elle serait fière de toi aussi, et elle voudrait que tu sois heureux.

— Je suis content que tu penses ça, répondit Rafe après une pause, mais je suis heureux de ma vie, Ash.

— Que tu en sois plus heureux, alors. Je sais que tu aimais maman, et que vous aviez une relation très forte. Avoir une autre relation forte, ça n'y changerait rien, n'est-ce pas ?

— Alors, on en est à l'étape où c'est toi qui me donnes des conseils ? rétorqua Rafe en souriant.

Cela lui convenait parfaitement. Il avait besoin d'entendre ce qu'Ash venait de lui dire plus qu'il n'osait se l'avouer.

— Papa !

— Désolé. Je t'écoute. Mais je n'ai pas encore de réponse.

— Tu y penseras, d'accord ? fit Ash, souriant désormais. Je ne te dis pas quoi faire, mais… Tu sais.

— Je sais, dit-il en étreignant son fils. Tu es en train de me dire que, quoi que je fasse, cela t'ira, et je t'en suis reconnaissant. Merci. Tu as bien fait de me parler.

— Quand tu veux, papa, dit Ash, l'air soulagé malgré tout qu'ils mettent fin à la discussion.

— Ton patient t'attend.

Mel tenait le bébé tandis que Zeena montait dans le bateau.

— Oui. Ne t'en fais pas, je vais prendre soin d'eux. À bientôt.

Ash s'éloigna, échangea un sourire avec Mel en lui prenant le bébé des mains et monta à bord. Elle fit de grands signes et cria quelque chose qui se perdit dans le bruit du hors-bord qui s'éloignait. Elle le regarda partir puis rejoignit Rafe.

— Tu as raison d'être fier de lui, Rafe. Il est impressionnant.

Rafe tourna le dos au bateau, les au revoir n'étaient pas son fort.

— C'était bien que tu prennes son numéro.

— Avec plaisir.

Ils repartirent en direction de l'hôtel, et il rassembla son courage pour poser la question qui lui tenait vraiment à cœur.

— Et moi, est-ce que je peux avoir ton numéro ?

Elle y réfléchit un moment et sourit.

— Oui, Rafe, tu peux avoir mon numéro.

13.

Rafe et Mel avaient ramené Robbie et Brian en hydravion à leur hôtel et s'étaient assuré que personne d'autre sur l'île n'avait besoin d'eux. Dave et Izzy allaient de mieux en mieux. Les chambres des patients semblaient bien vides, Rafe était parti faire une course, et le coucher du soleil était dans quatre heures.

Dans la salle de consultation, Mel ouvrit l'armoire aux préservatifs. Elle ne voulait jurer de rien, mais autant être prête. Il y avait vraiment beaucoup de choix.

— Alors, tu les as trouvés…

Il y avait une suspicieuse gaieté dans la voix de Rafe.

Rougissante, elle referma d'un geste la porte de l'armoire et se retourna.

Il était appuyé au chambranle de la porte.

— Non. Je ne trouve pas les pansements.

— Les pansements sont là. Ça, c'est l'armoire aux préservatifs.

— D'accord. Je cherchais des pansements.

Qui croyait-elle tromper ? Rafe n'avait pas l'air le moins du monde convaincu. Elle avait été prise la main dans le sac, alors autant assumer. Faire le choix ensemble la sortirait peut-être du marécage dans lequel elle se débattait.

— Bon, d'accord, je suis tombée dessus en cherchant les pansements. Ils ont une sacrée collection, hein ? dit-elle en rouvrant l'armoire.

Il la rejoignit.

— Et si on oubliait ça ? fit-il en lui prenant la main pour l'embrasser, puis en refermant l'armoire. Cette fois, c'est différent, pour nous deux.

— Oui, répondit-elle, la gorge soudain sèche.

Un rendez-vous en bonne et due forme, c'était vraiment un défi plus éprouvant que n'importe quel autre type de relation.

— Est-ce que ça changerait quelque chose si je te disais que je ne suis pas du genre à arriver à un premier rendez-vous avec un préservatif dans la poche ? demanda-t-il. Pour autant que je m'en souvienne, en tout cas.

Elle sentit la panique reculer.

— Ça change beaucoup de choses, répondit-elle. Pour autant que je m'en souvienne, moi aussi. J'apprécie la précision.

— Tu aimes les pique-niques ? Et nager ?

— Oui.

— Alors on va changer de décor. On se retrouve dans une demi-heure ?

— Super.

Mais, soudain, le laisser partir était au-dessus de ses forces. Elle lui prit le bras.

— Est-ce que tu voudrais…

— Oui.

Et ils s'embrassèrent. Un baiser fabuleux. Puis il l'embrassa encore. Encore mieux.

Au moment où elle allait arrêter pour le laisser sur sa faim, ce fut lui qui s'écarta, la rendant folle de désir. Elle le retint pour l'embrasser une dernière fois.

— Dans une demi-heure, lui murmura-t-il à l'oreille.

— Oui.

— Et pas de préservatifs.

— Hors de question.

C'était la première fois pour Rafe que *ne pas* avoir de préservatifs ouvrait le champ des possibles. Ce n'était pas qu'il ne veuille pas faire l'amour avec Mel. Il en avait tellement envie qu'il ne pensait qu'à cela. Mais c'était compliqué. Ils devaient prendre leur temps, être sûrs d'eux. Et il y avait effectivement quelque chose de différent : il ne voyait plus l'intimité physique comme une trahison.

Sa certitude que le véritable amour ne pouvait arriver qu'une fois dans une vie s'était nourrie de l'espoir qu'il en aille de même de la souffrance. Il était familier des risques, des manières de les calculer et de les diminuer. Il savait qu'il y en avait pour eux à ce moment de leur histoire. Mel avait reconstruit sa vie après une relation désastreuse, elle était désormais en paix. Lui avait fait le deuil et retrouvé du sens à son existence. Ils n'avaient pas atteint la perfection mais trouvé une manière de vivre avec leurs cicatrices. Ça n'avait l'air de rien, mais c'était une réussite en soi. En outre, ils habitaient de part et d'autre du globe. Trouver un compromis ne pouvait pas se faire à la légère.

Mais il la voulait toujours, malgré tout. Et la désirer le rendait suffisamment égoïste pour envisager de prendre des risques.

Quand il la retrouva à l'accueil de l'hôtel, avec un sac de sandwichs et de fruits préparé à la cuisine de l'hôtel, elle était radieuse. Et quand ils furent dans la lumière du soleil, elle resplendissait.

Il désirait ce sourire, et cette odeur de rose qui l'accompagnait.

Sa main dans la sienne, il la conduisit à l'endroit qu'il avait choisi pour nager, une petite crique déserte de l'autre côté de l'île que les vacanciers ne semblaient pas avoir découverte.

— C'est merveilleux, dit-elle en joignant les mains de ravissement, ravissante elle-même dans son sarong coloré passé sur son maillot de bain.

Elle avait relevé ses cheveux, il avait admiré ses épaules durant tout le trajet.

— Je trouve aussi, répondit-il, ne regardant qu'elle, parlant d'elle. On se baigne d'abord ?

— Ce serait une faute de ne pas le faire.

Ce moment reflétait leur amour de la vie, le sentiment de liberté qui l'envahissait quand Mel lui souriait.

Il se débarrassa de sa chemise, savourant la brise sur son torse, et courut vers le tronc d'un gigantesque palmier qui avait bizarrement poussé couché et surplombait l'eau.

— Rafe !

La panique dans sa voix le fit s'arrêter, mais quand il se tourna vers elle, elle souriait.

— Promets-moi simplement que tu ne vas pas te rompre le cou.

— Je ne vais pas me rompre le cou.

Cela sembla lui suffire. En grimpant sur le tronc, il entendit son rire, et il sauta en l'air avec toute l'énergie, toute la joie dont sa vie était tissée depuis quelque temps.

Il envoya des éclaboussures partout en touchant l'eau, et dérangea même quelques poissons. Lorsqu'il remonta à la surface dans la douce chaleur du soleil, l'adrénaline pulsait dans ses veines.

Il fit signe à Mel, l'invitant à le rejoindre dans l'eau.

Elle hésitait. Il pouvait presque voir les engrenages de son cerveau peser le pour et le contre. Si seulement elle pouvait abandonner ses peurs et profiter de ces plaisirs simples ! Mais elle y voyait encore d'angoissants accidents potentiels.

Puis elle le fit. Elle se dirigea vers le palmier, grimpa sur le tronc et se redressa. Debout, les bras tendus comme une équilibriste, elle progressa au-dessus de l'eau.

— Fais attention…

Elle chancela, et il retint son souffle.

Lui s'était retenu aux quelques prises disponibles pour avancer sur le tronc, mais elle se tenait aussi droite qu'une ballerine et posait un pied après l'autre.

— C'est toi qui me dis de faire attention, maintenant ?

— Je n'arriverais jamais à garder l'équilibre comme ça.

Elle allait tomber à l'eau la tête la première.

— Du coup je suis plus téméraire que toi ? demanda-t-elle tout en restant absolument concentrée.

— Tu es plus adroite.

Et plus belle, plus élégante. Peut-être moins du genre à se lancer tête première dans la vie, à sentir le souffle du vent dans ses cheveux, mais il prenait conscience qu'elle avait des nerfs en acier.

Elle marchait prudemment, posant toujours le pied au bon endroit. Le tronc ployait légèrement sous son poids et il se surprit à faire d'absurdes calculs d'angles, de hauteurs et de résistance des matériaux. Puis elle pivota et regarda l'endroit où elle allait sauter.

Elle fendit l'eau à quelque distance de lui, et il ne la vit plus. Le temps qu'elle remonte, l'angoisse monta en lui, et il alla vers elle. Soudain, elle apparut tout près, radieuse.

— Bravo, dit-il.

Il aurait voulu l'attirer à lui mais il n'osait pas.

— Tu veux essayer ma façon de faire ? demanda-t-elle.

— Je doute d'en être capable.

— Si tu le fais à ma façon, j'essaie la tienne.

Comment ne pas relever le défi ? Cela tenait du jeu amoureux. Les lèvres de Mel le récompenseraient peut-être ?

— C'est parti.

Il regagna la plage et se hissa sur le tronc. Se redresser avait l'air simple quand c'était Mel qui le faisait. Par deux fois, il perdit l'équilibre et tomba à l'eau dès le début. La troisième fois, il alla plus loin et chuta près d'elle.

— Ne regarde pas tes pieds, fixe l'endroit où tu vas.

Mais comment savoir où mettre les pieds ? D'accord, il fallait réessayer. Cette fois il alla jusqu'au bout du tronc et plongea. Il fut accueilli par des applaudissements.

— À toi, maintenant.

— Tu as des conseils ? demanda-t-elle avec un regard soupçonneux pour le palmier.

Il y avait des conseils pour être spontané ?

— Euh, pas vraiment. Laisse-toi porter par le vent.

— Ah, d'accord.

Mel sortit de l'eau et courut en direction de l'arbre. Elle perdit aussitôt l'équilibre et atterrit en trébuchant sur le sable.

Était-ce une si bonne idée que cela ? Elle allait finir par se faire mal. Elle hésitait trop et ne suivait pas l'instinct qui lui aurait fait attraper les prises. Il regagna la plage à la nage, trop tard pour empêcher une troisième tentative. Elle bascula au-dessus de dix centimètres d'eau, mais il fut assez rapide pour la rattraper, et il la serra contre lui, le cœur battant.

— Ce n'était peut-être pas une bonne idée.

— Quoi ? fit-elle en gigotant pour se libérer. Tu peux le faire mais pas moi ?

— Ce n'est pas une histoire de qui a le droit de faire quoi, je ne veux pas que tu te fasses mal.

Elle recula. Puis son visage prit une expression espiègle, et elle courut en direction de la plage.

— Non, non, non… Ne le fais pas, Mel.

Elle se dirigea vers le palmier, lui sur les talons. Elle lui échappa, décrivit un large cercle sur la plage, riant comme pour l'encourager à la poursuivre, et grimpa de nouveau sur le tronc. Il tenta de la suivre, elle courait toujours.

Il la rattrapa près de l'endroit où il s'était mis à l'eau. L'enlaçant par la taille, il l'attira à lui sans prêter attention au contact de leurs corps dont il avait pourtant rêvé. Elle s'appuyait contre lui, et cela seul comptait.

Elle riait toujours et gigotait pour échapper à son emprise. Pris d'une sorte de folie, il s'y abandonna. Il serra Mel contre lui et sauta. Ils entrèrent ensemble dans l'eau, soulevant de puissantes gerbes. Quand ils refirent surface, elle était toujours dans ses bras.

— Je te tiens.

Elle eut un large sourire et lui passa les bras autour du cou.

— Je crois que c'est moi qui te tiens !

— Oui, c'est vrai aussi.

Ils se tenaient l'un l'autre, ils tenaient l'un à l'autre. S'il ne se trompait pas, elle en avait autant envie que lui.

Ils échangèrent un baiser. Un bisou plutôt, mais qui l'atteignit au cœur.

Bizarrement, pour un premier rendez-vous, rester sur sa faim lui suffisait. Il retira la main de sa taille, et elle ne le retint pas. La perspective de passer du temps avec elle brillait de mille feux, cela seul importait.

Rafe et Mel avaient passé un moment délicieux, nagé et pique-niqué, ils avaient cuit au soleil puis étaient rentrés main dans la main à l'hôtel. Il lui avait embrassé les doigts en un geste délicat de gentleman, tandis que ses yeux lui disaient qu'il aurait préféré qu'elle n'aille pas se coucher seule.

Elle se disait la même chose, mais leur relation méritait qu'ils prennent leur temps, qu'ils fassent bien les choses.

Elle s'assit seule face au coucher de soleil. Quelque chose lui disait qu'il le regardait lui aussi en pensant à elle.

Elle soupira, heureuse.

Elle l'avait fait. Grimper sur le tronc du palmier l'avait effrayée, mais elle avait encore plus peur de reprendre une vie dominée par l'anxiété. Elle avait appris à se débrouiller avec les événements importants – changer de travail, signer la promesse de vente d'un appartement –, mais elle avait négligé les petites choses. Les plaisirs simples, l'excitation d'aller le plus loin possible sur le tronc du palmier, sentir l'eau sur sa peau. Tout cela prenait une valeur fabuleuse lorsqu'elle était en compagnie de Rafe.

Elle aurait dû aller se coucher, la journée du lendemain promettait d'être chargée. Mais les étoiles allaient apparaître, elle voulait profiter de ce plaisir tant qu'elle le pouvait.

— Oh non, pas encore…

Ce canapé était décidément très confortable, elle avait encore passé la nuit dessus !

Elle prit une longue douche, et un employé de l'hôtel lui apporta un grand café accompagné d'une enveloppe.

Elle but une gorgée en déchirant l'enveloppe et sourit en reconnaissant l'écriture de Rafe.

J'ai adoré notre escapade d'hier. Est-ce qu'on peut se redonner rendez-vous ce soir ?

C'était encore un plaisir qu'elle avait oublié, celui de l'anticipation, de ne pas savoir ce qui allait se passer et d'autoriser Rafe à la surprendre. Comment avait-elle pu se convaincre que la surprise n'était pas nécessaire dans les relations sentimentales ?

Elle descendit, café en main, retrouver Rafe dans la salle de consultation.

— Oui, moi aussi, ce moment m'a beaucoup plu, et j'aimerais recommencer.

Elle aurait pu chercher une formulation moins plate, mais le sourire de Rafe lui dit tout ce qu'elle avait besoin de savoir.

— Disons… vers 6 heures ce soir ?

— D'accord. On ira où ?

— Dans un bel endroit.

Une surprise. Très bien.

— Je m'habille comment ?

— Ce que tu veux, fit-il avec un petit sourire. Moi je n'ai qu'une chemise correcte qui est en ce moment même à la blanchisserie, je n'ai pas trop de choix.

— OK, je vais y réfléchir.

— J'ai hâte de découvrir ça. En attendant, occupons-nous d'Izzy et de Dave. Et j'ai eu des appels de quelques îles, je vais devoir me déplacer. Ça te dit de m'accompagner ?

— Oui. Comme ça, je suis sûre que tu seras de retour pour 6 heures.

L'hydravion se posa à 5 heures, il y avait eu plus à faire que prévu. Mel aurait bien fait une petite sieste, mais en même temps, elle était trop excitée.

Elle savait ce qu'elle allait mettre. Elle avait apporté une robe d'un bleu profond qui était à la fois confortable et un peu habillée, et elle avait la paire de sandales à talons parfaites pour aller avec.

Elle prit son temps pour se doucher et se maquiller. Comme Rafe ne lui avait rien dit sur ce qu'il avait en tête pour la soirée, elle ne s'angoissait pas pour savoir si sa tenue serait adaptée. Elle s'habillait pour elle, pour se faire plaisir et lui faire plaisir à lui.

À en croire l'expression de son visage lorsqu'ils se retrouvèrent à l'accueil de l'hôtel, c'était réussi.

Il avait manifestement soigné lui aussi sa tenue. Sa chemise blanche et son pantalon kaki étaient repassés de frais. Il lui murmura un compliment à l'oreille, elle lui en renvoya un, puis il la conduisit vers un des buggies dans lesquels les clients de l'hôtel se déplaçaient sur l'île.

Il emprunta la large piste qui traversait la forêt puis bifurqua vers une zone qu'elle ne connaissait pas. De la lumière scintillait au bout du chemin. Lorsqu'il arrêta le buggy au pied d'un arbre énorme, elle découvrit que des marches s'enroulaient autour du tronc, menant à une source lumineuse à la cime.

— J'ai pensé…, fit-il, s'arrêtant comme s'il n'était pas sûr de lui. Je t'ai promis un coucher de soleil, et c'est le meilleur endroit pour le voir. Mais si grimper là-haut est compliqué, on peut aller ailleurs.

— C'est magnifique, Rafe ! Par quel miracle l'installation a-t-elle résisté à la tempête ?

— Les marches et la plate-forme se démontent facilement. Elles ont été réinstallées quand on a remis l'île en état. Je suis venu ici tôt ce matin pour vérifier que tout était en ordre.

Du moment qu'il était là, elle se sentait en sécurité.

Il lui prit la main, et ils grimpèrent jusqu'au sommet.

La plate-forme, solide et équipée de garde-corps, était éclairée par des lanternes. Une table nappée de blanc y était installée. Le couvert était mis avec des assiettes sous cloche.

— Oh ! s'exclama-t-elle en découvrant la vue, on voit les autres îles, d'ici. J'adore cet endroit, Rafe, c'est magnifique !

— Désolé, je ne vois rien, dit-il en souriant. J'ai quelque chose de plus beau encore à admirer.

— Arrête, répondit-elle avec un petit coup de coude.

Pourtant elle en faisait autant.

Elle le dévora des yeux lorsqu'il ouvrit la bouteille de champagne puis tandis qu'ils dégustaient le plus somptueux des pique-niques. Ils étaient isolés dans leur monde magique, entourés des bruits et des odeurs de la forêt.

Lorsque le soleil amorça sa descente, Rafe remplit leurs verres, et ils allèrent observer le spectacle depuis le bord de la plate-forme. Mel se plaça contre le torse de Rafe, qui l'enveloppa de ses bras.

— Il y a un sujet dont je voudrais te parler, Mel. Tu ne m'as jamais interrogé dessus.

Il n'alla pas plus loin, attendant qu'elle l'y autorise.

— Dis-moi.

— Tu ne m'as pas demandé si j'aimais encore Annu. La réponse est oui. Je l'aime et je l'aimerai toujours. Mais cette relation appartient désormais au passé, et ce que je ressens pour toi ne regarde que nous, et personne d'autre. Tu m'as montré que tout était possible.

— Merci, je me posais la question, et… Je n'aurais pas pu recevoir de meilleure réponse. Je ne sais pas ce qui va se passer par la suite, et j'ai encore peur. Mais mon désir d'être avec toi est plus fort que cela.

— Je ressens la même chose. On pourrait avancer un jour après l'autre et voir où cela nous mène ?

— Oui. C'est un bon programme.

Rafe l'embrassa. D'abord doucement, puis de tout son être. Ils restèrent étroitement serrés l'un contre l'autre tandis que le coucher du soleil colorait le ciel de couleurs éclatantes. Lorsqu'elles s'estompèrent, il l'entraîna vers le buggy.

La soirée avait d'abord adopté un rythme paisible, mais ils ne pouvaient plus attendre. Quand ils claquèrent derrière eux la porte de l'appartement de Mel, Rafe la prit aussitôt dans ses bras pour l'embrasser. Ils gagnèrent la chambre tant bien que mal.

— J'ai des préservatifs, dit-elle tandis qu'il reprenait ses baisers. Je me suis dit que ça allait, pour un deuxième rendez-vous.

— Moi aussi, j'en ai pris, répondit-il en faisant glisser la fermeture Éclair de sa robe. Prévoir, il n'y a rien de mieux.

Il se débarrassa de sa chemise. La robe tomba à ses pieds. Le reste de leurs vêtements disparurent en un éclair, et ils basculèrent sur le lit.

Rafe la couvrait de son corps fort et inflexible. Il sentait le soleil et la forêt.

— Tu es sûre ?

Il savait qu'elle l'était, mais il avait apparemment besoin de l'entendre de sa bouche. Elle aimait l'idée de pouvoir, d'un mot, rendre quelque chose d'important possible.

— Je suis sûre, Rafe. Et toi ?

— Au-delà de sûr.

Il y eut un délicieux moment suspendu. Ils partageaient le même désir, mais il n'y avait plus d'urgence, cela ne risquait plus de leur échapper. Savoir qu'il ne s'agissait pas que de plaisir physique, que le regard brûlant de Rafe ne parlait pas que de satisfaction sexuelle, la faisait frissonner au moindre contact.

Il ressentait la même chose. Quand elle effleura ses lèvres, il gronda. Il l'étreignait de son regard.

Incapable d'attendre plus longtemps, elle lui prit la main et la guida vers le bas. Il lui écarta légèrement les jambes, ses doigts sondant et excitant. Il voulait s'assurer qu'elle était prête. Elle l'était plus que tout. Quand il la pénétra et se mit à bouger doucement, quelque chose s'enflamma en elle, une sensation intense arriva par vagues, prenant le contrôle.

— Mel ?

Ni l'un ni l'autre ne s'attendaient à cela, mais elle lui encercla les hanches de ses jambes, dans l'urgence, le suppliant de continuer. Quand il poussa à nouveau, elle cria. Quelque chose prenait corps entre eux qu'elle n'aurait pas pu ralentir si elle l'avait voulu. Puis, comme un éclair déchirant un ciel d'été, elle jouit. Son corps s'arqua, trembla, incontrôlable. Elle sentit Rafe se raidir en elle et sut qu'il partageait avec elle ce long, ce délicieux moment de délivrance.

Elle ne le libéra pas tout de suite. Leurs cœurs battirent longtemps à l'unisson avant qu'il roule sur le dos et l'attire sur son torse.

— Je devrais peut-être travailler un peu mon timing, dit-il sur un ton d'excuse.

— Ton timing était parfait. Je voulais tout, et tu m'as tout donné.

Il lui embrassa les cheveux.

— J'espérais tout te donner pendant un peu plus longtemps.

— Ça n'aurait pas été aussi bien.

Elle se mit à douter. Avait-il ressenti lui aussi cette passion plus forte que tout, qui, pas plus qu'une explosion, ne pouvait être contenue ou prolongée ?

— C'était délicieux, incroyable. Tu as senti ça, toi aussi ? lui demanda-t-il.

Elle l'embrassa.

— De la tête aux pieds. C'était comme une nuit entière concentrée dans un flash incroyable.

— Une nuit entière ? Tu es sûre ?

— Je ne suis sûre de rien. J'attends de voir ce qui nous attend...

Et ce qui les attendait se précisa lorsqu'il s'allongea de nouveau sur elle.

14.

Rafe émergeait lentement d'un sommeil profond.

La nuit précédente avait été électrique, il sentait encore son corps pulser du plaisir partagé.

Cela faisait un peu plus de quinze jours à présent qu'il avait rencontré Mel. Leur antagonisme du début s'était transformé en un accord parfait.

Ils n'étaient plus débordés par le travail. Mel s'était rendu compte que M. Manike donnait des signes de surmenage, et elle l'avait fait parler. Il avait du mal à dormir et n'arrivait pas à baisser son rythme de travail. Elle lui avait promis des somnifères si ses problèmes de sommeil persistaient, mais elle lui avait conseillé de commencer par réduire ses horaires, de se remettre au bridge et de surveiller son régime alimentaire. Le manager n'en était encore pas revenu que quelqu'un se soucie de lui.

Mel était censée partir trois jours plus tard, et Rafe et elle n'avaient encore discuté de rien. C'était comme si la dimension physique de leur rencontre prenait le dessus et leur indiquait ce qu'ils avaient besoin de savoir. Comment réclamer parfois, quand plier et quand tenir bon. Ils découvraient que vouloir vraiment quelque chose rendait possible de tout donner sans avoir l'impression de perdre. Toutes ces étranges contradictions qui ne prennent du sens qu'en reconnaissant qu'on est amoureux.

Malgré sa conviction qu'on ne rencontrait l'amour qu'une fois dans la vie, et encore si l'on était chanceux, il admettait qu'il aimait Mel. Il était d'ailleurs pratiquement certain qu'elle l'aimait aussi. Mais la crainte que l'amour le mène une fois encore au manque, à la souffrance, le retenait dans son élan, il ne voulait toujours pas y penser. Pourtant, il devait se saisir de ce nouveau bonheur inattendu, s'y accrocher. Était-ce le moment de le dire à Mel ?

Lui parler. L'idée tournait dans sa tête, précieuse, inédite.

Il tendit la main vers elle mais ne rencontra qu'un drap tiède.

Il se leva. Il savait où la trouver.

Mel regarda Rafe venir à elle sur la plage.

Pieds nus, son pantalon négligemment roulé sur les chevilles, ses larges épaules tendant le tissu de son polo aux endroits stratégiques, encore un peu fripé par le sommeil, il répondait à tous les désirs de son cœur.

— Bonjour, dit-elle, attendant qu'il vienne la saluer d'un baiser.

— Tu m'as manqué, répondit-il en l'enlaçant. Tu rêves déjà à de nouveaux lendemains ?

Ils se mirent à marcher le long de la plage.

Elle s'était interrogée sur ces nouveaux lendemains, elle s'était demandé si Rafe en ferait partie. Mais depuis que Michael avait réduit ses lendemains en miettes, elle les avait gardés hors de portée des hommes. D'ailleurs, il n'y avait guère d'avenir pour leur mode de vie hédoniste actuel, entièrement consacré à savourer le moment présent.

Pourtant, des promesses lui étaient plus d'une fois venues aux lèvres ces derniers jours, et elle les avait lues dans ses yeux à lui aussi.

— J'étais en train d'y penser, dit-elle sans trop savoir comment formuler cela.

— Moi aussi. Je..., fit-il, s'arrêtant pour lui prendre la main et la porter à ses lèvres. Mel, je n'imagine pas ces lendemains sans toi.

Cela lui coupa le souffle.

C'était ce qu'elle avait rêvé d'entendre, mais maintenant cela lui faisait peur. Peut-être que la peur était un sentiment positif. Elle affûtait l'esprit et aidait à comprendre les situations.

— Moi non plus, je ne les vois pas sans toi.

— C'est beaucoup demander, mais… Est-ce que tu resterais un peu plus longtemps ? Quelques semaines, quelques mois peut-être, si tu peux te libérer de ton travail.

« Quelques mois peut-être. »

Sous l'effet de la déception, elle recula.

— Rafe, je ne peux pas faire ça. Je veux dire, je pourrais peut-être, mais tu imagines, passer quelques semaines avec toi et partir ?

Il serra les lèvres, et pour une fois ses pensées lui échappèrent.

— Je me disais… Si tu venais à Colombo avec moi, tu verrais comment ça se passe à l'hôpital, mon chez-moi…

— Et après, je repartirais à Londres ?

— Ce n'est pas ce que j'ai dit. Après, on ferait ce qu'on veut. Aller au gré du vent, nager avec la marée.

Lui, il parvenait à laisser les choses se faire sans être paralysé par l'anxiété. Elle avait appris à vivre comme ça, à y prendre plaisir, même, mais à présent qu'ils devaient décider des prochaines étapes de leur relation, ses angoisses la rattrapaient, toujours aussi puissantes. Et si elle repartait dans une spirale d'angoisse qui ne laissait pas de place à l'esprit aventureux de Rafe ?

— Je ne peux pas faire ça, Rafe, je suis désolée. J'ai besoin qu'on s'organise, d'une sorte de stratégie.

Il était blessé, elle le voyait dans son regard, le sentait dans son cœur à elle.

Il secoua la tête.

— Moi aussi je suis désolé, Mel. Je t'aime, et je ne veux pas que tu doutes du futur. Mais j'ai besoin d'un peu de temps avant de m'engager pour la deuxième fois, je dois me sortir de la tête que cela va déboucher sur une perte, sur le manque. Si tu voulais bien me faire confiance…

— Tu n'arrives pas à te détacher du passé, n'est-ce pas ?

— Pas plus que toi. Il faut du temps. Je suis persuadé qu'on y arrivera.

Était-elle capable d'accepter l'engagement de Rafe dans le moment présent sans savoir ce que leur réservait l'avenir ?

La montée d'angoisse lui confirma qu'elle ne pouvait pas franchir le pas.

— Je sais que c'est beaucoup demander, notamment parce qu'on se connaît depuis tellement peu de temps. Mais comment peux-tu être à ce point persuadé d'une chose alors que tu ne sais pas quand ni comment elle se réalisera ? Ni *si* elle se réalisera, en fait.

— Parce que… J'en suis persuadé, c'est tout. Je *sais* que je t'aime.

— Alors, parle-moi. Jouons cartes sur table, et on trouvera une solution. On a appris à prendre des décisions ensemble. Ce n'est qu'une plus grande décision.

— Qu'on pourra prendre quand on sera prêts. Il faut juste du temps.

Elle n'en revenait pas. Ce n'était pas en train d'arriver, pas comme cela. Elle savait que ce serait difficile mais que ce n'était pas impossible. Rafe ne lui demandait pas tant que cela, et elle non plus. La mauvaise surprise, c'était que ni lui ni elle ne voulaient donner ce que l'autre demandait.

— Je ne peux pas te donner ce que je n'ai pas, Rafe. Je me connais, j'ai besoin de savoir ce qui m'attend. Sans ça, tout va partir à vau-l'eau, et je vais laisser mon angoisse détruire ce qu'on a ensemble.

Le visage de Rafe se durcit.

— Alors, il n'y a qu'une chose à faire. Tout arrêter.

Sous le choc, elle ne répondit pas.

Avec son cœur impétueux, il ne pouvait pas se retenir quand il savait ce qu'il fallait faire. Il partit.

Elle ne le retint pas, parce qu'elle savait au plus profond d'elle qu'il faisait ce qu'il fallait.

Mel avait fait ses bagages, elle était prête à partir. Elle avait réussi à la dernière minute à réserver un siège sur un vol Malé –

Colombo. Là, elle se terrerait quelques jours dans un hôtel à côté de l'aéroport pour attendre son vol de retour à Londres. Ce ne serait pas un voyage agréable, mais c'était mieux que d'être coincée sur une île minuscule avec l'homme qui lui avait brisé le cœur.

Elle ne haïssait même pas Rafe. Le stress avait réactivé leurs peurs, qui s'étaient heurtées de plein fouet. Il avait tout arrêté avant que cela puisse leur être enlevé. Elle avait vu l'hydravion s'élever dans le ciel, elle ne savait pas où il allait ni quand il reviendrait.

Il n'y avait qu'une personne à qui elle voulait dire au revoir.

M. Manike sauta sur ses pieds lorsqu'elle entra dans son bureau.

— Docteur Murphy, dit-il avec un formalisme contredit par son ton chaleureux. Que puis-je faire pour vous ?

— Je suis venue vous saluer, monsieur Manike. Et vous remercier d'avoir assuré notre sécurité à tous ici. C'était un énorme travail.

— Et vous êtes venue à ma rescousse quand j'ai failli craquer, répondit-il en souriant. Vous partez déjà ?

— Il est temps, je dois rentrer chez moi, fit-elle d'une voix qui se brisait, en battant furieusement des paupières derrière ses lunettes de soleil pour repousser les larmes. Mais je prendrai de vos nouvelles dès que je serai arrivée à Londres.

M. Manike hocha la tête mais demanda :

— Puis-je faire quoi que ce soit pour vous retenir ?

— Non. Si vous pouviez simplement m'arranger un trajet en hors-bord pour Malé vers 6 heures, ce serait parfait. J'ai un vol pour Colombo à 8 heures.

— Sans le Dr Davenport ? demanda-t-il, les lèvres pincées. Docteur Murphy, je dois vous dire que les lunettes de soleil cachent mal les larmes. Et que, en tant que manager de cet établissement, je ferais mal mon travail si je ne savais pas où dorment les gens.

Il n'avait jamais laissé paraître qu'il était au courant.

Elle enleva ses lunettes de soleil inutiles, et M. Manike lui tendit un mouchoir bien repassé.

— Ce n'est pas sa faute, monsieur Manike.

— Ce n'est pas non plus la vôtre, n'est-ce pas ?

— Non. On est différents, c'est tout. Et je ne veux pas tourner en rond ici pendant encore trois jours à lui en vouloir de choses sur lesquelles ni lui ni moi n'avons prise.

M. Manike soupira.

— Docteur Murphy, je vous dois beaucoup. Vous avez sacrifié vos vacances pour prendre soin de tout le monde ici, moi inclus.

— Vous avez déjà l'air d'aller mieux, c'est la meilleure des récompenses.

— C'est très gentil à vous. Mushan vous accompagnera à Malé dès que vous serez prête. Vous avez réservé un hôtel à Colombo ?

— Je pensais trouver un hôtel près de l'aéroport.

M. Manike fit la moue, il avait déjà reconstitué le puzzle et deviné qu'elle allait attendre son vol de retour à Colombo. Il ouvrit un tiroir de son bureau et lui tendit une carte de visite embossée au nom d'un hôtel.

— Je me charge de votre réservation. Le directeur est un ami personnel, je l'appelle dans un instant.

— Merci.

Était-ce l'effet de la prévenance de M. Manike, ou le fait que les choses se concrétisaient, qu'elle quittait vraiment Rafe ? Elle essuya une larme.

— Docteur Murphy, je voudrais vous demander une dernière faveur.

— Bien sûr.

— Le Dr Davenport est un homme bien. Prenez le passé en considération, mais ne le laissez pas vous diriger.

Au retour de Rafe à Nadulu, Mel n'était plus là.

N'était-ce pas ce qu'il avait souhaité, pour ne pas être tenté de la supplier de rester ?

Elle ne lui avait demandé qu'une sorte de plan, une stratégie. Il aurait pu mettre fin à la catastrophe en en faisant un avec elle, mais il ne voulait pas lui mentir, elle s'en serait de toute façon aperçue. Elle savait qu'il l'aimait mais qu'il avait besoin de temps pour s'enfoncer dans le crâne qu'amour ne voulait pas toujours dire souffrance.

Ils s'étaient laissé aveugler par la passion et par l'idée qu'ils pouvaient changer. C'était peut-être le cas, mais il leur aurait fallu du temps. Il avait dû faire face et partir avant de lui faire plus de mal encore.

Il fut pourtant tenté de partir à sa poursuite en hydravion, mais il était tard et les vols d'hydravion n'étaient pas autorisés après le coucher du soleil.

Paralysé par la crainte que Mel se sente perdue, toute seule dans une ville inconnue, il alla voir M. Manike.

— Je comprends vos craintes, docteur Davenport, j'ai eu les mêmes. Le Dr Murphy a été escortée jusqu'à l'aéroport de Malé, un taxi l'attendait à son arrivée à Colombo pour l'emmener dans un hôtel dirigé par un ami personnel. Elle y est en ce moment même, et son transfert pour prendre son vol de retour a déjà été arrangé.

Il réprima un soupir de soulagement. M. Manike avait vu le problème et pris les mesures nécessaires.

— Et dites-moi, quel hôtel est-ce, monsieur Manike ? demanda-t-il en essayant de garder une voix normale.

— Non.

— Vous voulez dire que vous ne savez pas ?

— Vous m'imaginez envoyer le Dr Murphy dans un établissement que je ne connaîtrais pas ?

— Non, non, évidemment. Mais vous ne voulez pas me le dire ?

— Le Dr Murphy m'a demandé de ne pas le faire, je respecte sa volonté.

Mel en était arrivée aux mêmes conclusions que lui. Il s'était éloigné d'elle parce que c'était ce qu'il fallait faire, à son tour elle en avait fait autant pour les mêmes raisons.

— Puis-je vous offrir un verre, docteur Davenport ?

Il prit une profonde inspiration pour reprendre ses esprits.

— Merci, monsieur Manike, je n'ai besoin de rien.

Cela faisait trois semaines que Mel était rentrée en Angleterre. Elle n'en était pas sûre, mais il lui semblait qu'il n'avait pas cessé de pleuvoir depuis. Sans Rafe, tout était de toute façon gris et froid.

Il y avait le problème d'Ash. Elle avait promis de l'appeler, elle ne voulait ni lui faire faux bond ni le mettre dans une position délicate.

Maddie trouva la parade.

— Je vais l'appeler, moi. Je lui dirai que tu t'es absentée de Londres et que tu m'as donné son numéro. Je lui serai peut-être même plus utile que toi, s'il veut se spécialiser en chirurgie.

— Oui, tu es beaucoup mieux placée que moi. Ça t'embête ?

— Non, ce qui m'embête, c'est que tu n'appelles pas son père.

— C'est fini, Maddie. Rafe est un homme fabuleux, mais on est incompatibles. J'ai pris la bonne décision.

— C'est pour ça que tu es si heureuse…

Mel balaya le café d'un regard absent. Pourquoi avait-elle proposé cet établissement comme point de rendez-vous ? La musique lui donnait envie de pleurer.

— Pourquoi faut-il qu'ils passent ces… chansons en permanence ?

— Ça ne t'a jamais dérangée avant, répondit Maddie en sirotant son cappuccino. Et c'est bien ça le problème, Mel. Si tu ne supportes pas la moindre chanson d'amour un peu triste, tout est dit. Crois-moi, je sais de quoi je parle.

— Je devrais peut-être appeler Rafe pour mettre un point final à cette histoire ?

Maddie leva les yeux au plafond.

— Si ton but est de tout arrêter, c'est déjà fait. Soit tu abandonnes l'affaire, soit tu l'appelles pour lui dire que tu veux recommencer. Excuse-toi s'il le faut. Je ne crois pas que ça ait d'importance.

— Mais si ! Je suis partie sans un mot.

— Si quelqu'un m'avait demandé de quitter mon boulot pour partir explorer le Sri Lanka pendant trois mois, moi aussi, je me serais interrogée.

— Ce n'est pas exactement ce qu'il m'a proposé.

Les mots de M. Manike lui revinrent : « Prendre le passé en considération mais ne pas le laisser nous diriger. »

— Bon d'accord, fit Maddie. Alors, tu veux un conseil ?

— Pas vraiment, mais je t'écoute.

— Accepte de ne pas en avoir fini avec ce type, et décide quelle direction tu veux prendre en partant de là.

En rentrant de Nadulu, Rafe envoya valser son sac dans l'entrée et se laissa tomber sur son canapé.

Tout allait bien là-bas. Tout allait bien à Colombo aussi. Il n'y avait pas de messages pour lui à l'hôpital, pas de demande d'aide médicale urgente. Tout allait tellement bien qu'il envisageait de noyer son chagrin dans l'alcool.

Son téléphone sonna.

Par pitié, que ce soit quelqu'un qui ait besoin d'aide, de son attention pleine et entière ! Quelqu'un qui lui ferait oublier le sentiment de deuil de sa relation avec Mel !

— Rafe Davenport, dit-il en décrochant.

— Allô ?

Il sut aussitôt qui c'était et sauta sur ses pieds.

— C'est Mel.

— Mel. Comment vas-tu ?

— Bien, et toi ?

— Moi aussi.

Silence. Était-ce tout ce qu'elle voulait savoir ? Avait-elle raccroché ? L'angoisse lui fit choisir le premier sujet qui lui passa par la tête.

— M. Manike va bien.

— Ah, parfait. Il a pris un peu de repos ?

— Oui, il a dit aux propriétaires de l'hôtel qu'il avait besoin d'un assistant. Ils ont accepté sur-le-champ. Ils savent qu'il fait tourner l'hôtel de main de maître, il est trop précieux pour qu'ils risquent de le perdre.

Il avait fait des phrases complètes. Il se félicita.

— Magnifique. J'ai reçu un mail de lui l'autre jour, il allait bien.

Ainsi elle n'appelait pas pour avoir des nouvelles de M. Manike. Il se creusa la cervelle pour trouver un nouveau sujet.

— Ash a eu un très gentil appel de ton amie Maddie il y a quelques jours.

— Ah, parfait. Il ne m'en veut pas de lui avoir donné son numéro ?

— Pas du tout, ses conseils vont lui être précieux. Tu la remercieras d'avoir pris le temps.

— Elle était ravie de le faire.

De nouveau le silence. Cette fois, il décida d'attendre pour voir ce que dirait Mel.

— Je suis contente que tu ailles bien, Rafe.

— Merci. Je suis très heureux de savoir que, toi aussi, ça va.

— Je… euh… je vais te laisser.

— Oui…

Non non non, ce n'était pas ce qu'il voulait dire. Ce qu'il voulait dire, c'était : « Attends, parce que j'ai besoin de te parler. »

— Bon, alors… C'était bien de t'entendre, Rafe.

— Allô ? Mel ?

La ligne était coupée.

Il fixa son téléphone.

Qu'est-ce que c'était que cette histoire ?

Soudain, il sut ce qui se passait : M. Manike avait proposé de l'écouter, Ash avait fait de même, il était venu manger avec lui à l'hôpital pour essayer de le faire parler.

Mel avait des amis. Maddie devait connaître la situation,

elle avait dû lui parler. Tout le monde parlait, sauf les deux personnes qui auraient dû le faire, parce qu'elles s'étaient brisé mutuellement le cœur.

Mais cela allait changer. Immédiatement.

15.

Il pleuvait. Encore. Cela faisait deux jours que Mel avait appelé Rafe et fait empirer la situation. Elle avait fini la conversation sur une mauvaise note, elle n'avait pas ouvert le dialogue. Elle n'avait même pas la consolation d'avoir dit ce qu'elle voulait.

Devait-elle rappeler ou laisser tomber ? Il y avait forcément une troisième option…

On sonnait à la porte, diversion bienvenue.

Le stress lui faisait-il perdre la tête ? Avait-elle des visions ? Rafe se tenait devant elle.

— Mel.

— Rafe.

Elle ne trouva rien d'autre à dire.

— Mel, tu avais raison et j'avais tort. Je t'ai abandonnée au moment où tu avais le plus besoin de moi. Je t'ai laissée penser que tu ne comptais pas assez pour moi pour que je réfléchisse à une solution. Mais je t'aime. Je vais me mettre à genoux et te demander de me pardonner et de m'épouser. Et de… de vivre avec moi où tu veux. Me faire l'amour quand l'envie te prend.

Elle le dévisagea. Il n'avait apparemment pas prévu ce qu'il venait de lui dire. Il allait au gré du vent, comme le Rafe dont elle était irrémédiablement amoureuse.

— Tu ne veux pas entrer, d'abord ?

— Je peux le faire ici, dit-il, cherchant visiblement autour de lui un endroit sec où déposer son gros sac.

— Rafe, on est en Angleterre, pas sur une île tropicale. Les gens ne tombent pas à genoux à tout bout de champ pour se demander en mariage.

Elle l'attrapa par la veste et le fit entrer.

— Ici, alors.

— Tu es sérieux ?

Sa vie venait d'être inondée de chaleur, de lumière, elle ne voulait rien plus qu'être dans ses bras.

Il lui montra ses mains qui tremblaient.

— Mel, je n'ai jamais été aussi sérieux de ma vie. Quand tu m'as appelé, j'ai compris que ce n'était pas fini entre nous. Et qu'on devait arrêter de parler à d'autres, qu'on devait se parler, nous.

— Dans ce cas…

Il n'y avait qu'une chose à faire.

Elle se mit sur la pointe des pieds, passa les bras autour de son cou et l'embrassa.

— Mel, arrête, dit-il, tremblant de tout son corps mais lui rendant son baiser avec son urgence habituelle. Tu mérites une explication.

— Je sais ce qui s'est passé, Rafe. On s'est aimés et c'est devenu trop lourd à porter. Trop difficile pour nous de comprendre que ça ne finirait pas comme tout le reste avait fini auparavant.

— C'est ça, dit-il en hochant la tête. Mais c'est moi qui me suis mal comporté.

— Moi aussi. Et maintenant on va réparer ça, parce que, pour la première fois dans nos vies, c'est possible.

Il la dévisageait, se demandant manifestement que faire ensuite.

Elle savait. Elle recula en direction de l'escalier.

— Rafe, si j'atteins la première marche et que je suis toujours sur mes deux jambes, je te mets à la porte !

Il ne fut aussitôt plus qu'action. Ce fut l'homme qu'elle aimait qui la prit dans ses bras et l'emporta à l'étage comme si elle ne pesait pas plus qu'une plume. Il devina qu'elle avait la chambre sur rue et ouvrit la porte d'un léger coup de hanche.

— Jolie chambre, dit-il en la plaquant au mur pour l'embrasser.

— Tes vêtements, Rafe. Enlève tes vêtements. On parlera déco plus tard.

Faire l'amour avec Rafe prenait le temps qu'il fallait. Il faisait presque nuit lorsqu'ils sortirent du lit. Elle le guida vers le salon et le laissa explorer la bibliothèque pendant qu'elle allait chercher une bouteille de champagne qui traînait au frais depuis des mois.

— Avant qu'on ait trop bu, dit-il en faisant sauter le bouchon avec une expérience évidente, on doit discuter d'un certain nombre de choses.

Maintenant, c'était possible. Ils étaient tous les deux prêts à avancer et à se construire une vie ensemble.

Elle s'installa sur le canapé, et il vint trinquer avec elle.

— À la solution qui trouve son chemin.

Il hocha la tête et but une gorgée.

— Tu as une maison charmante, Mel. Tu as une belle carrière, une belle vie. Ça t'a demandé beaucoup de travail d'obtenir tout cela et de trouver la paix. Jamais je ne voudrais te l'enlever.

— Si je ne pouvais pas en partir, ça deviendrait une prison.

Il lui embrassa le front.

— Pouvoir tout quitter n'est pas une raison pour le faire, Mel. Je te dis mon idée et on en discute ?

— D'accord.

— Je veux que tu m'épouses. On peut garder la maison au Sri Lanka pour le moment, parce que ce serait bien d'aller voir Ash de temps en temps, mais je vais quitter mon travail à Colombo et en trouver un ici. On sera ensemble et on pourra habiter ici ou nous trouver une autre maison. Comme tu veux.

— J'adore l'idée d'être ensemble, répondit-elle en se mordillant la lèvre.

— C'est un bon début, fit-il avec des yeux rieurs. Et pour le reste ?

— Je nous vois bien passer les hivers au Sri Lanka et revenir à Londres pour l'été. Tu pourras me montrer tout ce que tu aimes au Sri Lanka et je te ferai redécouvrir ce qui te plaisait ici.

— Je peux planifier six mois de disponibilité, si c'est aussi possible pour toi. Et je suis certain que tes compétences trouveraient preneur à Colombo, si tu en as envie.

— Ce serait pareil pour toi à Londres. Alors, c'est d'accord ?

— Oui, c'est une très bonne organisation. Où veux-tu qu'on se marie ?

— Je… Je me disais qu'on ne se marierait pas. Pas tout de suite, en tout cas.

— Bon, je vais être honnête, dit-il en la dévisageant, c'est une déception. Puis-je te demander tes raisons ?

— Ce n'est pas que je ne veux pas t'épouser, Rafe. Je voudrais simplement qu'on mette un peu nos promesses à l'épreuve du temps. Je t'aime et j'ai confiance en toi. Cela signifie que je peux me libérer de mon passé et de mes angoisses concernant l'avenir. Je veux nous prouver que j'en suis capable.

— Je crois que je comprends. Alors je promets de t'aimer autant que tu le mérites, et que je ne te quitterai pas. Tu as ma parole, et moi tout entier, d'ailleurs.

— Je te fais la même promesse, Rafe, dit-elle en se jetant à son cou. Je t'aimerai profondément, et je ne te quitterai pas. Je suis tellement heureuse. Tu me rends tellement heureuse.

— Je peux te demander une dernière chose ?

— Bien sûr.

Il quitta brièvement la pièce et revint s'asseoir à côté d'elle. Il lui glissa une petite boîte dans la main en refermant la sienne dessus.

— Je sais que tu ne veux pas te marier tout de suite et je respecte ton désir. Je pense qu'on a tous les deux besoin de temps pour comprendre que nos promesses ont du poids et dureront dans le temps. Mais est-ce que tu veux bien accepter ça ? Tu n'es pas obligée de la porter, juste de la garder dans un endroit sûr.

— J'aimerais la porter.

Il eut un sourire éclatant et sortit la bague de sa boîte.

C'était un saphir bleu très pur monté sur un simple anneau. Quand il lui passa la bague au doigt, la pierre prit la lumière.

— Rafe ! Elle est magnifique, dit-elle, le souffle presque coupé. Quand as-tu eu le temps de l'acheter ?

Il prit un air piteux.

— En chemin pour l'aéroport. J'ai essayé de vivre sans toi, de me dire que c'était mieux pour toi comme pour moi, et puis tu as appelé. J'ai su qu'il fallait que je vienne, et…

Elle en riait déjà. C'était la chose la plus adorable qu'on lui ait jamais faite. L'action, le mouvement, ça ressemblait tellement à Rafe !

— Alors, tu as tout laissé tomber et filé à l'aéroport en t'arrêtant juste pour acheter une bague ?

— Presque. D'abord, j'ai prévenu l'hôpital qu'une affaire personnelle urgente me réclamait à Londres. Et comme cette petite bijouterie que je connais et où j'étais sûr de trouver ce que je voulais était justement sur le chemin de l'aéroport…

Elle le fit taire d'un doigt posé sur ses lèvres.

— Arrête. J'adore que tu aies décidé de venir et que tu l'aies fait aussitôt. Et j'adore la bague. Tout est parfait.

— Je vais faire un petit effort pour anticiper un peu les événements dans le futur…

— Non. S'il te plaît, ne change pas. Parce que tu es l'homme que j'aime, exactement comme tu es. Celui que je vais épouser un jour.

Il lui tendit sa coupe de champagne et prit la sienne.

— Prends tout ton temps pour réfléchir, je vais prendre un plaisir immense à te persuader.

Rafe, les yeux un peu embués, déposa les tasses de café au jugé dans l'évier.

Mel et lui avaient passé six mois au Sri Lanka. Il se félicitait de l'énergie que Mel avait mise à découvrir son pays d'adoption, dont elle avait reçu beaucoup en retour. Ils avaient habité sa maison dans les collines et travaillé pour l'hôpital de Colombo, se déplaçant ensemble vers les endroits de l'île où l'on avait besoin d'eux. Puis ils étaient venus vivre à Londres pour six autres mois. Il avait oublié comme l'été était délicieux dans sa ville natale. À présent, Ash résidait chez eux depuis trois semaines, et Mel lui avait déjà présenté quelques chirurgiens expérimentés prêts à l'aider à concrétiser ses ambitions.

Rafe avait respecté ses promesses, et Mel aussi. Ils s'étaient aimés sincèrement, complètement, d'un amour qui grandissait chaque jour. Puis Mel avait prononcé un mot qui les avait obligés à consulter une nouvelle fois la carte du monde.

Oui.

Mais il s'avérait que se marier était plus compliqué que trouver un beau costume, une robe fabuleuse et la personne à épouser. Finalement, le sujet était venu sur la table ce dimanche au moment du café, après un bon repas dans le patio avec Ash, Amy et son mari, Ben.

— Nous nous permettons d'intervenir, avait dit Amy, manifestement déléguée par les deux autres.

— Vraiment ? avait fait Mel, feignant la surprise avec un art consommé, tandis que Rafe retenait un sourire.

— Oui, maman. Rafe et toi, vous devez vraiment prendre une décision à propos de votre mariage.

— Ah. Maintenant que tu le dis, c'est vrai qu'on devrait faire quelque chose, Rafe, non ? Explique-nous ça, chérie.

— J'ai consulté vos amis... Non, en fait j'ai simplement appelé Maddie, s'était reprise Amy comme Mel haussait les sourcils, elle n'attend que cette excuse pour prendre des vacances au Sri Lanka, et elle pense ne pas être la seule.

— Mais papi et mamie ?

— On en a parlé quand je leur ai présenté Ash l'autre jour. Ils sont partants, et d'après Ash ils ne manqueront pas d'invitations dans sa famille.

— Amy, Ben et moi serons là, évidemment, précisa Ash. Je compte les emmener à Kandy, à la citadelle de Sigiriya, peut-être aussi au parc national de Yala. Sauf si vous y êtes à ce moment-là en lune de miel, bien sûr. On ne veut pas vous envahir.

— Ça a l'air parfait, qu'est-ce que tu en penses, Rafe ? avait demandé Mel en lui donnant un petit coup de coude.

— Eh bien, si cela te va, c'est parfait pour moi aussi, tu imagines. Merci d'être intervenus, les enfants. C'était souverain.

Comme Mel s'encadrait dans la porte de la cuisine, il la prit dans ses bras.

— On dirait qu'on va au Sri Lanka, alors ?

— On dirait. Amy n'a oublié que M. Manike.

— Pas de problème, je l’inviterai demain. Bien joué, ma chérie.

Elle rit.

— Je connais ma fille. Je me doutais qu’elle prendrait les choses en main si je prétendais qu’on n’arrivait pas à se décider. C’est tellement plus simple s’ils croient que l’idée vient d’eux.

— Et après, quand on rentrera de la lune de miel ?

— On a tous les deux des propositions de travail au Sri Lanka et ici. Que penserais-tu d’aller au gré du vent et de voir où la vie nous mène ?

Il la serra avec ferveur contre lui.

— Ça m’a l’air d’un plan sans faille !

SUSAN CARLISLE

Pour le cœur d'un urgentiste

Traduction française de
MARIE-JOSÉ LAMORLETTE

BLANCHE

HARLEQUIN

Titre original :
MENDING THE ER DOC'S HEART

1.

Le cri perçant d'un enfant déchira l'air à l'autre bout de l'allée du supermarché. Le cœur d'Izzy Lane fit un bond. La boîte de thé qu'elle touchait tomba à terre, suivie par cinq autres. Elle tourna vivement la tête dans cette direction. Que se passait-il ? L'enfant était-il blessé ?

En tant qu'infirmière en pédiatrie, c'était toujours sa première pensée. Prête à aider, elle regarda dans l'allée pour voir quel pouvait être le problème. Il n'y en avait pas. Tout ce qu'elle vit, ce fut un petit garçon d'environ trois ans assis dans un chariot ; il agitait les bras et les jambes à en faire tanguer le Caddie. Tandis que son cœur reprenait un rythme normal, Izzy s'inquiéta qu'il renverse le chariot.

Un homme grand aux larges épaules, qui portait un polo, baissait la tête pour parler à l'enfant.

— Arrête, Henry. Nous en avons parlé avant de venir.

Le garçonnet glapit :

— Je veux des Sugar Loops !

— Tu dois choisir d'autres céréales.

L'homme jeta un coup d'œil à Izzy, l'air préoccupé, la bouche pincée. Il prit une boîte et la montra à l'enfant.

— Que dis-tu de celles-ci ?

— Des Sugar Loops ! brailla le petit de toutes ses forces.

Izzy secoua la tête avec un sourire contraint. Le papa avait du fil à retordre. Elle avait eu sa part de tels moments, dans son travail. Parfois, il s'agissait de problèmes de comportement qui n'étaient pas tout de suite décelés. C'était peut-être le cas ici.

Sa poitrine se contracta. Elle devait reconnaître que l'enfant était mignon, avec ses cheveux platine, ses joues rondes et ses grands yeux. Elle aurait bien aimé avoir un enfant qui fasse des caprices. Elle avait cru que cela arriverait avec Richard, jusqu'à ce qu'il la trompe. Pendant des années, il l'avait fait marcher, obtenant qu'elle paye pour ses études en lui disant qu'il l'aimait. Il lui avait fait croire qu'il voulait l'épouser et fonder une famille avec elle. Mais il n'avait fait que l'utiliser. Et maintenant, ce rêve n'existait plus.

Elle ramena son attention sur le bazar à ses pieds. Il fallait qu'elle ramasse tout ça. Excédée, elle se mit à genoux, posa ses courses par terre et rassembla les paquets de thé pour les replacer dans le rayon.

Un autre cri résonna non loin d'elle. Elle frémit et regarda avec un demi-sourire l'homme qui tendait les céréales sucrées à l'enfant.

— Les parents frustrés sont prêts à tout pour survivre, marmonna-t-elle.

Pendant qu'elle était occupée, le père et le fils s'étaient avancés vers l'entrée du magasin. Ils passèrent près d'elle. Elle releva brusquement la tête et croisa un étonnant regard gris.

Elle se racla la gorge. L'homme avait-il entendu ce qu'elle avait dit ?

Il continua à la regarder comme s'il savait qu'elle avait été concentrée sur eux.

— Désolé pour le bruit, dit-il.

Izzy resta captivée par son regard. Elle était gênée qu'il puisse penser qu'elle le jugeait.

— Ce n'est pas un problème.

Elle fut soulagée quand il s'éloigna. Elle se retourna et le regarda partir. De haute taille, les tempes légèrement argentées, il semblait avoir porté trop longtemps un fardeau sur les épaules. Izzy secoua la tête. Fatiguée d'avoir emménagé dans une nouvelle ville et de s'être adaptée à un nouveau travail, elle était prête à rentrer chez elle. Même si ce n'était qu'une chambre d'hôtel. Ses propres problèmes étaient suffisants sans qu'elle se sente concernée par ceux d'un inconnu. Ayant tout ramassé, elle reprit ses courses et s'apprêta à aller payer.

Elle s'approcha des caisses et passa à la caisse automatique, pendant que l'homme et le petit garçon faisaient la queue non loin de là. Une forte revendication s'éleva derrière elle, et elle n'eut pas besoin de se tourner pour savoir qu'elle venait d'Henry.

— Des bonbons !

Elle jeta un coup d'œil par-dessus son épaule et vit le père qui écoutait patiemment. Si c'était son enfant… La tristesse l'envahit. Il ne l'était pas.

Elle enregistra ses articles et les mit dans des sacs. L'homme et son fils sortirent pour rejoindre le parking. Le niveau de bruit diminua de moitié. Izzy aurait juré qu'un soupir collectif montait des clients. Il n'en avait pas fallu beaucoup pour agacer les gens d'Atlanta en cette fin d'après-midi.

En ayant terminé, elle se dirigea vers sa voiture. Elle s'était arrêtée dans le premier supermarché qu'elle avait trouvé entre l'hôpital pour enfants d'Atlanta et son hôtel.

Un rire enfantin et un juron attirèrent son attention sur la deuxième rangée de voitures après la sienne. L'homme de tout à l'heure ramassait des pommes qui roulaient sur le goudron. Henry était assis dans le chariot garé près d'un SUV dernier cri.

L'homme avait vraiment du mal. Izzy eut pitié de lui. Il avait besoin d'aide. Elle se coula entre les voitures pour le rejoindre, et se courba pour ramasser les fruits.

Accroupi pour saisir une pomme coincée sous un pneu, il leva les yeux. Des yeux magnifiques. Ils évoquaient du mercure et ne manquaient pas d'intelligence. C'était comme s'il pouvait discerner plus de choses sur elle qu'elle ne le souhaitait. Elle battit des cils, consciente de son air méfiant.

— Voilà.

En souriant, elle lui tendit des pommes. Il la regarda tandis qu'il ouvrait un sac avec gratitude. Elle laissa tomber les fruits dedans. Henry glapit.

— Je vais rester avec lui pendant que vous finissez, dit-elle en se rapprochant du petit garçon. Bonjour, Henry.

Il se calma et la regarda avec de grands yeux.

— As-tu un chien ? demanda-t-elle.

Il secoua la tête.

— Et un chat ?

Izzy posait une main sur le chariot pour qu'il ne bouge pas. Henry secoua de nouveau la tête, très vite. Elle ne put s'empêcher de sourire largement.

Le père les rejoignit et mit le sac de pommes dans la voiture.

— Merci de votre aide.

Il ébouriffa les cheveux de son fils et le sortit du chariot, le serrant un instant contre lui.

— La prochaine fois, je m'assurerai que le sac est fermé avant de te le donner.

Henry le regarda avec adoration.

Une douce tristesse emplit Izzy. Il y avait un amour évident entre eux deux. Elle avait espéré connaître cela avec Richard et leur enfant, mais Richard s'était toujours défilé, ne songeant qu'à profiter d'elle. Elle n'avait aucune intention de revivre ce genre de relation à sens unique.

L'homme sourit, d'un sourire qui était presque aussi captivant que ses yeux.

— Merci. Vous devez penser que je suis un père horrible.

— Je vous en prie, répondit-elle en souriant à son tour. Et non, je ne pense pas ça. Tout le monde peut avoir une mauvaise journée.

Elle regagna sa voiture, jetant un dernier coup d'œil à l'inconnu. Elle ne le reverrait probablement jamais.

Le Dr Chad McCain sortit son portable. On le réclamait aux urgences.

— Je dois y aller.

Il quitta la salle de réunion de l'hôpital sans un regard en arrière. Après tout, il avait fait des études pour aider des enfants, pas pour siéger dans des réunions. Il était allé en vacances une semaine et était prêt à se remettre au travail. Il poussa la porte battante.

Une infirmière le rejoignit.

— C'est un jeune garçon avec des blessures internes à la suite d'un accident de la route. Il est dans le box 1.

Chad ne ralentit pas le pas. Pourtant, tout en lui avait envie de tourner les talons et de partir dans l'autre sens. Après avoir vu Henry blessé dans l'accident de voiture qui avait tué Nan, sa femme et la mère de son fils, il avait du mal à affronter ce genre de cas. Tout ce qu'il pouvait voir, c'était l'enfant d'une pâleur mortelle, allongé sur une civière trop grande.

Son équipe connaissait son histoire et s'efforçait toujours de le prévenir. Avec une détermination qui venait d'il ne savait où, hormis de savoir qu'un enfant avait besoin de lui et qu'il avait les compétences pour l'aider, Chad entra à grandes enjambées dans la salle d'examen. Il sortit son stéthoscope de la poche de sa blouse. Le box était déjà empli d'infirmières et d'aides-soignants.

— Nous avons un jeune garçon blanc de dix ans avec une fracture au fémur gauche, une plaie à la tête, des problèmes respiratoires et de possibles blessures internes.

La voix provint de derrière lui, sur le côté. Il ne la reconnut pas comme étant celle d'une infirmière habituelle, et pourtant elle lui était familière. Il n'avait pas le temps de regarder qui c'était. Et de toute façon, tout le monde portant un masque, il ne la reconnaîtrait peut-être pas.

— Laissez-moi voir ce qui se passe, dit-il.

Un espace s'ouvrit et il s'approcha du patient pour l'examiner. Avec l'aisance de l'habitude, il nota que ses battements de cœur étaient rapides. Sa respiration était creuse. Et les gargouillis qu'il entendit dans son ventre indiquaient des blessures internes.

— Appelez la salle d'op. Cet enfant doit être opéré dès que possible. Le service orthopédique devra attendre. Prenons une série de radios.

— L'appareil arrive.

Cette voix, de nouveau. Il ne voyait pas où il l'avait entendue. Il demanda une analyse de sang, et quelles étaient les constantes vitales du jeune blessé.

Bip, bip, bip…

Le son aigu venait du moniteur. Tout le monde se précipita pour agir.

— Le patient ne respire plus, constata Chad. Il faut faire une réanimation cardio-pulmonaire.

Il plaça les mains sur la poitrine de l'enfant, tandis qu'une infirmière lui mettait un masque à oxygène sur la bouche.

— La tension est à 10, indiqua quelqu'un du groupe.

— Le chariot d'urgence ! réclama Chad sans s'interrompre.

— Il est ici, déclara l'infirmière dont il ne reconnaissait pas la voix.

— Les électrodes ?

Il se retourna et son regard croisa celui de l'infirmière qui les tenait. Il se raidit. *Elle !* La femme qui l'avait aidé à ramasser les pommes, au supermarché. Que faisait-elle dans son service ? Il se sentit mortifié qu'elle l'ait vu aux prises avec les caprices d'Henry.

Ses yeux bruns s'élargirent au-dessus de son masque. Elle le reconnaissait aussi. Il lui prit les électrodes sans hésiter et s'apprêta à administrer un choc au jeune garçon pour le ramener à la vie. Le premier ne donna rien. Il recommença, et cette fois le moniteur émit un bruit régulier. Poussant un soupir, il rendit les électrodes à « l'infirmière aux pommes ».

— Bon, vous tous, dit-il d'un ton soulagé. Nous l'avons récupéré. Maintenant, gardons-le en vie jusqu'à l'opération. Prévenez la salle d'op que nous sommes en route, et le service d'orthopédie qu'ils devront s'occuper de sa jambe.

— C'est déjà fait, déclara la même infirmière.

Chad hocha la tête. Qui qu'elle soit, elle était efficace. Il serait content de travailler avec elle n'importe quand. Il était juste gêné à la pensée de l'opinion qu'elle devait avoir de lui.

Tandis qu'il vérifiait le moniteur et auscultait de nouveau le jeune patient, donnant ses instructions, « l'infirmière aux pommes » annonça :

— Ils sont prêts pour lui en salle d'op.

Le soulagement envahit Chad. Il acceptait l'idée que la mort pouvait faire partie de son travail, mais il n'aimait pas la laisser gagner. Entre le fait d'avoir presque perdu son fils et la mort de Nan, il savait bien comment chaque jour était spécial. Cela faisait de lui un meilleur médecin et un meilleur père.

Il resta avec l'enfant jusqu'à ce que les infirmières de chirurgie viennent le chercher. Puis il sortit du box avec une seule pensée en tête : qui était cette nouvelle infirmière ?

Izzy sentit plus qu'elle ne vit le « docteur du supermarché » la suivre jusqu'au bureau des infirmières. Jamais, au grand jamais, elle ne se serait doutée qu'il apparaîtrait au service des urgences. C'était le dernier endroit où elle se serait attendue à le voir.

— Imaginez ma surprise quand je vous ai découverte dans mon service aujourd'hui, déclara sa belle voix grave, derrière elle.

Elle se tourna pour lui faire face.

— Et la mienne, alors !

Il haussa les sourcils.

— Au moins, ici, vous n'aurez pas à ramasser mes pommes.

Elle eut un grand sourire.

— Je l'espère.

— Henry et moi n'avons pas fait une très bonne première impression. J'en suis navré.

Son expression la fit penser à un petit garçon penaud.

— Aucun souci.

Il marqua une pause, avant de reprendre :

— Cela vous arrive, d'avoir des jours où rien ne va ?

Comme le jour où elle était rentrée chez elle et avait trouvé Richard dans leur lit avec une autre femme.

— Plus souvent que je ne voudrais l'admettre.

— Ce jour-là au supermarché en était un. En tout cas, le monde est petit. Au fait, je suis le Dr Chad McCain. Chef de service aux urgences.

— Je suis Elizabeth Lane. Nouvelle infirmière en chef.

Il eut un sourire en coin.

— Vous n'allez pas retenir contre moi mes aptitudes à faire

les courses, n'est-ce pas ? Je vous assure que mes compétences médicales sont bien supérieures.

— Je suis heureuse de l'entendre.

Izzy le regarda s'éloigner vers une salle d'examen. Puis elle s'assit derrière le bureau arrondi et se mit à l'ordinateur. Une aide-soignante et une autre infirmière étaient installées non loin.

— Je vois que vous avez finalement rencontré notre Dr McCain, dit l'aide-soignante. Il était en pleine forme, ce matin.

— Je suppose.

Izzy ne tenait pas à faire des commentaires qui pourraient revenir à l'oreille du médecin.

— Il est super, non ? demanda l'infirmière. C'est l'un de nos favoris, par ici.

— Ça doit être dur pour lui, de traiter ce genre de cas, reprit l'aide-soignante.

— Je suis sûre que voir un jeune garçon blessé dans un accident de voiture lui rappelle qu'il a failli perdre son fils de cette façon. Mais il reste professionnel, quoi qu'il advienne.

Izzy n'eut pas envie de demander ce qu'elles voulaient dire. Ce qui était arrivé ou pas au Dr McCain n'était pas son affaire. Elle n'aimerait pas que quiconque fasse des gorges chaudes sur son histoire. Heureusement, elle pouvait garder pour elle la crédulité dont elle avait fait preuve avec Richard. Elle avait changé de ville, d'hôpital et de travail. Elle voulait prendre un nouveau départ. Et ne pas lire la pitié sur le visage des gens parce qu'ils savaient ce que Richard lui avait fait.

En tant qu'infirmière en chef, elle avait passé la majeure partie de la semaine précédente à voir comment le service fonctionnait. Une partie de son travail consistait à faire en sorte que les urgences « roulent » sans problème et que les médecins aient ce qu'il leur fallait quand il le leur fallait.

En tant qu'infirmière en pédiatrie, ses tâches consistaient aussi à assister les médecins pour des blessures importantes ou quand un membre de l'équipe n'était pas là. Autrement, elle programmait les emplois du temps des infirmières et faisait des rapports à l'administration. Elle préférait de beaucoup les soins aux patients à la paperasse.

Deux jours plus tard, le soir, alors qu'Izzy était plongée dans un dossier, on frappa sèchement à la porte de son bureau. Elle releva brusquement la tête, surprise.

Le Dr McCain se tenait sur le seuil. Il désigna de la tête le reste du service.

— J'ai besoin de votre aide. Nous avons un patient brûlé qui arrive. Je veux avoir avec moi quelqu'un d'expérimenté.

Izzy repoussa sa chaise et le suivit dehors.

— Comment savez-vous que j'ai cette expérience ?

— Je me suis renseigné sur vous.

— Vous renseignez-vous sur toutes les nouvelles infirmières ? Elle n'était pas sûre d'apprécier.

— Non, mais j'ai fait une exception pour vous.

Il avait dû lire dans son CV qu'elle avait travaillé six mois dans un service de grands brûlés. Apparemment, elle était à la hauteur. Ce n'était pas l'impression qu'elle avait eue dernièrement. Du moins dans sa vie personnelle.

— Qu'est-ce que nous avons, là ?

— Un enfant de six ans brûlé au troisième degré sur le dos, le bras et la main.

Ses mots étaient crispés, presque coléreux.

— Est-ce que j'aimerais savoir comment c'est arrivé ? demanda-t-elle.

Il lui jeta un coup d'œil, la bouche pincée.

— Non.

Izzy tressaillit. Elle détestait ces cas. Ils restaient trop longtemps avec elle.

Comme ils passaient devant le bureau des infirmières, la réceptionniste leur indiqua que l'arrivée était prévue dans trois minutes. Et elle leur tendit un masque. Il était essentiel d'éviter une infection, dans le cas d'une brûlure.

Le Dr McCain allongea le pas et Izzy se pressa pour rester

à sa hauteur. Lorsqu'ils atteignirent les grandes portes vitrées, ils entendirent la sirène d'une ambulance. Puis elle se tut et le véhicule recula jusqu'aux portes.

Elle sentit une odeur de chair brûlée avant de voir l'enfant. L'ambulancier sortit la civière. Le petit garçon était allongé sur le ventre, le visage tourné sur le côté. Il était aussi blanc que le drap qui le recouvrait. Le Dr McCain auscultait déjà avec son stéthoscope la partie du torse qui n'était pas brûlée.

— Box 3, indiqua Izzy.

Un des ambulanciers commença son rapport.

— Jeune garçon blanc de six ans. Sans réactions. On lui a donné de la morphine pour atténuer la douleur. Il s'est évanoui en route. Cause de la brûlure : de l'eau bouillante reçue sur le côté droit du dos, le bras droit et la main droite. Brûlures au troisième degré. L'accident a eu lieu il y a quarante-cinq minutes. Respiration lente, rythme cardiaque faible mais régulier.

Izzy eut du mal à déglutir. La seule bonne nouvelle, c'était que la brûlure n'avait pas été causée par une matière grasse, qui aurait rendu le nettoyage des plaies plus difficile. Mais l'enfant garderait des cicatrices à vie.

Le Dr McCain donna ses instructions – garder la pièce stérile – et demanda les constantes vitales du petit patient qui avait été relié à des moniteurs. Puis, aidé d'Izzy, il ôta les sacs de glace posés sur les brûlures. Lorsqu'elle replia avec précautions le drap qui recouvrait le garçonnet, elle tressaillit à la vue de la chair à vif.

Malgré toute l'agitation autour de lui, l'enfant restait inconscient. Le Dr McCain entreprit de nettoyer les blessures avec une solution saline, puis Izzy lui donna une sorte d'éponge emplie d'antiseptique qu'il passa sur les brûlures, lentement et méticuleusement. Elle ne put s'empêcher d'être impressionnée par son efficacité et ses gestes empreints de compassion.

Il la regarda.

— Vous êtes prête à commencer le bandage ?

— Oui.

Elle prit un gros rouleau de gaze et se plaça à côté du médecin, lui faisant passer ce qu'il lui fallait.

— Que quelqu'un prévienne l'unité de soins intensifs qu'on leur envoie un patient, dit-il à son équipe. Et passez-moi le Dr Huff au téléphone. J'ai besoin de lui parler de ce petit garçon.

Une fois les bandages en place, Chad dit encore :

— Montons-le à l'étage.

Des aides-soignants et une infirmière poussèrent le jeune patient vers l'ascenseur.

Izzy commença à ranger.

— Vous avez fait du bon travail, docteur McCain, déclara-t-elle.

— Appelez-moi Chad. Et vous n'avez pas été mal vous-même.

Il sourit. Elle sentit sombrer son estomac. Il avait un très beau sourire.

— Vous pouvez m'appeler Izzy.

— Izzy Lane. Cela me fait penser à la chanson des Beatles, *Penny Lane*.

Il chantonna quelques mesures et eut un grand sourire.

Un coin de la bouche d'Izzy se releva.

— Oui, on me l'a déjà dit.

Il redevint sérieux et regarda la pendule.

— Il faut que j'y aille. Henry m'attend. Et merci encore. C'était du très bon travail.

Il se dirigea vers la sortie en fredonnant l'air de *Penny Lane*. Les notes firent à Izzy l'effet d'une douce brise. Apparemment, Chad et elle avaient formé une bonne équipe.

Le vendredi soir après le travail, Izzy s'arrêta dans un restaurant du coin pour dîner avant de rejoindre sa chambre d'hôtel. Tout ce qu'elle voulait ce soir-là, c'était se mettre à table, puis passer un week-end paisible.

Elle entra dans un burger qu'une infirmière lui avait recommandé. Là, elle grimaça. Il n'y avait pas une table de libre. Elle allait devoir emporter quelque chose à manger.

Soudain, une grande main lui fit signe. C'était Chad, assis

sur une banquette avec Henry. Ouvrant de grands yeux, elle s'approcha de sa table. Il se leva et demanda :

— Aimeriez-vous vous asseoir avec nous ?

Ils s'étaient peu à peu accoutumés l'un à l'autre pour traiter leurs patients, mais elle n'était pas sûre qu'ils soient prêts à nouer des relations sociales. Elle regarda Henry, qui tenait une fourchette et un couteau et en frappait la table. Ceci ne correspondait pas à son plan de passer une soirée tranquille, mais comment pouvait-elle s'excuser poliment ?

— Merci. Avec plaisir.

Elle se glissa sur la banquette d'en face.

— Henry, reste tranquille, dit Chad. Voici Mme Lane. Nous l'avons rencontrée au supermarché. Elle travaille avec moi.

— Bonsoir, Henry, dit Izzy en s'installant. Votre femme ne verra pas d'inconvénient à ce que je mange avec vous ?

— Je suis veuf, répondit Chad d'un ton plat, sans trace de tristesse.

— Oh ! je suis désolée, je ne savais pas.

C'était très triste qu'il n'ait personne et qu'Henry n'ait plus sa mère. Mais elle se sentit soulagée. Elle ne ferait jamais à une autre femme ce qu'on lui avait fait, et pour rien au monde elle ne s'insinuerait entre lui et une partenaire. La loyauté et la fidélité étaient importantes dans une relation. Elle les prenait au sérieux.

Henry l'observa avec de grands yeux, avant de se remettre à agiter ses couverts. Chad lui immobilisa les bras.

— Henry. Il est temps que tu te calmes.

Le petit garçon s'arrêta un instant, puis se remit à frapper la table avec la fourchette et le couteau. Chad les lui enleva et il protesta avec force.

Tout le monde dans le restaurant se tourna vers eux.

— Henry ! siffla Chad entre ses dents. Chut !

L'enfant voulut reprendre les couverts, mais son père les plaça hors de sa portée. Il glapit.

— Henry, voudrais-tu me faire un dessin ?

Izzy prit la feuille de coloriage et les crayons de couleur posés sur la table et les poussa vers lui. Elle lui tendit un crayon.

Henry se mit à griffonner à toute allure. Izzy posa une main sur la sienne.

— Il n'y a qu'une feuille, alors il faut que tu la fasses durer.

Il écarquilla les yeux de surprise, puis se remit à colorier plus lentement. Chad adressa un sourire appréciateur à Izzy.

— Vous avez l'habitude, cela se voit.

— Oui, j'ai des nièces et des neveux. Une petite diversion marche presque toujours.

Elle aurait aimé pouvoir dire qu'elle faisait la même chose avec ses propres enfants.

— Les gosses demandent beaucoup d'énergie, dit Chad.

— Oui, surtout après une longue journée de travail.

Elle aurait aimé, aussi, éprouver ce genre d'épuisement.

Un serveur s'approcha et leur tendit des menus. Izzy commanda une boisson.

Henry haussa la voix. Chad posa une main sur son bras. Il devait être difficile de le discipliner après avoir failli le perdre dans un accident de la route, pensa-t-elle. Elle se pencha à travers la table.

— Tu es si sage, Henry, que je vais te donner un autre crayon.

Chad secoua la tête et la regarda avec admiration.

— Vous faites des miracles. Vos enfants doivent être très bien élevés.

Izzy se crispa. Un étau comprima sa poitrine. Elle avait désiré des enfants. Elle avait même perdu quelques-unes de ses meilleures années à attendre d'en avoir.

— Je n'ai pas d'enfants, dit-elle.

— Eh bien, vous avez manqué votre vocation, observa Chad avec un grand sourire qui le rendit encore plus beau.

L'étau se desserra un peu.

— J'espère en avoir un jour.

Il prit un air concerné.

— Je n'ai pas vu de M. Lane mentionné dans votre CV. Y en a-t-il un quelque part ?

— Non.

Le garçon revint avec sa boisson et voulut prendre leurs commandes. Chad demanda un hamburger pour lui et un petit pour Henry. Izzy choisit une salade.

— Il faut que vous essayiez les burgers, dit-il.

— Je crains de ne pas pouvoir tout manger.

Son appétit n'était plus le même depuis qu'elle avait quitté Richard.

— Je vous recommande quand même d'en prendre un. Ils sont extra. Vous pourrez toujours emporter les restes.

Elle se laissa convaincre. Chad sourit largement.

— Vous verrez, vous ne serez pas déçue.

— J'ai surtout peur de ne pas pouvoir entrer dans mes vêtements, demain.

Il l'étudia un moment.

— D'après ce que j'ai vu, vous n'avez rien à craindre de ce côté-là.

Izzy ne sut plus que penser. Flirtait-il avec elle ? Elle regarda Henry, qui avait cessé de colorier. Elle couvrit son embarras en demandant :

— Je peux voir ton dessin ?

Il poussa la feuille vers elle.

— C'est vraiment très joli. Tu travailles très bien.

Elle lui rendit la feuille et il se remit à colorier. Chad la regarda, visiblement impressionné.

— Cela paraît si facile, avec vous.

— J'ai juste eu de la chance que ça marche.

— J'ai honte de dire que j'ai été trop occupé à bâtir ma carrière pour être avec Henry autant que je l'aurais dû. Vous savez quels sont nos horaires aux urgences. Je n'ai pas passé autant de temps avec lui que sa mère. Si je l'avais fait, il serait peut-être plus gentil avec moi.

Après une courte pause, il reprit :

— Même des mois après, nous apprenons encore à vivre ensemble. Ce n'est pas parfait au supermarché, j'en ai peur, mais nous survivons.

— Cela ne doit pas être facile. Cela prendra du temps, mais vous en avez. Henry est jeune. Vous parviendrez à vous entendre. À quand remonte la mort de votre femme ?

— Nan est partie il y a treize mois.

Chad ébouriffa les cheveux de son fils.

— Nous apprenons lentement à nous ajuster. S'il se conduit ainsi, c'est ma faute. Je le gâte trop. J'ai réalisé après la mort de Nan qu'elle avait fait plus que sa part, comme parent. Henry et moi, nous nous sommes retrouvés au pied du mur.

Izzy tendit le bras et posa la main sur la sienne.

— Je suis sûre que vous avez fait ce qu'il fallait pour survivre.

— Oui, quelque chose comme ça.

Le serveur revint avec leurs plats. Elle haussa les sourcils et la voix.

— Oh ! mon Dieu, toute cette nourriture !

Elle jeta un coup d'œil à Chad, qui arborait un grand sourire.

— Vous avez vraiment pensé que je pourrais manger tout ça ?

Il ajouta du ketchup à son assiette.

— Vous devrez peut-être emporter un doggy bag, mais je pense que vous allez aimer.

Il découpa le hamburger d'Henry. Quand il eut mis du ketchup sur ses frites, en lui disant de faire attention, il ramena son attention sur Izzy.

— Qu'est-ce qui vous a amenée à Atlanta ? J'ai vu que vous viviez à Nashville.

Elle n'avait pas envie d'aborder ce sujet. Elle décida de garder ses secrets et de répondre simplement.

— J'avais besoin d'un changement, et le poste d'infirmière en chef était vacant ici. Cela m'a convenu.

— Je gage qu'ils n'ont pas dû être heureux, quand vous êtes partie.

— Non.

Elle lui adressa un petit sourire.

— Il est toujours agréable de se savoir appréciée.

Chad se rendit compte que le sourire d'Izzy n'atteignait pas ses yeux. Il connaissait bien ce genre d'expression. Avant l'accident, Nan avait la même. Elle avait été aussi attristée que lui par la lente détérioration de leur relation. Pendant des années, elle s'était sentie négligée. Il le regrettait. Ça n'avait pas été son intention.

Elle comprenait qu'un médecin doive travailler beaucoup, mais la réalité ne lui plaisait pas. Elle ne lui plaisait pas à lui non plus, seulement cela faisait partie de son métier. Nan avait bien dissimulé son anxiété jusqu'aux dernières années de sa vie. Ils avaient parlé de divorce, à un moment donné, puis ils avaient appris qu'elle était enceinte.

Il pensait que les enfants devaient avoir leurs deux parents. Il avait vu trop de disputes entre parents divorcés, dans son service, et souhaitait mieux pour Henry. Il avait voulu que leur mariage tienne. Il avait fait plus d'efforts sur la fin, mais c'était trop peu, trop tard. Peu avant l'accident, il avait appris que Nan avait une liaison. La colère et la culpabilité s'étaient muées en amertume.

Les compliments adressés par Izzy à Henry le tirèrent de ses pensées moroses.

— Tu t'es très bien débrouillé. Tu es un grand garçon.

Elle était super avec son fils. Elle l'encourageait à bien se conduire et l'en félicitait. De son point de vue, elle avait une touche magique.

— Avez-vous toujours vécu à Nashville ? demanda-t-il.

Elle rencontra son regard. L'intelligence brillait dans ses yeux bruns, avec une pointe de méfiance et de douleur. Il s'interrogea. Que lui était-il arrivé ?

— J'y suis née et j'y ai grandi.

— Il a dû vous être difficile de partir, observa-t-il en la regardant.

— Oui et non.

— Voilà qui recouvre une histoire.

Une histoire qu'il avait vraiment envie d'entendre.

— Le moment était venu, c'est tout.

Elle n'allait pas lui donner ses raisons et il ne les demanderait pas directement. Ce n'était pas son affaire.

— Je suppose que vous travailliez à l'hôpital universitaire Vanderbilt ?

— Non, j'étais à St Vincent.

Il mit une frite dans sa bouche.

— Je connais. C'est un bon hôpital.

La fierté illumina son joli visage.

— J'aime à le penser.

— Puis une opportunité s'est présentée ici et vous avez décidé de la saisir ?

— Oui, répondit-elle sans s'étendre. Ce burger est délicieux, au fait.

Son air embarrassé fit sourire Chad. Elle ouvrit grand la bouche pour prendre une bouchée.

— Je savais que vous ne seriez pas déçue, dit-il.

Il prit la note que le garçon avait laissée. Comme Izzy cherchait son porte-monnaie, il l'arrêta d'un geste.

— C'est pour moi.

— Mais non, je ne veux pas ! Je me suis imposée à vous deux. C'est moi qui devrais payer.

— Nous avons été heureux de la compagnie. N'est-ce pas, fiston ?

Il regarda Henry, qui s'était remis à colorier. Izzy se glissa hors de la banquette.

— J'accepte si vous promettez de me laisser payer la prochaine fois.

— Entendu.

Y aurait-il une prochaine fois ? Chad l'espéra. Il avait apprécié ce moment avec Izzy, l'avait trouvée intéressante.

— Prenez ceci comme mes remerciements pour nous avoir tous aidés à passer un repas tranquille.

Elle rit.

— Je vous en prie, mais je ne pense pas avoir fait quelque chose d'extraordinaire.

— Cela dépend pour qui.

Il laissa de l'argent sur la table, prit la main d'Henry, et ils se dirigèrent tous les trois vers la porte. Chad posa une main dans le dos d'Izzy pour la guider. Elle se raidit et jeta un coup d'œil par-dessus son épaule. Quelques secondes plus tard, alors qu'ils coupaient la file des gens qui attendaient une table, elle se détendit.

Une fois sur le trottoir, elle se tourna vers lui.

— Merci pour le repas.

Elle regarda Henry.

— J'ai été contente d'être avec toi.

Chad apprécia qu'elle inclue son fils dans ses remerciements. Le petit garçon passa les bras autour d'une jambe d'Izzy.

— Je t'aime bien.

Elle se mit sur un genou et l'étreignit.

— Moi aussi, je t'aime bien.

Curieusement, Chad se sentit jaloux de son fils. Il aurait bien aimé une accolade, lui aussi.

— Pouvons-nous vous accompagner jusqu'à votre voiture ? demanda-t-il.

— Elle est juste là, répondit-elle en indiquant une rangée de véhicules. Passez un bon week-end, les garçons.

Elle agita la main.

Chad la suivit des yeux jusqu'à ce qu'elle soit en sûreté dans sa voiture. Ils avaient peut-être eu des débuts un peu délicats, mais il avait appris à apprécier les talents d'Izzy à l'hôpital, et maintenant il l'appréciait comme amie.

2.

Une semaine plus tard, alors qu'Izzy était assise au bureau des infirmières, une de ses collègues lui demanda :

— Vous avez trouvé un appartement ?

— Je cherche, mais je ne trouve rien qui soit dans mes moyens ou qui me convienne.

— Avez-vous essayé les Jardins verts ? s'enquit une autre.

— J'ai appelé hier. Il n'y a rien de disponible jusqu'à la fin du semestre universitaire. Rester à l'hôtel commence à me coûter cher. J'aimerais vraiment trouver un studio au-dessus d'un garage. Pour me sentir chez moi.

— Vous pourriez peut-être regarder dans le quartier de Virginia Highlands, suggéra la première infirmière. Ce sont des maisons anciennes avec de beaux terrains. Un environnement familial. Beaucoup de ces maisons ont une chambre au-dessus du garage.

La réceptionniste se tourna dans son fauteuil pour faire face à Izzy.

— Vous avez consulté les annonces ? Ou Internet ?

Izzy repoussa ses cheveux en arrière.

— J'ai tout fait. Mais je n'arrive pas à trouver ce que je veux.

Le téléphone sonna et la femme le prit. Son visage devint grave.

— Une noyade arrive.

Tout le monde se rembrunit. Izzy émit un grognement. Ces cas faisaient partie des pires. Ils n'étaient jamais bons. La guérison, s'il y en avait une, était longue et décourageante. Il en résultait presque toujours des dommages au cerveau.

— J'ai entendu, dit Chad qui était arrivé derrière elles. Quelle salle d'examen ?

Izzy le regarda se diriger vers la zone d'arrivée de l'ambulance, accompagné de son équipe.

Il avait rendu la semaine précédente intéressante. Chaque fois qu'il la croisait dans le service ou passait devant son bureau, elle entendait la chanson *Penny Lane*. Sa première impression avait été celle de quelqu'un de sérieux, mais apparemment il avait le sens de l'humour. Surtout à ses dépens. Et le plus étonnant était qu'elle n'en prenait pas ombrage. Cela faisait longtemps que quelqu'un ne l'avait pas suffisamment remarquée pour la taquiner. Elle avait vécu pendant des années avec un homme qui l'ignorait et ne lui donnait jamais de surnom affectueux. Chad et elle ne se connaissaient pas bien, mais il la faisait sourire. C'était un baume sur son estime d'elle-même, bien meurtrie.

Plus tard dans l'après-midi, elle était plongée dans des papiers qui l'avaient occupée toute la journée quand on frappa à sa porte. Elle leva les yeux et vit Chad appuyé au chambranle, l'air hésitant.

— Bonsoir. Vous avez besoin de moi ?

Il lui fit signe de se rasseoir et vint s'installer sur la chaise en métal placée devant son bureau.

— Je possède un de ces studios dont je vous ai entendue parler. Sauf que le mien se trouve derrière le garage.

Elle ne sut pas très bien comment réagir à cette annonce. Est-ce qu'il le lui proposait ?

— Ah oui ? fit-elle.

— Oui. Il a besoin d'être rafraîchi. Il faudrait que j'enlève certaines choses, mais si cela vous dit de venir le voir, vous êtes la bienvenue.

— Vous m'offrez de le louer ?

Il la regarda dans les yeux.

— Oui, ce n'est pas ce que j'ai dit ?

Il n'avait rien dit de tel, mais elle laissa la question en suspens.

— Je suppose. Mais si vous vous en serviez, pourquoi me laisseriez-vous m'y installer ?

— Parce que vous avez besoin d'un endroit où habiter, et que j'en ai un.

Avait-elle envie de vivre si près de quelqu'un avec qui elle travaillait ? Ou s'agissait-il de vivre si près de lui, Chad ? Qu'allaient penser les membres du service si elle emménageait dans son jardin de derrière ?

— Je ne sais pas.

Il se leva.

— C'est vous qui voyez. Je me suis juste dit que je vous ferais la proposition. Et vous pourrez toujours continuer à chercher un autre endroit. En attendant, ce sera mieux qu'une chambre d'hôtel, je peux vous l'assurer.

Izzy était emplie d'incertitude, mais Chad faisait paraître cet endroit attractif. Elle avait besoin d'un logement et il en avait un. Qu'est-ce qui pouvait aller de travers ?

— Je ne peux rien vous promettre, dit-elle, mais je viendrai voir.

— Je sais ce que vous pensez.

Elle ne pensait pas qu'il le sache.

— Vous vous dites que vous aurez à supporter le bruit d'un enfant. Je vous promets qu'il n'en sera rien. Mme Weber, la nounou, s'assurera qu'il ne soit pas dans vos jambes quand je ne serai pas là. Nous respecterons votre vie privée.

— Ce n'est pas du tout ce que je pensais.

Elle eut un grand sourire et un regard taquin.

— J'aime bien Henry. Et qui est cette dame ?

— Une voisine d'un certain âge qui s'occupe de mon fils. Mais c'est peut-être moi qui suis sensible au bruit que fait Henry.

— Vous ne devriez pas. C'est un gentil garçon. Et pour le cas où vous ne l'auriez pas remarqué, je travaille en pédiatrie, donc j'aime les enfants. Si je ne prends pas l'appartement, ce ne sera pas à cause d'Henry, je vous l'assure.

— Venez juste le voir, et vous pourrez décider. Marché conclu ?

Il lui tendit la main. Elle la regarda un instant avant d'y glisser la sienne. Ses longs doigts enveloppèrent les siens. Une secousse électrique la traversa tout entière.

— Marché conclu, marmonna-t-elle, et elle retira sa main.

Qu'est-ce que c'était que cette réaction à Chad ? Un homme qu'elle ne connaissait que depuis quelques semaines. Avec qui elle travaillait. C'était perturbant, pour le moins. Il n'y avait pas de place dans sa vie pour ce genre de sentiments. On ne pouvait pas s'y fier.

Le samedi après-midi, Chad regarda Izzy pénétrer en voiture dans son allée. Elle se gara derrière son SUV, lui-même parqué devant le garage.

— Viens, Henry. Mlle Izzy arrive.

Il sourit quand son fils lâcha le camion avec lequel il jouait pour aller vers la porte de derrière. Izzy sortit de sa voiture, une de ces Mini dans lesquelles ses jambes à lui ne rentreraient pas, mais qui convenait à son corps menu. Quand avait-il noté sa stature ? se demanda-t-il. Vêtue d'un simple T-shirt vert, d'un jean et de chaussures de sport, elle évoquait plus une étudiante que la femme qui occupait un poste à responsabilité à l'hôpital.

Izzy s'était intégrée sans le moindre accroc au personnel du service et était rapidement devenue irremplaçable. Pour l'unité comme pour lui. Il avait constaté qu'il la souhaitait à ses côtés dans les cas les plus difficiles.

Il descendit les marches du perron. Arrivé en bas, il se tourna et vit son fils ouvrir la porte en grand avant de la lâcher. Il tressaillit quand elle se referma avec un bruit sonore.

— Henry, je t'ai demandé cent fois de ne pas faire claquer la porte.

L'enfant passa près de lui en courant pour foncer sur Izzy et étreindre une de ses jambes. Chad s'empressa de le suivre, craignant qu'il renverse leur visiteuse. Elle vacilla sur ses talons et enlaça le petit garçon.

— Bonjour, Henry.

Chad la prit par le coude pour la stabiliser. Un trouble subit le parcourut avant qu'il la lâche. Elle croisa son regard tout en tapotant le dos de son fils.

— Tu joues avec moi ? demanda Henry qui la contemplait avec adoration.

— Tout de suite, je ne peux pas. Peut-être plus tard. Ton papa doit me montrer quelque chose. Je vais voir si j'aimerais habiter ici.

— Mlle Izzy va habiter avec nous ?

Chad s'empressa de corriger son fils.

— Non, elle va peut-être habiter dans le studio. Tu veux qu'on le lui montre ?

Le petit garçon redressa les épaules et prit la main d'Izzy. Il emprunta d'un pas important l'allée dallée de pierre qui contournait le garage. Chad suivit.

— Je ne crois pas avoir eu le temps de dire bonjour, dit-il. Je tâcherai de contrôler l'exubérance d'Henry, à l'avenir.

Elle sourit.

— C'est agréable d'avoir quelqu'un qui est content de me voir.

Chad s'était réjoui à l'avance de la visite d'Izzy, lui aussi. Il se demanda pourquoi. Il aimait être avec elle, la taquiner. Il était sorti avec quelques femmes, après Nan, mais aucune n'avait capturé son attention comme elle le faisait. Elle était attirante, mais les autres l'étaient aussi – il y avait simplement quelque chose en elle qui le touchait particulièrement. Non pas qu'il agirait en conséquence. Ce ne serait pas juste envers elle. Il ne referait plus jamais de promesses.

Henry lâcha la main d'Izzy et attendit qu'elle ouvre la porte pour se précipiter dans le studio. Les deux adultes le suivirent.

Chad regarda autour de lui, voyant la pièce comme elle devait la voir. Elle était grande, avec une cloison dans un coin pour isoler la salle de bains. La kitchenette occupait le fond. Dans l'espace ouvert, il y avait un lit poussé contre un mur, ainsi qu'un vieux canapé et un vieux fauteuil en cuir installés face à une grande baie qui donnait sur le jardin de derrière. L'endroit paraissait négligé et usé.

Il se crispa. L'ensemble n'invitait pas à y séjourner. Il serait étonné si Izzy décidait de rester.

— Je crains que ce ne soit pas extraordinaire. Si vous

souhaitez louer, vous pourrez faire ce que vous voulez de ce logement. Je n'y étais pas venu depuis longtemps. J'avais oublié à quel point il était sommaire.

Elle rit.

— Vous ne devriez vraiment pas travailler dans l'immobilier.

Un coin de la bouche de Chad se releva.

— Vous pourriez profiter du jardin à votre guise. Et il vous sera facile de vous garer. Je peux aussi vous promettre que vous serez tranquille. C'est mieux ?

— Oui, ce sont de bons arguments de vente.

Avec un grand sourire, Izzy se rendit dans le coin-cuisine. Elle se tint à côté du comptoir en L, avec l'évier d'un côté et le four de l'autre.

— Je crains qu'il n'y ait pas de lave-vaisselle, dit Chad.

— Pas de problème. Il n'y a que quelques assiettes, quand on est seul.

— Si vous voulez faire de la grande cuisine, je vous accueillerai volontiers dans ma propre cuisine.

Il appréciait vivement les repas « faits maison ». Il était las de réchauffer ses plats au micro-ondes.

— Ce que vous avez ici est bien suffisant pour ce que je cuisine.

Elle alla jeter un coup d'œil à la salle de bains.

— Je sais que le canapé et le fauteuil ne sont pas formidables. Bien sûr, vous pouvez apporter vos propres meubles et je vous débarrasserai de ceux-là.

Izzy revint dans la pièce.

— J'adore les sièges en cuir. Le fauteuil paraît parfait pour s'y pelotonner.

Elle alla se poster devant la baie.

— Cette vue est merveilleuse. Le grand chêne me plaît beaucoup.

— Le soleil risque de vous réveiller le matin.

— Je mettrai des stores ou des rideaux.

Elle le regarda, le front plissé.

— Si vous êtes d'accord ?

— Bien sûr. Faites ce que vous voulez de ce studio. J'aurais dû passer une couche de peinture avant de vous le proposer.

— Je peux le faire. Est-ce qu'un blanc cassé vous conviendrait ?

— Je ne voudrais pas vous obliger à tout repeindre.

— Cela ne me dérange pas. J'adore aménager des endroits.

Ses yeux bruns pétillaient comme si elle faisait déjà des plans. Chad ouvrit les mains, paumes en haut.

— Alors ne vous privez pas.

Elle parcourut encore l'espace.

— Il y a même des étagères pour des livres. C'est beaucoup mieux qu'une chambre d'hôtel. Merci de m'avoir proposé ce studio. Je le prends.

Chad se rendait compte qu'il n'avait pas lieu d'être aussi excité parce qu'elle acceptait d'habiter ici. Qu'est-ce qui lui prenait ? Il allait être son propriétaire et elle sa locataire. Ils étaient collègues. Voilà tout. Toutefois, elle était un souffle d'air frais dans son monde confiné.

Ses yeux tristes le touchèrent. Il avait envie de savoir à quoi elle pensait lorsqu'elle regardait Henry de cette façon. Il y avait quelque chose en elle qui le conduisait à vouloir mieux la connaître. Découvrir les secrets qu'à son avis elle cachait derrière son beau regard sombre. Mais il ne pouvait pas laisser ses pensées ou ses actions dépasser le cadre de l'amitié – et ne le ferait pas.

— Henry et moi promettons de ne pas vous déranger.

Elle balaya cette déclaration d'un geste de la main.

— Quel est le montant du loyer ?

Il lui dit un chiffre. Elle plissa les paupières.

— Cela paraît trop peu, mais j'accepte.

— Bien.

— Quand puis-je emménager ?

Il sourit largement tout en empêchant Henry de sauter sur le canapé.

— Dès que vous serez prête.

— Alors je vais tout de suite aller chercher mes affaires

à l'hôtel. Je serai de retour dans une heure environ. L'eau et l'électricité sont branchées ?

Elle retrouvait l'efficacité qu'elle montrait à l'hôpital.

— Tout sera prêt quand vous reviendrez.

Elle se dirigea vers la porte.

— Très bien. J'aimerais mieux ne pas m'installer ici à la lueur d'une chandelle.

Il imagina combien elle serait jolie éclairée par une bougie et se réprimanda. Ces pensées ne pouvaient pas continuer. Pourquoi l'assaillaient-elles, pour commencer ? Après Nan, il avait verrouillé son cœur. Il ne laisserait plus une femme le réduire en miettes comme elle l'avait fait. La vie était trop courte pour vivre dans le malheur. Et il avait appris rudement qu'il n'était pas doué pour les relations de couple.

— Viens, Henry, dit-il à son fils qui venait de retrouver un vieux jouet près du canapé. Nous avons une nouvelle locataire et nous devrions la laisser.

Il souleva le petit garçon, qui tendit les bras vers Izzy. Chad rit et lui ébouriffa les cheveux.

— Non, tu viens avec moi.

— Tu sais quoi, Henry ? Nous pourrons peut-être jouer ensemble un jour de cette semaine, proposa Izzy. D'accord ?

L'enfant hocha la tête. Elle lui prit la main.

— Alors nous avons un rendez-vous.

— Nous y allons, déclara Chad. Faites ce que vous voulez de cet endroit. Et appelez si vous avez des questions.

Il franchit la porte. Pourquoi avait-il le sentiment que sa vie venait peut-être juste de prendre un tournant positif ?

Izzy s'engagea dans l'allée de Chad pour la deuxième fois de la journée. Elle avait tout de suite eu un coup de cœur pour le quartier, sa maison et le studio. Le cadre était exactement ce qu'elle avait cherché. Complètement différent du béton dans lequel elle avait vécu si longtemps. Le décor, simple et beau à la fois, lui donnait l'impression d'avoir trouvé son chez-elle. Et le grand chêne mettait le point final.

La maison de Chad l'avait charmée. Elle avait sur le devant un porche avec de belles colonnes élancées. Des ventilateurs suspendus au plafond, de chaque côté, dominaient des groupes de sièges. Peinte d'une couleur beurre frais, elle avait l'allure d'une villa des années 1920.

Un petit vélo avec des roulettes était couché sur le flanc, et il y avait un ballon dans l'herbe. On ne pouvait douter qu'un enfant vivait ici.

S'installer dans le jardin de derrière de Chad n'était peut-être pas la meilleure décision qu'elle pouvait prendre, émotionnellement parlant, mais elle adorait l'emplacement du studio. Elle allait vivre non loin de l'hôpital, dans un quartier résidentiel au lieu d'un immeuble impersonnel. C'était le changement qu'elle recherchait. En fait, cette maison était tout ce qu'elle avait toujours désiré.

Elle se gara derrière le SUV de Chad. Elle s'était à peine arrêtée qu'il était déjà là.

— Qu'est-ce que je peux vous aider à porter ?

— Moi aussi, je veux aider ! s'écria Henry.

Elle avait rapporté ses vêtements de l'hôtel, puis elle était passée à la supérette du coin pour acheter des produits d'entretien et autres articles qu'elle avait notés.

— Tout ce que vous voyez dans la voiture est à rentrer, répondit-elle. Merci pour le coup de main.

— J'aurais dû vous accompagner à l'hôtel. Je n'y ai pensé qu'après votre départ. Dès que nous aurons déchargé, il faudra que j'enregistre votre numéro dans mon portable.

Figurer dans le téléphone de Chad semblait un peu trop personnel. Mais nécessaire.

— Vous avez fait quelques courses, je vois, dit-il avec une pointe d'humour.

Être à l'aise l'un avec l'autre était bien. Richard était si sérieux, tout le temps !

— Oui, répondit-elle. J'ai acheté la peinture dont nous avons parlé.

— Je vais vous rembourser.

— Ce n'est pas la peine.

Il ouvrit la portière côté passager.

— Nous en discuterons plus tard, dit-il en regardant le ciel qui s'assombrissait. Il vaudrait mieux rentrer vos affaires avant la pluie.

Il prit les deux pots de peinture. Elle se chargea d'une brassée de vêtements.

— Et moi ? demanda Henry.

Elle lui donna un sac.

— Qu'avez-vous acheté d'autre ?

Chad regarda dans la voiture.

— Des porte-serviettes pour la salle de bains. Des produits d'entretien. Quand j'ai déménagé, je n'ai pas emporté grand-chose. J'ai des affaires entreposées chez mes parents. J'irai les chercher lors de mon prochain week-end de libre.

— Où habitent-ils ?

— Ils sont toujours à Nashville.

Il ouvrit la porte du studio. Elle posa ce qu'elle portait sur le canapé.

— Mettez tout au milieu. Je trierai plus tard.

Ils firent des allées et venues à la voiture jusqu'à ce que tout soit déchargé.

— Henry et moi allons vous laisser vous installer. Nous serons à la maison si vous avez besoin de nous.

Chad hésita sur le seuil. Voulait-il qu'elle lui demande de rester ?

— Merci pour votre aide, dit-elle.

— Je vous en prie. Viens, Henry.

— Je reste ici, pleurnicha l'enfant.

— Henry, dit Izzy d'une voix douce. Tu pourras venir me voir demain.

Le petit garçon se calma, la buvant des yeux.

— Je te le promets.

Il avait besoin de l'attention d'une femme. Son cœur se serra pour lui. Sa mère lui manquait.

— À plus tard.

Chad et Henry s'en allèrent. Pourquoi, soudain, se sentit-elle plus seule que jamais ?

Chad vit la lueur des phares depuis la fenêtre de la cuisine, tandis qu'Izzy s'engageait dans l'allée plus tard dans la soirée. Il se dit qu'elle avait dû aller s'acheter à manger. Plus d'une fois, il s'était retenu de lui demander si elle aimerait venir dîner chez lui. Et Henry la réclamait.

Avoir quelqu'un à côté faisait crépiter l'air ambiant. Ou était-ce parce qu'il s'agissait d'Izzy ? À plusieurs reprises, il s'était demandé comment se passait son installation, mais il s'était interdit de la déranger. Il avait mis Henry au lit et sortait la poubelle lorsqu'il la vit.

Elle se tenait dans le jardin et remuait les bras, s'étirant dans l'air humide. Il marcha vers elle.

— Bonsoir.

Elle sursauta.

— Je ne vous ai pas entendu arriver.

— Je vous promets que je ne vous espionnais pas. Je sors la poubelle. Comment ça se passe ? demanda-t-il en désignant le garage.

Elle repoussa une mèche de cheveux du revers de la main.

— Très bien. Je serai probablement courbatue demain matin, mais j'ai fait certaines choses. J'ai même peint un mur.

— J'aurais dû vous aider.

Il l'aurait fait s'il n'avait pas eu Henry à surveiller, ou si elle avait montré qu'elle souhaitait son aide.

— Pas de problème. C'était le plus facile. Je ferai le reste petit à petit. Vous voulez voir ?

— Certainement.

Chad n'était pas sûr de devoir pénétrer dans son domaine.

Mais il était le propriétaire. Il fallait qu'il voie le studio de temps en temps.

Une fois à l'intérieur, Izzy écarta les bras.

— Une cuisine propre et un mur peint.

Le mur derrière le lit était plus net et la cuisine brillait.

— Vous en avez mis un coup.

Il alla jusqu'au fauteuil et prit un paquet contenant des porte-serviettes.

— J'aurais dû en mettre avant de vous parler du studio.

— Je m'occuperai de les fixer demain.

— Je peux les installer tout de suite. Ainsi, je me sentirai peut-être moins fautif de vous laisser tout le travail.

Il parcourut les instructions. Izzy prit un air soulagé.

— Ça ne vous fait rien ? Poser ce genre de chose n'est pas vraiment dans mes cordes.

— Et moi qui pensais que vous saviez tout faire !

Elle rit.

— Je vous ai bien eu, mon garçon.

Elle semblait quasiment parfaite.

— Je vais chercher mes outils et voir si Henry dort.

Chad reposa les porte-serviettes. Il revint un moment après avec sa boîte à outils et un moniteur pour bébé. Il prit les porte-serviettes et gagna la salle de bains.

— Izzy, venez me montrer où vous voulez que je les pose.

Elle alla se poster sur le seuil de la petite pièce.

— Il en faut un sur ce mur et l'autre près du lavabo.

— Je veux savoir précisément où vous les voulez. Mettez-les en place.

Il recula pour qu'elle puisse se faufiler devant lui. Le dos d'Izzy frôla son torse. Une onde de chaleur le traversa. Cela faisait trop longtemps qu'il n'avait pas eu de femme. En particulier une femme qui lui plaisait autant qu'Izzy. Il émanait d'elle un parfum à la fois suave et sain. Ses cheveux avaient la douceur de la soie sous son menton. Que ferait-elle s'il embrassait ce morceau de peau nue entre la racine de ses cheveux et le bord de son T-shirt ? Ce n'était pas quelque chose qu'il laisserait arriver, se dit-il sévèrement.

Elle plaça le porte-serviettes sur le mur.

— Vous avez quelque chose pour marquer l'endroit ?

— Hein ?

— Un crayon, un stylo, une craie ?

Elle regarda par-dessus son épaule.

— Ah, oui. Voilà.

Chad se tourna et sortit un crayon de menuisier de sa boîte à outils. Puis il tendit le bras devant Izzy pour tracer la marque et effleura sa poitrine.

Il la sentit trembler plus qu'il ne la vit.

— Allez dans la douche, dit-elle.

— Quoi ?

Son corps s'embrasa aux possibilités que cela évoquait. Il fallait que ces pensées cessent.

— De cette façon, j'aurai assez de place pour me tourner et marquer l'emplacement du deuxième porte-serviettes. Passez-le-moi.

Il obéit. Elle prit la barre et le crayon. Quand elle eut marqué l'endroit, elle dit :

— Voilà, cela devrait aller. Je vous laisse faire.

Chad suivit des yeux le charmant balancement de ses hanches tandis qu'elle sortait de la salle de bains. Il aurait l'air ridicule s'il prenait une douche froide tout habillé ! Il avait fait une proposition amicale pour louer ce studio, et maintenant il avait ces pensées lubriques au sujet de sa locataire. Il devait se contrôler.

Trois quarts d'heure plus tard, il sortit de la petite pièce avec ses émotions sous contrôle.

— C'est fait.

— Super, dit Izzy qui était en train de faire le lit.

Izzy et un lit. Chad se refusa à les associer.

— Je les ai fixés aussi solidement que possible. Vous ne devriez pas avoir de problème.

— Je suis impressionnée. Bon aux urgences et bon avec vos mains.

Elle tapota un oreiller et le posa contre un autre sur le lit.

Flirtait-elle avec lui, ou n'avait-elle aucune idée de ce qu'elle semblait sous-entendre ?

— Vous ne savez pas à quel point.

Elle le regarda avec de grands yeux, l'air perplexe, puis battit des cils en rougissant fortement.

— Je… euh… je ne voulais pas dire ce que cela semble vouloir dire.

Chad sourit largement.

— Je sais. Et merci pour le compliment. Je vous rembourserai les porte-serviettes en les déduisant de votre premier loyer.

— Merci. Si vous continuez ainsi, je n'aurai plus rien à payer.

Il s'avança vers la porte et elle l'accompagna. Sans réfléchir, il tendit la main pour lui toucher la joue.

— Vous avez une tache de peinture, là.

Elle croisa son regard et le soutint.

— J'imagine que j'en ai partout. Une bonne douche devrait y remédier.

Elle frotta l'endroit qu'il lui avait désigné, ses doigts touchant les siens. Il ne voulait même pas penser à elle prenant une douche. Plus il la fréquentait, plus des idées tordues lui venaient à l'esprit. Il ne recherchait pas une relation sérieuse, ce qu'elle souhaitait probablement. Alors pourquoi l'intéressait-elle tant ?

La mort de Nan remontait à un moment, mais le souvenir de leurs frictions ne s'était pas estompé. Ni son rôle à lui dans l'échec de leur mariage. Il ne se sentait pas capable de recommencer. Les leçons portaient leurs fruits. Izzy ne lui apparaissait pas comme une femme qui se satisferait de moins qu'un engagement solide. Quelque chose qu'il ne pouvait pas prendre le risque d'assumer de nouveau. Si ce mariage échouait aussi ? Il ne ferait pas vivre ça à Henry. Ni à lui-même.

— À bientôt, alors.

— Merci de m'avoir proposé cet endroit. C'est tellement mieux qu'une chambre d'hôtel !

Il fallait qu'il rentre chez lui. Qu'il s'occupe d'Henry. Qu'il pense moins à Izzy.

— Je vous en prie. Passez une bonne nuit.

Il s'en alla avant d'être tenté d'en faire plus. Comme l'embrasser.

3.

Izzy était assise à son bureau quand une infirmière vint se poster sur le seuil.

— Izzy.

Elle leva les yeux.

— Oui ?

— Nous avons besoin de votre aide. Nous sommes submergées, avec deux infirmières en moins.

Izzy considéra la pile de papiers sur son bureau. Il faudrait simplement qu'elle reste plus tard pour terminer.

— D'accord. Où dois-je aller ?

— Le Dr McCain est dans le box 1 avec une patiente. On suspecte une méningite.

L'infirmière s'empressa de partir. Après avoir arrangé sa tunique et attaché ses cheveux, Izzy sortit. Elle arriva à la salle d'examen en même temps que Chad. Elle vit tout de suite qu'il était concentré.

Ils ne s'étaient pas beaucoup vus ces derniers jours. Ils n'avaient pas le même emploi du temps. Deux ou trois fois, ils s'étaient salués de la main en se croisant.

Il consulta le fichier électronique tout en s'adressant aux parents.

— Bonjour. Je suis le Dr McCain, urgentiste. J'ai besoin de vous poser quelques questions.

Izzy se mit au travail en enregistrant les constantes vitales de la petite fille de dix ans, plongée dans le coma.

Pendant que la mère expliquait d'un ton anxieux ce qui s'était passé, Chad auscultait les yeux de l'enfant et lui tâtait doucement le cou. La délicatesse de son toucher étonnait toujours Izzy.

Il demanda quelques examens, puis la regarda et déclara posément :

— Il faut faire une ponction lombaire.

Izzy sortit de la pièce, puis revint avec le matériel nécessaire. Chad était assis sur un tabouret face aux parents qui se tenaient la main.

— Votre fille est très malade. Je crois qu'elle a une méningite, c'est-à-dire une infection du cerveau et de la moelle épinière. Je ne saurai si c'est une infection virale ou fongique que lorsque j'aurai le résultat des tests. Le neurologue décidera alors du traitement à appliquer. Jeanie va aller en soins intensifs.

La mère sanglota. Les épaules de Chad se raidirent, mais il continua à parler.

— Jeanie est au bon endroit et elle aura droit aux meilleurs soins, ici. Je vais pratiquer une ponction lombaire d'ici quelques minutes. Je vous demanderai de rester dans la salle d'attente jusqu'à ce que quelqu'un vienne vous chercher.

— Nous comprenons, dit le père en se levant et en aidant sa femme à se lever aussi.

Chad tapota l'épaule de la mère.

— Nous ferons tout ce que nous pourrons pour aider votre fille.

Les deux parents embrassèrent leur enfant et s'en allèrent, les larmes aux yeux.

Izzy ne put s'empêcher d'admirer le comportement de Chad. Il savait s'y prendre avec les gens. Elle, il l'avait charmée en peu de temps.

— Izzy, procédons à cette ponction et envoyons l'échantillon au labo.

Ils enfilèrent une blouse, un masque et des gants. Une autre infirmière les rejoignit. Les deux femmes tournèrent la petite patiente sur le côté, pour que Chad voie bien son dos. Il désinfecta une zone le long de la colonne vertébrale et appuya avec son doigt pour trouver la jointure entre les vertèbres.

— Aiguille, demanda-t-il, et Izzy lui tendit la seringue.

Il inséra la fine aiguille dans la moelle épinière et aspira du liquide.

— Envoyez ça au labo, tout de suite, dit-il en mettant l'échantillon dans une enveloppe stérile qu'il donna à l'infirmière.

Izzy nettoya l'endroit de la ponction et mit un pansement avant de jeter ce qui ne servait plus.

— Je vais envoyer des aides-soignants pour l'emmener en soins intensifs, ajouta Chad. J'ai d'autres patients à voir. Merci pour l'aide, Izzy.

Là-dessus, il s'en alla.

Quelques heures plus tard, Izzy était encore à son bureau quand on frappa à sa porte. Chad se tenait sur le seuil.

— Vous travaillez tard.

Elle soupira.

— Oui. J'ai pris du retard dans mes papiers, aujourd'hui.

Il eut un sourire contraint.

— Ça arrive. J'ai enfin une pause et il me semble que vous pourriez en prendre une aussi. Voudriez-vous vous joindre à moi pour dîner dans notre luxueuse cafétéria ?

Izzy sourit largement à cette invitation dans les formes. Elle n'aurait pas dû accepter, vu son travail, mais elle avait faim et besoin de se reposer un moment. En outre, leurs échanges lui avaient manqué, durant la semaine. Elle s'écarta de son bureau.

— Merci de me le demander. J'en serais ravie.

Ils longèrent le long couloir qui menait aux ascenseurs.

— Comment s'est passée la semaine ? demanda Chad. Votre nouveau logement fonctionne bien ?

— Oui, répondit-elle avec un sourire taquin. Le propriétaire laisse à désirer, mais autrement c'est super. Et je me suis activée.

Elle regarda le profil de Chad. Un beau profil. Pendant des années, elle n'avait pas fait attention aux hommes parce qu'elle était avec Richard. Mais elle pouvait dire que son collègue était un très beau garçon.

Elle ne se souvenait pas de la dernière fois où un homme l'avait invitée à dîner. Même dans une cafétéria d'hôpital. Richard avait toujours attendu qu'elle prépare le repas lorsqu'elle était libre, ou qu'elle rapporte quelque chose en rentrant du travail. Elle avait été élevée dans un monde où la femme s'occupait de nourrir ses proches. C'était la façon de sa mère de montrer son amour.

Quand elle avait commencé à aider financièrement Richard pour ses études, elle avait un peu hésité, mais il l'avait convaincue qu'elle ferait ça pour eux. Pour leur avenir. « L'amour n'est-il pas fait pour ça ? » avait-il coutume de dire. Mais son amour à elle était à sens unique ; elle ne l'avait pas vu.

— Il est difficile à croire que vous vivez à quelques pas de chez moi et que je ne vous ai pas vue de la semaine, à part dans l'allée.

Chad adaptait son allure à la sienne. Une autre différence avec Richard. Mais elle devait cesser de les comparer. Ce n'était pas comme si l'un allait remplacer l'autre.

— Oui, nos services étaient inversés, cette semaine.

— Avez-vous rencontré Mme Weber ?

— Non. Je l'ai juste vue aller et venir deux ou trois fois.

— Je m'assurerai de vous la présenter quand nous serons tous là en même temps. Elle vient s'occuper d'Henry, mais il va souvent chez elle, aussi.

Le jour, Izzy travaillait, et le soir elle repeignait son studio.

— Cela semble être une bonne organisation pour votre fils et vous.

— Cela fonctionne pour le moment. Quand il grandira, je devrai m'adapter.

Ils s'arrêtèrent devant les ascenseurs et Chad appuya sur le bouton pour descendre. Il y eut un tintement, les portes s'ouvrirent et ils entrèrent. Au dernier moment, un groupe les rejoignit, les repoussant dans un coin. La haute stature de Chad chauffait le dos d'Izzy. Son corps bourdonnait de trouble. Elle n'osait pas parler de peur de montrer sa nervosité. Et elle ne bougea pas un muscle pendant la descente. Elle se sentait toute menue, à côté de lui. Elle relâcha son souffle quand les portes s'ouvrirent, et ils sortirent pour se rendre à la cafétéria.

— Je ne suis venue ici qu'une fois, dit-elle en regardant l'espace occupé par des tables et les grandes baies vitrées.

— Où mangez-vous, d'habitude ?

— J'apporte mes repas et je mange à mon bureau, ou dans la salle de repos si on me le demande.

— Si on vous le demande ? répéta-t-il, les sourcils levés.

— Le personnel mérite d'être tranquille, sans avoir la patronne sur le dos. Et de pouvoir parler librement.

— C'est attentionné de votre part, dit Chad, le regard admiratif.

Elle haussa les épaules.

— Je sais ce que c'est. J'ai été à leur place, avant.

— Néanmoins, vous n'êtes pas obligée d'être aussi gentille. Henry a bon goût, pour ce qui est des femmes.

— Merci.

Mais partageait-il les goûts de son fils ? Et pourquoi cela lui importerait-il ?

Chad plissa les lèvres d'un air résigné.

— J'ai honte de l'admettre, mais je mange ici la plupart du temps. Je ne suis pas un grand cuisinier. C'est facile et pratique. Et ça me donne l'occasion de sortir du service. Parfois, j'ai vraiment besoin de prendre l'air.

— Alors c'est ici que vous amenez toutes vos petites amies ?

Il tourna brusquement la tête. Izzy tressaillit.

— Pardon. C'était juste une façon de parler.

Il posa une main sur son cœur.

— Vous m'avez fait peur.

— Je ne voulais pas vous choquer. Je sors juste d'une mauvaise relation. Sortir avec quelqu'un ne m'intéresse pas.

Le regard de Chad croisa le sien, rassurant et curieux en même temps.

— Je vous propose simplement de dîner dans une cafétéria d'hôpital en tant que non-petite amie. Ça vous va ?

Izzy fut certaine que son visage avait viré au rouge vif.

— Je suis désolée. Ma remarque était déplacée.

— Je pense que je dois en apprendre plus sur cet événement qui a changé votre vie, mais allons d'abord nous servir.

Elle prit place dans l'une des trois files pour prendre son plat. Elle n'avait aucune envie d'évoquer son passé en dînant avec Chad. Mais c'était elle qui avait ouvert la porte. Son but avait été de rendre clair qu'il n'y aurait entre eux rien d'autre que de l'amitié. Il fallait qu'elle reprenne confiance en elle.

Ils se rejoignirent à la caisse. Chad la laissa passer devant lui.

— Je paye pour ces deux plateaux, dit-il à la caissière.

Izzy le regarda en plissant les paupières.

— Je vous avais dit…

— Je sais, mais je vous ai demandé de me tenir compagnie.

Il tendit quelques billets à la femme qui suivait leur discussion avec un peu trop d'attention.

Comme ils allaient vers une table de quatre qui était libre, Izzy lança par-dessus son épaule :

— Je vous trouve un peu trop galant. Ce n'est pas ce dont nous étions convenus.

— Vous paierez la prochaine fois. Cela vous satisfait ?

— C'est ce que vous avez dit la dernière fois. Je vous dois déjà un repas.

— Ainsi, maintenant, vous tenez des comptes.

Il s'installa sur une chaise en métal comme s'il s'apprêtait à déguster le meilleur repas du monde.

Il s'était arrangé pour la faire paraître mesquine. Elle s'assit en face de lui.

Il prit une grosse bouchée de son sandwich au fromage. Quand il eut fini de mâcher, il but sa boisson avec une paille.

— Maintenant, dites-moi ce qui a provoqué votre attitude vis-à-vis des sorties avec un homme.

— Ce n'est pas vraiment une attitude. C'est juste ce que j'ai dit. Je sors d'une relation malheureuse et je n'ai pas envie d'en entamer une autre.

— Et vous pensez que dîner avec moi vous ramènerait à une mauvaise relation ?

Il avait l'air sérieux, mais son ton était taquin. Elle soupira.

— Ce n'est pas ce que j'ai voulu dire.

— Je sais. C'est cette mauvaise relation qui vous a décidée à venir à Atlanta ?

— Disons que j'avais besoin d'un changement.

Si elle avait su qu'ils parleraient de ça en mangeant, elle aurait refusé son invitation. Enfin, peut-être…

— Cela semble énorme.

Elle devait mettre un terme à ses questions. La honte l'envahit. Admettre que Richard l'avait utilisée n'était pas quelque chose qu'elle avait envie de partager avec Chad. Ni avec quelqu'un d'autre, d'ailleurs.

— Je ne souhaite vraiment pas en parler.

— D'accord. De quoi aimeriez-vous parler ?

Il continua à manger.

— Si vous me disiez quel est votre endroit favori en ville ? demanda-t-elle.

Il s'adossa à sa chaise et l'étudia un instant.

— Vous évitez vraiment le sujet. Mais je veux bien. J'aime beaucoup de choses, à Atlanta. Je pense qu'il y a des centres d'intérêt pour tout le monde. Bien sûr, les sports sont intéressants. Il y a les musées d'art et d'histoire naturelle. Le Fox Theatre donne de bonnes pièces. Évidemment, l'endroit préféré d'Henry est le zoo. Je n'arrive pas à faire autant de choses que je le voudrais. Mon fils et mon travail m'occupent beaucoup.

— Vous pourriez peut-être changer ça.

— Je ne sais pas. Les journées n'ont que vingt-quatre heures et les semaines sept jours.

Izzy écarta une feuille de laitue. Elle avait gaspillé trop de ses journées, pendant des années, se dit-elle.

— Oui, mais Henry ne sera pas petit longtemps.

Elle ne savait pas très bien où menait cette conversation, mais elle appréciait d'en apprendre davantage sur Atlanta. Autrement, elle ne pouvait s'empêcher de se demander pourquoi Chad, qui avait une belle maison, un bon travail et un précieux petit garçon, n'entretenait pas une relation sérieuse. Qu'est-ce qui n'allait pas chez lui, qui n'était pas visible ?

— Puisque nous touchons à des sujets personnels, voudriez-vous me dire ce qui est arrivé à votre femme ?

— Elle a été tuée dans un accident de voiture. Henry était avec elle, répondit-il, le regard chargé de tristesse.

— Cela a dû être horrible !

Il posa son sandwich sur son assiette et s'essuya la bouche.

— Le pire jour de ma vie. Je ne sais pas ce que j'aurais fait si je les avais perdus tous les deux.

— Votre monde et celui d'Henry ont dû être complètement chamboulés.

Elle posa un instant la main sur la sienne.

— Oui, mais nous faisons avec. Surtout Henry.

Il eut un grand sourire.

— Je me contente de faire ce qu'il me dit.

Izzy rit. Quelque chose qu'elle n'avait pas fait depuis des mois. Chad lui plaisait. Et Henry aussi. Ils lui plaisaient même trop.

Deux jours après, Chad sortit précipitamment par-derrière pour aller chez Izzy. Il savait qu'elle était là, sa voiture était garée devant la sienne dans l'allée.

— Izzy, appela-t-il à travers la moustiquaire.

— Oui ?

Sa voix venait de la cuisine.

— J'ai besoin de votre aide.

Elle ouvrit la porte, l'air inquiet.

— Est-ce qu'Henry va bien ?

— Oui. Mais on a besoin de moi à l'hôpital pour quelques heures, et c'est le jour de congé de Mme Weber. Cela vous ennuierait-il de le garder jusqu'à mon retour ?

— Pas de problème. Laissez-moi cinq minutes et j'arrive.

Il eut un grand sourire.

— Je vous le revaudrai, je le promets. J'apprécie vraiment votre geste.

— Je vous en prie. J'avais promis à Henry de jouer avec lui, un jour. Ceci me donnera l'occasion de le faire.

Il s'était juré de ne plus travailler autant d'heures avant la mort de Nan, mais il ne pouvait pas répondre non à l'hôpital quand on avait besoin de lui. Et le travail l'aidait à s'ajuster aux changements survenus dans sa vie après l'accident. En fait, il refaisait la même erreur avec Henry. Izzy avait raison, le temps passait vite. Mais que pouvait-il faire, quand il était indispensable ?

Chad rentra chez lui en fin de journée, accueilli par des sons qu'il n'avait pas entendus depuis longtemps, sinon jamais. Un enfant qui jouait dehors avec entrain. Un rire de femme aussi cristallin que le bruit d'un ruisseau. Il contourna le studio pour atteindre le jardin de derrière où Henry se balançait, poussé par Izzy. Tous deux souriaient. Il souhaita être inclus dans ce bonheur radieux.

Izzy semblait créer cette ambiance. Il avait beau essayer de la tenir à distance, l'envie de se rapprocher d'elle afin de profiter de la chaleur qu'elle irradiait était la plus forte. Il avait senti sa souffrance lorsqu'elle avait parlé de sa relation passée. Son cœur s'était serré pour elle. Un instant, il avait eu l'idée fugace qu'il pourrait lui montrer à quoi une relation réussie devrait ressembler. Une idée risible. À en juger par son mariage, il ne savait pas comment rendre une femme heureuse. Qu'est-ce qui lui faisait penser que cela pourrait arriver avec Izzy ? Ou qu'elle serait intéressée ?

— Plus haut ! cria Henry.

— Comme ça ? demanda-t-elle en le poussant plus fort.

Les rires de son fils résonnèrent dans l'air du soir. Il n'avait pas vu Henry aussi heureux depuis longtemps. Sa mère lui manquait. Il avait besoin d'une figure maternelle dans sa vie.

— Papa ! cria le petit garçon.

— Hé, fiston. On dirait que tu passes un bon moment.

— Je vais haut !

Le sourire qu'affichait Izzy ressemblait à un rayon de soleil par une froide journée d'hiver. La poitrine de Chad se contracta. Depuis quand quelqu'un avait été vraiment content de le voir ? Nan n'en faisait même plus l'effort, les derniers temps.

Henry ralentit.

— Tu t'es bien amusé ? demanda Chad.

Son fils hocha la tête quatre fois.

— On a fait des cookies.

— Une super idée.

Il regarda Izzy.

— J'espère que vous avez eu encore assez faim pour le dîner.

Elle sourit.

— Manger des cookies pour dîner n'est pas une affaire, une fois de temps en temps. Comment ça s'est passé, à l'hôpital ? Vous avez été super occupé ?

— Pas mal, oui.

Chad alla s'adosser à l'arbre.

— Mais apparemment, vous vous êtes plus amusés ici.

— Henry, tu devrais jouer dans le bac à sable, maintenant, dit Izzy. Je vais parler quelques minutes avec ton papa.

Elle arrêta la balançoire et souleva l'enfant.

— Pousse-moi encore ! pleurnicha-t-il.

Elle se pencha pour se mettre à sa hauteur.

— Qu'est-ce qu'on a dit, tout à l'heure ?

— Que je ne devais pas pleurnicher.

Elle lui sourit et posa une main sur sa joue.

— Exactement.

Henry alla dans le bac à sable.

— Asseyons-nous. Je sais que vous devez être fatigué, dit Izzy.

Elle désigna les deux chaises rétro, en métal, installées sous le chêne. Elles étaient peintes en jaune.

— C'est nouveau ? demanda Chad.

— Je les ai trouvées dans un vide-greniers du quartier. J'ai pensé qu'elles iraient bien ici. Je pourrai m'y installer pour lire.

— Elles me plaisent.

Il appréciait la plupart des initiatives d'Izzy. Avec un sourire satisfait, elle s'assit. Chad se laissa choir sur l'autre chaise. Il pencha la tête en arrière et ferma les yeux. Les derniers rayons du soleil réchauffaient son visage. Une légère brise agitait les feuilles. Un parfum suave, floral, parvenait à ses narines. Le parfum d'Izzy. Il ne se lasserait pas de le humer.

— Je vous remercie vraiment d'avoir gardé Henry. Je suis sûr que vous êtes fatiguée aussi.

Elle bâilla.

— C'est une bonne fatigue. Il s'est passé quelque chose d'excitant, dans le service ?

— J'ai surtout eu droit aux cas habituels. Petites blessures, streptococcies, éruptions cutanées… Je n'ai fait qu'une admission. Oh ! et une mère qui m'a carrément agressé pour me faire du charme.

— Waouh, vous avez été bien occupé !

Il soupira.

— Si l'on veut…

— Voilà ce que c'est qu'être un beau docteur, dit Izzy avec humour. Elle n'était pas votre genre ?

— Pas du tout. Vous trouvez que je suis beau ? demanda-t-il avec un grand sourire, un sourcil levé.

Izzy soupira à son tour.

— Ne faites pas comme si vous ne le saviez pas.

— Nan le pensait au début, puis ça s'est arrêté. Elle croyait qu'être mariée à un médecin serait formidable, et ça ne l'a pas été. Elle courait les aventures dans l'espoir de trouver le bonheur que je ne pouvais pas lui donner.

Incapable de regarder Izzy, il observait Henry qui jouait avec un bâton.

Elle l'observa, choquée.

— C'est affreux !

Une ombre de tristesse passa dans les yeux gris de Chad.

— Mon mariage avait déjà capoté quand Nan est morte. J'avais demandé le divorce quelques jours avant l'accident.

Elle tendit le bras pour lui prendre la main.

— Chad, je suis tellement désolée.

— Moi aussi. Le mariage est censé durer toute une vie. Mes parents sont mariés depuis quarante-cinq ans. Mes grands-parents ont été mariés soixante-cinq ans. Je pensais que ce serait pareil pour Nan et moi.

Il se balança sur sa chaise.

— Elle a été malheureuse pendant des années. Mes heures de travail peuvent être difficiles à vivre. Avec le recul, je crois que nous n'aurions pas dû nous marier. Il lui fallait plus d'attention que je n'avais le temps de lui en donner. Je le regrette. Nous avons parlé de divorce, mais alors elle est tombée enceinte. Nous avons décidé d'essayer d'y arriver.

Il soupira de nouveau.

— Puis j'ai découvert qu'elle me trompait. J'avais déjà vu un avocat quand la police est venue m'avertir de l'accident. Je n'aimais pas l'idée de divorcer, pour Henry, mais il avait aussi besoin de parents heureux ensemble. Je me suis souvent demandé si Nan était sortie volontairement de la route. J'espère que non, pour Henry. Vous voyez, vous n'êtes pas la seule à avoir eu une relation tordue.

Izzy lui serra la main.

— Vous ne méritiez pas ça. Vous n'avez rien fait de mal.

Il haussa les épaules.

— Peut-être pas, mais je me demande encore ce que j'aurais dû faire pour que notre mariage marche. Ou, pire, si j'aurais voulu le faire. Apparemment, je ne suis pas fait pour la vie en couple. Mais je suis déterminé à être un bon père, en dépit de mes horaires. Quand je ne travaille pas, je me concentre totalement sur Henry. Cela ne laisse guère de temps pour les sorties ou les relations amoureuses.

Izzy ramena sa main sur ses genoux.

— Je ne vaux pas beaucoup mieux. J'ai donné neuf ans de ma vie et pas mal de mon argent à un homme, pour le trouver au lit avec une autre femme, un jour, en rentrant chez moi. Refaire une telle erreur ne m'intéresse pas.

— Au moins, vous avez su quand partir.

— Oui, mais cela a été difficile. Apprendre que j'avais été utilisée, alors que je me croyais aimée, a été dévastateur.

Elle regarda Henry.

— Vous, au moins, il vous est resté quelque chose de merveilleux de cette relation.

— Oui.

Il sourit tendrement à son fils.

La voix d'Izzy se fit plus douce.

— Il est évident que vous aimez énormément Henry. Tout

l'amour et les soins que vous lui donnez comptent beaucoup, et peuvent rattraper le reste.

— Je l'espère. Sa courte vie a été dure. Comment en sommes-nous venus à ces sujets déplaisants ?

Elle eut un sourire pincé.

— Apparemment, nous avions besoin de parler. Je suis contente que vous ayez senti que vous pouviez vous confier à moi.

Cela ne ressemblait pas à Chad. Il s'efforçait de laisser ce qu'il pouvait dans le passé.

— Je pense que c'est parce qu'il est facile de vous parler.

— Je le prends comme un compliment.

Elle se leva. Il était temps pour lui et Henry de rentrer chez eux, se dit-il. Qu'est-ce qui l'avait poussé à s'épancher ainsi ? D'ordinaire, il gardait ses distances avec les femmes. Il était sorti avec quelques-unes, mais il n'y avait jamais rien eu d'autre qu'une relation physique. Pourquoi Izzy l'amenait-elle à se confesser à elle ?

Il se leva à son tour.

— C'en était un.

Il tendit la main.

— Henry, nous rentrons.

Le petit garçon vint le rejoindre.

Chad prit la main d'Izzy et joua avec ses doigts en la regardant dans les yeux.

— Vous savez que c'est votre compagnon qui a le plus perdu au change, n'est-ce pas ?

Elle sentit monter les larmes.

— C'est peut-être la chose la plus gentille que l'on m'ait jamais dite.

Elle lui donna un rapide baiser sur la joue.

— Merci.

4.

Le lendemain matin, Izzy était assise sous le chêne, profitant de la fraîcheur avant que la chaleur s'installe. Elle repensait à sa conversation avec Chad. Ce qu'il lui avait dit lui trottait dans la tête et son cœur se serrait pour lui. Il en avait trop enduré. Que sa femme l'ait traité de cette façon était incompréhensible. Il n'avait pas mérité ce qui lui était arrivé, et cependant il l'avait rassurée.

Puis il avait dit quelque chose de gentil et elle l'avait embrassé. Même si ce n'était que sur la joue, c'était un geste personnel, et il avait paru aussi surpris qu'elle. Ils étaient tous les deux des adultes mûrs, et il avait sûrement vu ce baiser comme l'acte impulsif qu'il avait été. C'était son cas à elle. Alors pourquoi se rappelait-elle encore le goût salé de sa peau ?

Elle devait se protéger des sentiments grandissants qu'elle avait pour Chad. Plus elle fréquentait les garçons McCain, plus ils lui plaisaient. Partager l'après-midi avec Henry avait été comme être une mère. Elle en avait goûté chaque minute. Ce qu'elle ne devait pas faire, c'était s'y habituer. Sa situation était temporaire. Et elle était vulnérable émotionnellement. Rebondir sur une autre relation serait fatal. Elle ne se fiait pas à son propre jugement pour ce qui était des hommes, et elle ne pouvait pas se permettre de faire une nouvelle erreur. L'amour l'avait aveuglée une fois. Elle ne laisserait pas l'histoire se répéter.

Une bonne amitié avec des limites, c'était ce qu'il lui fallait. Elle garderait ses distances, elle ne s'impliquerait que superficiellement. Les gens faisaient ça tout le temps, pourquoi n'y arriverait-elle pas ? Tout ce qu'elle avait à faire, c'était de rester sur ses gardes. Être avec Chad et Henry l'avait aidée à respirer de nouveau. À reprendre sa vie en main. Elle leur en serait toujours reconnaissante.

— Avez-vous d'autres projets que de rester assise sous cet arbre ? demanda Chad en arrivant derrière elle.

— Je dois travailler demain, mais là, je compte lire un livre. Je ne fais même pas de peinture. Pourquoi ?

— Les gens du quartier organisent une fête des voisins, cet après-midi. Mme Weber insiste pour qu'Henry et moi y allions. Vous faites partie du voisinage, maintenant. Si vous veniez avec nous ?

— Je ne sais pas.

Elle réfléchit un instant. Pourquoi n'irait-elle pas ?

— Si je venais, que devrais-je apporter ?

Chad prit l'autre chaise et se pencha en avant, les coudes sur les genoux.

— Je ne sais pas. Un plat cuisiné, quel qu'il soit. Henry et moi avions l'intention d'apporter des petits pains.

Elle rit.

— Je pense que nous pouvons faire mieux que ça.

— *Nous.* J'aime ce mot dans votre bouche. Mais il s'agit surtout de *vous*, pour la cuisine.

Izzy se leva, les mains sur les hanches, et le regarda de haut.

— Alors il faut que nous allions au supermarché.

— Retour sur la scène du crime. Ne pourriez-vous pas y aller seule, sans Henry et moi ?

Il lui décocha un regard implorant. Elle secoua la tête.

— Non. Je pense que ce serait une bonne chose pour vous deux. Henry pourrait s'exercer un peu, dans ce domaine.

— Vous n'avez pas de pitié, hein ?

Elle le regarda d'un air sévère.

— Bon, si vous insistez… Je vais chercher Henry et je vous retrouve à la voiture, dit-il avec un air dégoûté qui la fit sourire.

Il commença à s'éloigner.

— Oh ! Chad, au sujet de ce baiser, hier soir. Je n'aurais pas dû me montrer aussi personnelle.

Il revint vers elle, la regardant dans les yeux.

— Pas de problème. Nous parlions tous les deux de choses assez lourdes. J'apprécie que vous m'ayez écouté.

Lorsqu'il tourna les talons, elle relâcha son souffle. Pourquoi se sentait-elle déçue ? Avait-elle souhaité qu'il l'embrasse ?

Vingt minutes plus tard, elle roulait vers le supermarché dans le SUV de Chad. Il conduisait et Henry était assis à l'arrière.

— Izzy ?

— Oui ?

Elle fixait ses mains, croisées sur les genoux.

— Est-ce que vous comptez me regarder de nouveau un jour ?

— Je n'essaie pas de ne pas vous regarder.

Elle posa son regard sur ses mains à lui qui tenaient le volant. Des mains capables. Elle les avait vues aider des enfants, soulever Henry ou la toucher.

— Dans les yeux, insista-t-il.

Elle lui jeta un coup d'œil. Il sourit largement.

— Vous ne pouvez pas m'éviter éternellement.

Elle lui jeta un regard noir.

— Je peux essayer.

Un grand rire emplit l'habitacle.

— J'aimerais vous voir essayer.

Quelques minutes après, il se gara sur le parking du supermarché. Henry glapit quand Izzy le sortit de son siège. Elle se mit à sa hauteur.

— Tu ne peux pas crier dans le magasin, tu entends ? Tu vas être un bon garçon, sinon tu devras revenir à la voiture et nous attendre à l'intérieur. C'est compris ?

L'enfant hocha la tête sans la quitter des yeux.

— Bon. Alors on entre.

Chad poussa le chariot dans lequel son fils était assis. Izzy marchait à côté d'eux. Elle tapota le bras d'Henry.

— Rappelle-toi, on parle doucement.

Chad hésita sur l'allée à prendre.

— Qu'est-ce qu'on va acheter ?

— Je pensais faire les macaronis au fromage de ma mère.

— Très bien.

Elle appréciait trop ce genre de situation. Elle avait l'impression qu'ils étaient une famille et cette idée lui plaisait. Ne pouvait-elle pas la savourer un petit moment ? Ce ne serait que temporaire.

Ils firent leurs courses, et à un moment donné Henry haussa la voix. Elle leva un sourcil en regardant Chad, qui posa la main sur le bras du petit garçon.

— Ne sois pas si bruyant.

L'enfant se calma. Chad décocha à Izzy un sourire satisfait, comme s'il avait accompli un exploit. Elle lui adressa un signe de tête encourageant.

Lorsqu'ils arrivèrent à la caisse, Henry se démena de nouveau, réclamant des bonbons à grands cris. Ni son père ni Izzy ne parvinrent à le faire taire.

Elle se tourna vers Chad.

— Si vous le rameniez à la voiture ? Je vais finir.

Il ouvrit la bouche pour protester, mais elle l'interrompit.

— Ça ne me fait rien.

Henry avait besoin d'une leçon, et son père devait la lui donner tout de suite. Elle ne serait pas toujours là pour faire régner l'ordre. Cette idée l'attrista un instant.

Lorsqu'elle les rejoignit à la voiture, ils boudaient tous les deux dans leur siège. Elle réprima un sourire en ouvrant le coffre. Chad sortit pour venir l'aider.

— Comment ça se passe ? demanda-t-elle.

— Disons que je suis prêt à rentrer à la maison.

On aurait dit qu'il venait d'effectuer un service de douze heures. Izzy rit et lui tapota le bras.

— C'est quand même une victoire.

Quelques heures plus tard, alors qu'ils se rendaient au square du quartier, elle jeta un coup d'œil à Chad. Il portait le plat de macaronis au fromage, et elle poussait la poussette d'Henry. Un groupe de voisins de Chad les accueillirent avec des sourires et des interjections, chacun la regardant avec curiosité. Que devaient-ils penser ? Qu'elle était sa petite amie ? Pour une raison quelconque, cette idée ne la contraria pas autant qu'elle l'aurait dû.

Il la conduisit jusqu'à une table chargée de nourriture.

— Je n'ai pas participé à ce genre de fête depuis des années, dit-elle.

— Vous n'en faisiez pas, là où vous habitiez ?

— Si, mais Richard ne voulait jamais y aller.

Chad pinça les lèvres.

— Je dois reconnaître que ce n'est pas trop mon truc, non plus. Des voisins m'ont pratiquement forcé à venir l'an dernier. Finalement, j'ai été content d'être venu et Henry aime s'amuser avec les autres enfants.

— Merci de m'avoir encouragée à venir. J'ai besoin de rencontrer du monde.

Izzy lui prit le plat et le disposa sur la table.

— Vos macaronis au fromage sont très appétissants. Il me tarde de les goûter.

Une onde de chaleur envahit Izzy. Cette fois, elle croisa son regard. Il le lui rendit et son cœur fit un petit bond de joie.

Ils se mêlèrent aux autres personnes. Chad la présenta aux gens qu'il connaissait. Tandis qu'ils allaient d'un groupe à l'autre, elle parlait à Henry pour qu'il soit content. Lorsqu'il fut temps de manger, ils firent la queue pour se servir. Chad prit une double ration de ses macaronis, en lui faisant un clin d'œil.

Elle sourit, radieuse, comme une fille apprenant que le garçon dont elle est amoureuse partage ses sentiments. Le lendemain, elle se soucierait de savoir à quel point elle se laissait prendre par le charme de Chad. Mais ce jour-là, elle profiterait simplement d'avoir un bel homme intelligent, attentionné et drôle qui essayait de l'impressionner. C'était un baume sur son amour-propre.

Ils partageaient un moment intime. Le centre de sa poitrine s'échauffa. Chad lui plaisait trop. Avec lui, elle voyait ce qu'elle avait manqué dans sa vie en restant avec Richard. Il était plaisant de partager de nouveau de l'humour et des rires. Chad avait un métier très sérieux et être un père célibataire comportait des défis. Mais il avait une certaine joie de vivre. C'était contagieux.

Leurs assiettes remplies, ils allèrent s'asseoir à une table libre. Henry installé entre eux, Izzy passa un bras autour de lui pour qu'il ne tombe pas du banc. Chad posa l'assiette de son fils devant lui, puis se rassit, touchant les doigts d'Izzy. Son cou s'empourpra et elle se hâta d'enlever sa main.

Il la regarda en souriant, les yeux pétillants, et se pencha vers elle.

— Essayez-vous de toucher mes fesses ?

— Non !

Le sourire de Chad s'élargit.

— Cela ne m'aurait pas déplu.

Elle secoua la tête et se concentra sur sa nourriture.

Peu après, un couple d'un certain âge vint prendre place sur le banc face à eux. M. et Mme Cartwright se présentèrent. Ils venaient d'emménager dans le quartier. Chad leur souhaita la bienvenue. Ils mangèrent un moment en silence, puis la dame regarda Izzy en souriant.

— Nous nous sommes assis à la bonne table. Vous formez une charmante petite famille.

— Nous ne sommes pas..., commencèrent Izzy et Chad en même temps.

Les Cartwright les regardèrent tour à tour, perplexes. Chad se racla la gorge.

— Nous ne sommes pas en couple. Izzy est une collègue qui me loue un studio.

— Ah ! firent l'homme et la femme.

Puis M. Cartwright ajouta :

— À vous voir, nous avons pensé que vous étiez mariés. Désolé pour le malentendu.

Qu'ils ne le soient pas n'aurait pas dû ennuyer Izzy, mais elle ne put se défaire du sentiment que ce serait peut-être bien, s'ils l'étaient. Quand s'était-elle mise à nourrir ce genre d'idée ?

De l'agitation à une table voisine détourna son attention de ce moment embarrassant. Une femme se tenait à côté d'un petit garçon, l'air paniqué.

— Johnny, qu'est-ce qui ne va pas ?

— Je ne peux pas respirer, haleta l'enfant.

— Appelez le 911, commanda Chad en enjambant le banc pour les rejoindre.

Izzy obéit. Elle expliqua où ils étaient et ce qui se passait. Derrière elle, elle entendit Chad dire :

— Je suis médecin. Puis-je vous aider ?

— Il était en train de manger son dessert, et soudain il a eu des rougeurs et s'est mis à suffoquer.

— Pouvez-vous garder Henry un moment ? demanda Izzy aux Cartwright.

Ils acquiescèrent.

— Auriez-vous un antihistaminique, par hasard ?

— Oui, répondit Mme Cartwright en cherchant dans son sac. Une de nos petites-filles est allergique à tout.

Juste avant qu'Izzy rejoigne Chad, il posa la même question à la ronde.

— Voilà, lui dit-elle en lui tendant la petite seringue.

Il la regarda, étonné et admiratif.

— C'est rapide !

— Bonjour, dit-elle au petit garçon. Je m'appelle Izzy et je suis infirmière. Je te promets que tu vas aller mieux dans quelques minutes. Le Dr McCain va te faire une toute petite piqûre et tu pourras de nouveau respirer.

Chad releva le bermuda de l'enfant pour exposer sa cuisse et lui fit l'injection. Lentement, son teint s'améliora et il respira plus facilement. Puis une ambulance arriva et Izzy alla à la rencontre des ambulanciers.

— Il doit aller à l'hôpital pour subir des examens, dit Chad à la mère. Il a eu une réaction allergique à quelque chose.

Quelques minutes plus tard, les ambulanciers emmenèrent le petit garçon.

— Merci ! lança sa mère par-dessus son épaule.

Brusquement, Chad regarda autour de lui, affolé.

— Où est Henry ?

Izzy posa une main sur son bras.

— Il est avec les Cartwright. Tout va bien.

Il se détendit.

— Comment avez-vous fait pour arriver si vite avec un EpiPen ?

— Mme Cartwright en avait un, et j'ai pensé que cela pourrait servir.

Ils regagnèrent leur table.

— Je suis impressionné, dit Chad. Je savais que vous étiez bonne, mais pas à ce point.

Il passa un bras sur ses épaules et la serra contre lui. Son compliment la réchauffa tout entière. Autre chose qui lui avait manqué sans qu'elle s'en rende compte, avant de le rencontrer : quelqu'un pour l'apprécier.

Rentrer à la maison au crépuscule avec Izzy près de lui et Henry endormi dans sa poussette parut étonnamment juste à Chad. Il n'avait jamais connu une telle paix, même durant la meilleure période de son mariage. Curieusement, il s'était mis à penser à eux trois comme à une famille, ce jour-là. Quelque chose qu'il ne devrait pas continuer à faire.

Il ne désirait pas du tout embarquer Izzy dans une histoire. Il avait accepté le fait qu'il n'avait pas été un bon mari pour Nan. Que la vie conjugale n'était pas faite pour lui. Izzy n'était pas une fille avec qui passer du bon temps, et qui n'attendrait rien d'un homme en retour. Elle exigerait le meilleur de lui et le mériterait. Il n'avait pas été capable de le donner auparavant et ne pensait pas pouvoir le faire maintenant. Mais quelque chose en Izzy l'attirait, le provoquait. Lui donnait envie de la taquiner. De l'embrasser.

Il ne parvenait pas à croire à quelle vitesse elle s'était glissée dans sa vie et s'y était ajustée. La façon dont ils avaient ressemblé à une famille, à la fête, aurait dû le terrifier. Or, pour la première fois depuis longtemps, il s'était senti positif vis-à-vis de la vie. Il n'avait aucune intention de nouer de nouveau une relation sérieuse, mais si cela avait été le cas, Izzy aurait été le genre de femme qu'il aurait choisi pour ça. Néanmoins, sa peur de ne pas être à la hauteur le retenait.

Il suspectait qu'il transférait sur Izzy son besoin d'une compagnie féminine. Elle était agréable et avait bon caractère. Mais il ne pouvait ignorer les étincelles qui jaillissaient entre eux. Des étincelles comme il n'en avait jamais ressenti.

— Eh bien, merci de m'avoir invitée, dit-elle comme ils atteignaient son allée. Je dois dire que cela a été plus plaisant que je ne m'y attendais.

— Oui, j'ai été surpris aussi. Je pensais que ce serait un peu plus « plan-plan ».

Elle fit passer le plat vide d'une main dans l'autre, et eut un grand sourire.

— Et vous n'avez certainement rien de « plan-plan ».

— Je ne sais pas très bien si c'est un compliment ou pas.

Il sourit comme un garçon qui aurait été remarqué par la plus jolie fille de la classe.

La lampe du porche de derrière avait quelque chose de chaleureux et d'accueillant tandis qu'ils remontaient l'allée. Izzy l'avait allumée avant de partir. « Je déteste rentrer dans le noir », avait-elle dit.

Chad en avait l'habitude. De son vivant, Nan n'avait jamais anticipé son retour en allumant une lampe.

Henry se réveilla.

— Izzy va me border ? demanda-t-il en l'interrogeant du regard.

Elle hésita un instant.

— Bien sûr, je peux le faire.

Elle tint la porte pour laisser passer Chad et son fils, puis les suivit dans la chambre du petit garçon. Chad eut tôt fait de déshabiller Henry et de le mettre en pyjama. Puis il le mit au lit et remonta les couvertures sur lui.

— Je veux Izzy, pleurnicha Henry.

Chad s'écarta et elle s'assit sur le lit. Elle arrangea le drap sur sa poitrine et l'embrassa sur le front.

— Bonne nuit, gentil garçon. Dors bien. Maintenant, ferme tes yeux.

Henry obéit. Elle resta quelques minutes, puis se glissa hors de la chambre. Chad eut l'impression qu'elle avait les yeux humides.

Un moment plus tard, il la rejoignit à la cuisine où elle était attablée devant un mug de thé. Son regard était clair. Il s'était peut-être imaginé ces larmes.

— Henry dort ? demanda-t-elle.

— Oui. J'apprécie que vous soyez venue le border. Je pense qu'une touche féminine lui manque.

— Sûrement, mais vous êtes un père formidable. Il vous adore. J'espère que cela ne vous ennuie pas, j'ai fait comme chez moi. J'avais besoin d'une tasse de thé.

Elle avait bien été bouleversée.

— Je vous en prie.

Il marqua une pause.

— Je ne suis pas sûr de lui suffire.

— Beaucoup de parents ont cette impression. C'est la vie.

Chad prit une boisson dans le frigo.

— Avec vous, tout semble aller bien.

Elle fit tourner son mug dans ses mains.

— Je n'avais pas l'intention de minimiser vos soucis.

— Je ne l'ai pas pensé.

Il s'assit à côté d'elle.

— Je crois que l'on a pas mal parlé de nous, au pique-nique, dit-elle.

Il grogna et elle rit. Il l'étudia un instant.

— Quoi ? demanda-t-elle.

— J'aime ce bruit.

— Quel bruit ?

— Votre rire. On dirait un carillon.

Elle baissa la tête modestement.

— Merci. Vous dites sans arrêt des choses gentilles. La flatterie vous conduira partout.

Il haussa un sourcil d'un air suggestif.

— Partout ? L'idée me plaît.

Elle eut un petit sourire narquois.

— Vous savez ce que je voulais dire. Au fait, je voulais vous prévenir que je ne serai pas là le week-end prochain. Je dois aller chercher des affaires chez mes parents.

— Comment pensez-vous les rapporter ici ?

Chad étira les jambes, se mettant à l'aise.

— J'y réfléchis encore. Soit je louerai une camionnette, soit j'emprunterai celle de mon père. Mais cela m'ennuierait. Il s'en sert presque tous les jours. Rouler dans ma petite voiture serait un pensum pour lui.

— J'imagine que ce serait inconfortable.

Elle le jaugea de haut en bas.

— Pour vous, sans aucun doute.

Il fut troublé de la voir l'étudier ainsi.

— Vous auriez l'air d'un clown de cirque, en sortant de ma voiture, ajouta-t-elle.

Il rit doucement.

— Mais vous, elle vous va bien.

Le visage d'Izzy rosit joliment. Ne lui avait-on jamais dit à quel point elle était séduisante ? Ce type à qui elle avait donné tant de sa vie avait été un vrai butor.

— Au lieu de louer ou d'emprunter une camionnette, pourquoi n'irions-nous pas avec vous, Henry et moi ? Je pourrais louer une remorque sur place et tout rapporter en un seul voyage. Qu'est-ce que vous en dites ?

Elle joua avec son mug, l'air incertain.

— Laissez-moi y réfléchir.

— Qu'y a-t-il à réfléchir ? Je suis libre le week-end prochain, comme vous. Et si je ne suis pas en ville, j'aurai tout mon temps. C'est bien vous qui m'avez dit que je devais profiter au maximum de mes heures de liberté ?

— Oui, mais pas en faisant autant de route pour moi.

— Henry et moi, ainsi que vous, passerons ensemble des moments de qualité, j'en suis sûr.

Il but une gorgée. Elle secoua la tête, plongée dans ses pensées.

— Je suppose que ce serait possible. Mais cela m'ennuie de vous demander une si grande faveur.

— Vous ne l'avez pas demandée, je l'ai proposée.

Pour une raison quelconque, il avait vraiment envie de faire ça pour elle. De prendre le temps de mieux la connaître. Faire de la route avec elle lui en donnerait certainement l'occasion.

— Je vais en parler à mes parents et je vous dirai, déclara-t-elle en se levant. Je ferais mieux d'y aller. Je commence tôt, demain matin.

Elle se dirigea vers la porte.

— Je vous raccompagne, dit-il.

— Ce n'est pas la peine. Je suis juste à côté.

Le regard brûlant de Chad captura le sien.

— Je sais où vous êtes, mais je veux quand même m'assurer que vous rentrerez bien.

Ils suivirent le chemin jusqu'à sa porte. Avant qu'elle entre, il posa une main sur son bras et l'arrêta.

— Izzy, je sais que ce n'est peut-être pas une bonne idée, mais j'ai très envie de vous embrasser. Vous pouvez me dire non, m'arrêter si vous ne voulez pas.

Il attendit. Elle ne dit rien et fit un petit pas vers lui. Il sentit son cœur s'emballer et la tint légèrement par les bras. Il la regarda dans les yeux quand ses lèvres touchèrent les siennes. Sa bouche était chaude et réactive tandis qu'il taquinait sa belle lèvre inférieure. Elle était si délicieuse. Elle lui rendit son baiser, ce qui lui accéléra encore le cœur. Son sang grondait dans ses oreilles et son désir augmentait.

Posant les mains sur sa taille, il l'attira à lui. Elle noua les bras autour de son cou. Il approfondit le baiser et elle se joignit à lui, laissant échapper un gémissement. Il passa la pointe de sa langue sur ses lèvres closes, demandant à entrer.

Ravi, il la sentit s'ouvrir à lui. Elle posa les mains sur ses épaules et s'y agrippa. Il se contrôla pour ne pas l'écraser contre lui. Il pouvait la faire fuir. Son désir pouvait lui échapper. Il s'écarta un peu.

Izzy bougea contre lui comme si elle voulait tout ce qu'il pouvait donner. Il avait beaucoup à partager. Il passa un bras autour de sa taille et promena son autre main sur sa cage thoracique. Son pouce effleura la courbe d'un sein. Elle gémit de plus belle, accroissant encore son désir. Il demanda davantage. Elle le lui accorda.

Soudain, le porche du voisin s'éclaira. Izzy bondit en arrière et il jura à mi-voix. Elle regardait partout, sauf vers lui. Ce n'était pas ce qu'il voulait. Pas du tout.

— Je suis désolée, dit-elle. Je n'aurais pas dû vous laisser faire ça. Je vous en prie, oubliez ce qui s'est passé.

Sur ce, elle entra chez elle sans se retourner.

Les poules auraient des dents avant qu'il oublie ce baiser incandescent.

5.

De bonne heure le samedi matin suivant, Izzy était assise à l'avant du SUV de Chad, qu'il conduisait. Henry était bien attaché dans son siège auto derrière eux et pépiait gaiement sur tout ce qu'il voyait par les vitres. Izzy, comme lui, regardait le paysage à travers le pare-brise.

Chad lui avait reparlé au milieu de la semaine, au travail, et l'avait convaincue d'accepter son offre. Malgré ses sérieuses réserves, elle s'était pliée à sa logique. Et à sa consternation, mais pas à sa surprise, ses parents avaient insisté pour que Chad et Henry passent la nuit chez eux. La nervosité lui faisait papillonner l'estomac. Elle ne voulait pas que ses parents se fassent des idées.

Après le baiser de Chad, il lui était difficile de ne pas s'en faire elle-même. Elle avait passé la majeure partie de la semaine à essayer de l'oublier. En vain. Elle repensait à ce qu'elle avait ressenti. À la façon dont elle s'était cramponnée à lui. À son envie qu'il recommence.

Pourtant, elle ne pouvait pas laisser cette chose-là se reproduire. Il était trop important qu'elle se protège. Qu'elle reste rationnelle, et non naïve. Dans son intérêt, elle ne pouvait pas nouer une autre relation. Elle ne pouvait pas se permettre, émotionnellement, de se tromper de nouveau sur un homme. Ce qu'elle voulait – et ce dont elle avait besoin – devait être aussi important pour son partenaire que pour elle.

Henry s'endormit et Chad dit :

— C'est gentil à vos parents de nous inviter à dormir chez eux.

Elle pinça les lèvres.

— Ils sont comme ça. Ils accueillent n'importe qui.

Elle ouvrit de grands yeux, choquée par ce qu'elle venait de dire.

— Je suis désolée. Ce n'est pas ce que je voulais dire. Disons qu'ils sont très hospitaliers.

— Si cela peut vous mettre à l'aise, nous pouvons aller à l'hôtel.

— Non, non, fit-elle en secouant la tête. Maman ne serait pas contente. J'apprécie que vous vous donniez tout ce mal pour moi. Je suis sûre que ce n'est pas ainsi que vous auriez voulu passer votre week-end.

— Je suis heureux de quitter la ville. Cela fait un moment que je n'ai pas eu un week-end complet et je veux en profiter chaque minute.

— Une vie de médecin, dit-elle.

Il lui jeta un coup d'œil, une ombre obscurcissant son regard. Pensait-il à l'attitude de sa femme par rapport à son métier ?

— Très glamour, n'est-ce pas ?

Ils rirent tous les deux, ce qui brisa la tension qu'elle avait ressentie. Elle se glissa de nouveau dans la relation facile qu'ils entretenaient.

— Pourquoi êtes-vous devenu médecin ?

— J'aimerais pouvoir dire que cela a été une révélation ou une vocation. Simplement, j'étais bon en maths et en sciences et mes profs m'ont encouragé à faire médecine. Quand j'ai commencé mes études, j'ai découvert que cela me plaisait beaucoup. J'aime le métier en lui-même, mais j'aime surtout les petits patients. Ils viennent à moi en ayant besoin d'aide, et je la leur apporte. Il y a peu de choses plus gratifiantes que ça.

Izzy le regarda, impressionnée. Elle n'était pas censée se laisser prendre davantage à son charme, mais c'était ce qui se passait.

— Je vous ai vu en action. Vous avez à la fois l'intelligence et l'empathie. Ne le niez pas. Quand vous parlez aux parents, ils sentent que vous vous souciez de leur enfant. C'est ce qui fait de vous l'un des meilleurs médecins avec qui j'ai travaillé.

Chad fit mine de s'éventer de la main. Il eut un grand sourire.

— Arrêtez, vous m'embarrassez. Et ma vie n'est pas très différente de celle d'une infirmière, j'imagine.

— En effet.

Izzy se tourna pour regarder Henry, qui dormait toujours.

— Vous pouvez vous reposer, si vous voulez, dit-il. Vous n'êtes pas obligée de me tenir compagnie.

Ils roulaient à une bonne allure. Izzy regarda son profil bien dessiné. Il ne s'était pas rasé, ce matin, et sa mâchoire ombrée de barbe lui donnait un air canaille qu'elle trouvait séduisant.

— Je veux bien conduire, aussi, déclara-t-elle. Vous pourriez faire une sieste.

Il changea de voie.

— Je suis plutôt de la vieille école, pour ce qui est de la conduite.

— Oh ! vous seriez macho ?

Il fronça les sourcils.

— Je ne me suis jamais considéré comme tel.

— Vous me convenez comme vous êtes.

Elle inspira vivement. Elle n'aurait pas dû dire ça. Cela en disait trop long sur ce qu'elle ressentait pour lui. Mais les choses ne pouvaient plus être qualifiées de simplement amicales. Quand ils étaient ensemble, l'air entre eux crépitait. Comme maintenant, dans ce petit espace : des étincelles jaillissaient à la façon de braises dans un ciel nocturne.

Elle devait l'accepter. Ce qui couvait entre eux était du désir. Ils étaient deux adultes qui avaient envie l'un de l'autre de la manière la plus élémentaire. Et il n'y avait rien de mal à ça. Serait-il si grave de céder à cette attirance ? À condition qu'elle veille sur son cœur.

Un grand sourire se peignit sur les lèvres de Chad.

— Merci, madame.

Elle soupira.

— Ne vous faites pas d'idées. C'est sorti comme ça.

— Peu importe. Je le prends comme un compliment. Que vous me considériez comme un macho ou pas.

— Cette conversation ne me met pas très à l'aise.

Elle n'avait pas envie de détailler les qualités qu'elle voyait en lui.

Ses yeux gris pétillèrent.

— Elle me plaisait assez, à moi.

— Bien sûr, elle ne tournait qu'autour de vous.

Il rit doucement.

— Nous pourrions parler de vous.

— Je n'aime pas particulièrement ce sujet, non plus.

Chad devait déjà penser qu'elle était bonne à prendre en pitié, après la façon dont elle avait laissé un homme la traiter.

— Parlons de votre famille, alors. Dites-moi à quoi je dois m'attendre de la part de votre père et de votre mère.

Izzy s'adossa à son siège, tournant légèrement le dos vers la portière afin de mieux le voir.

— Ce sont des parents normaux. Ils ont élevé trois enfants. Ils vivent dans une maison en brique de style ranch, dans un lotissement.

— Et dans cette vie idyllique, aviez-vous un chien ?

Sa question était teintée d'humour.

— Oui. Leon. Je lui avais donné le nom de mon premier petit ami.

— Intéressant.

Il hocha la tête, tel un sociologue apprenant quelque chose d'important sur elle.

— Je m'inquiète du nom de votre prochain chien.

Elle rit. Elle riait beaucoup, avec lui.

— Je trouvais que ça lui allait bien. Autrement, mon père est retraité. Ma mère enseigne toujours à l'école, mais elle pense s'arrêter l'année prochaine.

— Et vos frère et sœur ?

— Vous êtes plein de questions ! Ma sœur vit à Memphis avec son mari et leurs trois enfants. Mon frère habite Nashville avec sa femme. Ils ont un fils et un bébé en route. Vous le rencontrerez peut-être ce soir. En général, il passe à la maison quand je viens.

Ses plans avaient été d'avoir la même chose que sa famille,

un mariage heureux, des enfants et une vie avec quelqu'un de spécial. Mais elle avait échoué, se faisant bassement avoir par Richard. Lorsqu'elle y repensait, elle en avait mal au ventre. Tout ce temps, tout cet argent, tous ces sentiments gaspillés !

— À quoi pensez-vous ? demanda Chad.

— Vos yeux ne sont pas censés rester sur la route ?

— Vous vous taisez et vous avez la bouche pincée.

Il la connaissait déjà mieux que Richard ne l'avait jamais fait. Étrangement, cela la réconforta. Elle détendit les muscles de son visage.

— Je ne pince pas les lèvres.

Il lui jeta un coup d'œil.

— Si vous le dites. Sinon, qu'est-ce qui vous préoccupe ?

— Je pensais juste combien mon frère et ma sœur sont heureux.

— Et vous aimeriez avoir ce qu'ils ont, non ?

Apparemment, elle était complètement transparente pour lui.

— Écoutez, reprit-il, nous faisons tous des erreurs. Dieu sait que j'en ai fait. Mais quelquefois il faut traverser un marécage pour arriver au sec de l'autre côté et avoir mieux. En attendant, nous devons nous rappeler que nous méritons du bonheur.

Elle essuya sa joue.

— Eh bien, docteur McCain, j'ignorais que vous étiez aussi philosophe.

— Je suis surtout un homme qui a vu sa vie prendre une autre direction. Vous aviez un petit ami qui était un goujat. Maintenant, vous ne l'avez plus. Il est temps de laisser tout cela derrière vous et de vous remettre à vivre.

— Comme vous ?

— J'essaie. Certains jours sont plus faciles que d'autres. Parfois, j'ai les pieds englués dans la fange comme tout le monde. Mais je fais un effort pour les en sortir.

Chad craignait d'être allé trop loin avec Izzy. Il avait été trop dur avec elle. Il avait trop empiété sur sa vie personnelle. Mais il avait envie d'en savoir plus sur elle. Après son petit laïus, elle ne dit rien. Quelques minutes plus tard, il vit qu'elle avait fermé les yeux. Il avait peut-être ajouté à ses tracas.

Elle lui avait dit d'oublier leur baiser. Comme si cela allait arriver ! Au lieu de l'oublier, il le revivait sans arrêt. Il avait été différent de tous les baisers qu'il avait connus. Cela ne se pouvait que parce que c'était elle. Mais cela ne voulait pas dire qu'il devait continuer à flirter avec elle.

Ne s'était-il pas promis qu'Henry et lui resteraient seuls contre le reste du monde ? Il avait décidé que c'était le meilleur moyen pour qu'ils n'aient pas le cœur brisé. Il savait bien l'effet qu'une mauvaise relation pouvait avoir sur leur vie et il n'avait pas l'intention d'en nouer une.

Il n'allait pas offrir à Izzy plus que ce qu'ils avaient maintenant. Le mariage n'entrerait jamais dans ses plans. La première fois ne lui avait pas réussi et il ne prendrait pas le risque de recommencer. Elle méritait le meilleur et il avait prouvé qu'il ne l'incarnait pas. Ce qu'il devait faire, c'était avancer prudemment et ne pas laisser croire à Izzy qu'il pouvait donner davantage.

Elle se réveilla alors qu'ils approchaient des faubourgs de Nashville. Il dut se concentrer pour ne pas sortir de la route lorsqu'elle s'étira dans son siège.

— Désolée, je n'avais pas l'intention de dormir en votre compagnie.

Il souhaita qu'elle se soit endormie *avec lui.* Au sens littéral du terme. Ces visions ne l'aidèrent pas à respecter son vœu de ne pas s'impliquer avec elle.

Elle se tourna pour regarder entre les sièges.

— Salut, Henry ! Nous sommes tous les deux des roupilleurs.

Chad regarda dans le rétroviseur son fils qui souriait à Izzy. Elle savait si bien s'y prendre avec lui. Il secoua la tête. C'était normal, après tout elle était infirmière en pédiatrie.

— J'ai besoin que vous me dirigiez, Izzy.

Elle lui indiqua quelle sortie prendre. Comme il s'engageait dans une banlieue au charme désuet, il déclara :

— C'était sûrement un endroit agréable où grandir.

— Oui. La plupart des gens qui vivent ici vont travailler à Nashville ou font partie de l'industrie musicale.

— Que faisait votre père ?

— Il était cadre dans une compagnie d'assurances. Nashville est l'un des plus grands centres d'assurances du pays.

— Je l'ignorais. Avec de tels parents, comment êtes-vous devenue infirmière ?

— J'ai toujours aimé aider les autres. Mes poupées, mon chien, la fille du bout de la rue. Cela a été une progression naturelle. J'ai voulu faire un stage à l'hôpital local. Une infirmière plus âgée m'a prise sous son aile et m'a encouragée à faire des études d'infirmière. J'ai travaillé et étudié en même temps. Richard, lui, se contentait d'étudier.

Elle laissa percer son amertume dans sa voix.

— Vous voulez dire que vous l'avez entretenu tout en suivant vos cours ?

Qu'est-ce que ce serait d'avoir ce genre de dévotion dans sa vie ? se demanda-t-il. Plus il connaissait Izzy, plus il l'admirait.

— Oui. J'étais une idiote, n'est-ce pas ?

— Je pensais que vous étiez étonnante. J'aurais aimé que ma femme me montre un tel amour et un tel soutien, dit-il avec une pointe de tristesse.

— C'est gentil à vous de le dire, mais j'aurais dû me rendre compte que j'étais utilisée.

— L'amour nous met des œillères, parfois. Je savais que Nan n'était pas heureuse, mais je voulais que l'on reste ensemble pour Henry.

— Ce n'est pas la même chose. Pendant que je travaillais et que Richard étudiait, nous parlions tout le temps de nous marier. Ou plutôt, je parlais de mariage. Il me répondait : « Laisse-moi finir mes études et trouver un bon travail. » Et puis, par la suite : « Attends que j'aie cette promotion. » Quel genre de personne continue à croire ces balivernes ?

Chad lui prit la main, et apprécia qu'elle ne se dégage pas.

— Le genre de personne qui croit dans les gens. Qui veut voir le meilleur en eux. Qui a un grand cœur et veut aider les autres. Vous n'avez rien qui ne va pas. C'est lui, qui n'était pas net. Vous n'avez rien à vous reprocher.

— Vous savez certainement comment réconforter quelqu'un, dit-elle avec un sourire contraint.

— Cela fait partie de mon charme. Ou plutôt, je suis passé par là.

Elle rit et il rit à son tour. Au moins, Izzy ne paraissait plus aussi triste.

Plus ils approchaient de chez ses parents, plus Izzy était tendue. Quand Chad la lâcha, elle mit les deux mains sur les genoux, les nouant et les dénouant.

— Il faut prendre la première à droite dans ce lotissement.

Il suivit ses instructions.

— Êtes-vous nerveuse à l'idée de voir vos parents ? Ou à l'idée qu'ils nous rencontrent, Henry et moi ?

Elle soupira et le regarda.

— Disons juste que mon père et ma mère vont déduire plus de choses qu'ils ne le devraient en vous voyant avec moi.

— Pourquoi ?

Chad longeait lentement la rue.

— Ils n'ont jamais aimé Richard et ils vont vous voir comme un remplaçant appréciable.

Il haussa les sourcils.

— Ils ne me connaissent même pas.

— À côté de Richard, n'importe qui ferait l'affaire.

— Cela ne ressemble pas à une approbation extraordinaire. Ils le détestaient à ce point ?

Elle pinça les lèvres. Elle avait dit des choses qu'elle n'aurait pas dû dire.

— Ils ont vu clair en lui bien plus tôt que moi.

Chad continuait à rouler dans les rues bordées d'arbres. Elles lui rappelaient le quartier où elle vivait maintenant. Pas étonnant que son studio lui plaise. Elle entremêla de nouveau les doigts.

Il posa une main sur les siennes.

— Hé, tout va bien se passer.

— Vous dites ça parce que vous n'êtes pas encore pris dans ce que mes parents vont dire ou faire.

— C'est-à-dire ?

— Poser des questions personnelles. Faire des suggestions ou des suppositions embarrassantes.

Elle ne voulait pas que Chad soit gêné. Ou pire, qu'il se sente obligé d'éprouver quelque chose pour elle.

— Je pense que je peux affronter tout ce qu'ils diront. Ne vous inquiétez pas.

— Rappelez-vous simplement que vous avez été prévenu. C'est la maison sur la droite, avec deux grands chênes dans le jardin de devant.

— Je la vois.

Il engagea le SUV dans l'allée dallée.

Les parents d'Izzy sortirent à la seconde où il coupa le contact. Avaient-ils guetté leur arrivée par la fenêtre ?

En dépit de ses inquiétudes, Izzy sauta de la voiture et se précipita vers eux. Elle les aimait tendrement. Ils voulaient juste qu'elle soit heureuse.

Chad était en train de sortir Henry de son siège quand Izzy et ses parents s'approchèrent sur la pelouse. Il ferma la portière et se tourna vers eux en souriant, son fils dans les bras.

Elle fit les présentations.

— Maman et papa. Et voici Chad McCain et son fils, Henry. Chad est mon propriétaire et un collègue.

— Ravi de vous rencontrer, monsieur.

Chad tendit la main à M. Lane, qui la serra fermement. Izzy gémit intérieurement quand sa mère enlaça Chad avec Henry entre eux.

— C'est un plaisir de vous connaître aussi.

Mme Lane lâcha Chad et recula.

— D'après ce que j'ai compris, vous avez été très gentil avec Izzy.

Cette fois, Izzy grogna assez fort pour que Chad la regarde avec un grand sourire.

— J'ai essayé, mais je dois admettre qu'elle a plus fait pour Henry et moi que nous pour elle.

Mme Lane sourit au petit garçon.

— Bonjour, Henry. Je suis Martha. Je viens de faire des cookies et je me demandais si tu voudrais m'aider à les manger.

Henry ouvrit de grands yeux. Il regarda son père, qui sourit.

— Tu peux en manger quelques-uns.

Izzy nota que l'enfant écoutait Chad et ne réclamait rien. C'était un progrès.

Sa mère tendit la main.

— Viens avec moi. Je vais te donner un grand verre de lait et quelques cookies. Tu peux m'appeler mamie Lane. C'est le nom que me donnent mes petits-enfants.

— Et moi ? demanda M. Lane. J'aime les cookies, aussi !

Ils se dirigèrent vers la porte d'entrée. Par-dessus son épaule, Mme Lane lança :

— Izzy, montre à Chad où mettre ses sacs. Henry et lui dormiront dans la chambre du fond, avec les lits jumeaux. Tu prendras ton ancienne chambre.

Izzy et Chad restèrent à regarder le couple âgé qui était complètement absorbé par ce qu'Henry disait. Ils rirent ensemble. Elle lui donna un coup de coude.

— Vous ne le savez probablement pas, mais c'est sans doute la dernière fois que vous voyez Henry jusqu'à notre départ – s'ils le laissent repartir.

Il rit.

— Je me doutais qu'il en serait ainsi. Comment tenez-vous le coup, jusqu'ici ?

Elle s'empourpra.

— Ça va. Je vais y arriver.

— Je veux que vous sachiez que je ne prendrai à cœur rien de ce que vos parents diront.

Il prit leurs sacs dans la voiture et marcha vers la maison. Izzy lui emboîta le pas.

— J'y compte bien.

Elle le fit entrer et le conduisit jusqu'aux chambres, où ils déposèrent leurs sacs. Puis ils se rendirent à la cuisine d'où venaient des rires. Ils trouvèrent M. et Mme Lane attablés au comptoir avec Henry. Ils mangeaient des cookies.

— Je pourrais en avoir un ? demanda Chad.

La mère d'Izzy s'empressa de poser devant lui une assiette et une tasse de café.

— Merci, madame Lane. Mais je vous en prie, ne vous sentez pas obligée de vous occuper de nous.

— Je vous promets que je n'en fais pas plus pour vous que ce que je ferais pour n'importe qui d'autre.

— Elle ne plaisante pas, dit Izzy en mordant dans un cookie. Ils sont délicieux, maman, comme d'habitude. Je suis ennuyée de repartir à peine arrivée, mais je me suis organisée pour louer une remorque. Nous devons aller la chercher avant que le magasin ferme, et je voudrais la charger avant la nuit. Nous devons nous en aller de bonne heure demain matin.

— Vous ne pouvez pas rester plus longtemps ? gémit Mme Lane.

— Pas cette fois. Je le ferai la prochaine fois, c'est promis.

— Si vous nous laissiez Henry, pendant que vous allez chercher cette remorque ? Nous trouverons quelque chose d'amusant à faire.

— Je suis d'accord, dit Chad. Si vous êtes sûrs…

Les parents d'Izzy hochèrent la tête. Chad se tourna vers son fils.

— Aimerais-tu rester ici et jouer avec des jouets jusqu'à ce que je revienne dans un petit moment ?

— Des jouets ?

Henry opina avec ardeur, ce qui les fit rire.

— Je compte sur toi pour être sage, ajouta Chad, l'air sévère.

— On ferait mieux d'y aller, dit Izzy en lui touchant le bras. Elle remarqua que sa mère les observait avec attention.

— Je suis prêt.

Chad se leva. M. Lane aussi.

— J'apprécie l'aide que vous apportez à Izzy, dit-il. On ne peut rien mettre, dans sa minuscule voiture.

Izzy passa un bras autour de sa taille et l'étreignit.

— Dis plutôt que tu es content de ne pas avoir à te séparer de ta camionnette !

— C'est vrai.

Il l'étreignit à son tour.

Plus tard dans la soirée, Izzy s'adossa à sa chaise, à la table familiale, pour écouter Chad qui discutait avec ses parents. Son frère, Steve, et sa femme, Laura, qui étaient venus dîner, se joignaient à la conversation. Chad s'adaptait parfaitement à sa famille, pensa-t-elle. Et Henry était content de jouer avec son neveu Ross, même s'il était plus petit.

Richard ne s'était jamais mêlé à ses proches les rares fois où il était venu en visite. En fait, il s'opposait à toute relation avec ses parents, son frère et sa sœur. Au fil des années, il était venu de moins en moins souvent. Il trouvait toujours des excuses pour s'esquiver. Contrairement à lui, Chad, qui les connaissait à peine, se comportait comme un vieil ami.

— Martha, je peux dire avec certitude d'où Izzy tient ses talents culinaires, dit-il en poussant un soupir de bien-être. C'était l'un des meilleurs repas que j'aie jamais mangés.

Izzy regarda sa mère se rengorger sous le compliment. Même si Chad en faisait un peu trop, elle appréciait ses efforts. Il était important pour Mme Lane que l'on apprécie sa cuisine.

— Merci, Chad, dit-elle avec un sourire radieux. Sentez-vous libre de me flatter autant que vous voudrez.

Il rit, et les autres aussi.

— Puis-je vous aider à débarrasser ?

— Jamais de la vie ! Mais vous, les jeunes, vous devriez aller à Nashville, voir ce qui s'y passe.

Steve et Laura se regardèrent et secouèrent la tête.

— Je suis désolée, dit Laura. J'aimerais pouvoir, mais il est grand temps de coucher Ross. Et moi aussi, avec ce petit qui est en route ! ajouta-t-elle en tapotant son ventre rond.

— Nous allons garder Henry, dit Mme Lane en regardant sa fille, puis Chad. Pour que vous puissiez sortir.

Izzy plissa les paupières.

— Maman, je pense que Chad est trop fatigué. Il a conduit tout le long et chargé la remorque.

Elle avait aidé autant qu'elle l'avait pu, mais son père et Chad avaient fait le plus gros. Deux ou trois fois, elle avait contemplé les muscles de Chad qui roulaient sous sa chemise – et elle avait rougi quand il avait surpris son regard. Il lui avait décoché un grand sourire et un clin d'œil, comme s'il savait qu'elle le reluquait. Elle s'était empressée de s'activer. Il était trop perspicace pour la stabilité de ses nerfs.

— Je ne veux pas vous imposer Henry, dit-il à ses parents. Je n'avais pas l'intention de m'en décharger sur vous.

— Cela ne nous fait rien. Allez vous amuser, tous les deux. Si vous n'avez jamais vu Broadway ou le Parthénon de nuit, c'est à voir. Vous pouvez prendre ma voiture, comme le SUV est attaché à la remorque.

Izzy soupira. Sa mère avait pensé à tout. Elle tenait absolument à ce que Chad et elle passent du temps seuls ensemble.

— Filez donc ! insista Mme Lane avec un geste de la main. Chad a dit qu'il n'avait fait que passer à Nashville.

Izzy interrogea Chad du regard. Il sourit en haussant les épaules.

— Cela paraît amusant. Mais je suis ennuyé de laisser Henry à vos parents.

— Écoutez, reprit Mme Lane. Nous allons mettre Henry en pyjama et le coucher avant que vous partiez. Ainsi, vous n'aurez pas à vous inquiéter.

— Il a eu une grosse journée, il devrait s'endormir rapidement.

Chad se leva de table.

— Pendant que vous le couchez, je vais aider maman, dit Izzy.

— D'accord. Je vous retrouve ici dans une vingtaine de minutes.

Steve et Laura s'apprêtèrent à partir. Steve serra sa sœur dans ses bras.

— Chad est un type bien. Beaucoup mieux que l'autre.

Izzy secoua la tête.

— Il n'y a rien entre nous. Il est juste mon propriétaire.

— Je n'ai jamais vu un propriétaire regarder sa locataire comme il te regarde, observa son frère, les yeux pétillants.

— Moi non plus, renchérit Laura.

— Tu lui plais, assura Steve.

— Assez, dit Izzy en le repoussant.

Ils prirent congé les uns des autres, puis Izzy rejoignit sa mère à la cuisine. Celle-ci l'envoya promener.

— Si tu allais plutôt te remaquiller ? Et mettre peut-être quelque chose de plus seyant que ta chemise.

— Maman, je t'ai dit et répété que Chad et moi ne sommes que des amis.

— Alors tu ne veux pas te faire belle, même pour un ami ? Ou quelqu'un d'autre que tu pourrais rencontrer ?

Elle donna un coup de coude à sa fille.

— Va faire ce que ta mère te dit. Tu seras contente de m'avoir écoutée.

Sachant qu'elle ne gagnerait pas, Izzy se rendit dans sa chambre pour enfiler un joli chemisier. Puis elle détacha ses cheveux et les brossa longuement. Ensuite, elle passa voir Chad et Henry.

— Izzy, tu viens me border ?

— Bien sûr, mon chou, répondit-elle avant que Chad puisse dire quoi que ce soit.

Elle s'assit sur le côté du lit et embrassa l'enfant sur le front.

— Bonne nuit. Dors bien. Je te verrai demain matin.

Elle se leva et Chad prit sa place.

— Je vous rejoins dans quelques minutes, dit-il.

Peu après, il vint la retrouver dans la salle de séjour. Elle était ennuyée que ses parents le forcent à passer du temps avec elle.

— Nous ne sommes pas obligés de sortir, vous savez. Nous n'avons pas à faire ça parce que ma mère a insisté.

Il soutint son regard.

— Je suis un homme adulte. Je peux prendre mes propres décisions. J'aimerais y aller, si cela vous dit.

Elle afficha un sourire un peu crispé. S'il voulait le faire, alors elle aussi.

— Bon, eh bien, venez. Allons voir ce que Nashville a à offrir.

Une heure plus tard, Izzy se promenait avec Chad dans le quartier de Broadway.

— C'est la partie la plus ancienne de Nashville, expliqua-t-elle. Elle est connue pour ses bars honky-tonk et ses cafés musicaux. Beaucoup de musiciens country ont fait leurs débuts ici. Vous avez sûrement entendu dire que Nashville est la capitale de la musique country.

— Oui. Cela, je le sais.

Chad lui prit la main, la foule devenant plus dense. Elle ne se libéra pas. Il lui semblait naturel que ses doigts entourent les siens.

— Continuez, dit-il. J'apprécie d'avoir mon guide personnel.

Elle aimait la façon dont Chad confortait son ego. Il avait été tellement endommagé par Richard qu'il était merveilleux d'avoir quelqu'un qui la traitait avec respect. Elle parla du Bluebird Café, tout proche, connu pour avoir lancé de nombreux chanteurs.

— Je ne sais pas si nous pourrons entrer, mais nous pouvons essayer. Ou alors, nous pourrions aller prendre un verre au Wild Horse Saloon. C'est juste là.

— La musique country n'est pas ma préférée, mais je veux bien.

— Vous savez danser en ligne ?

— Non, mais j'ai pour principe de tout essayer au moins une fois.

Elle sourit.

— Tout ?

Son regard gris se fit plus intense.

— Presque tout.

Un frisson la parcourut. Elle avait le sentiment qu'ils ne parlaient peut-être pas de la même chose.

Ils entrèrent dans une grande salle emplie de gens et trouvèrent une petite table au fond. Ils commandèrent une boisson. Chad jeta un regard sceptique à la piste de danse.

— Vous avez souvent dansé en ligne ?

— Je l'ai pas mal fait, oui. J'ai même une paire de bottes de cow-boy au fond de ma penderie.

Il fit jouer ses sourcils.

— J'aime voir une fille en bottes.

Izzy eut un grand sourire.

— Flirtez-vous avec moi ?

— Peut-être un peu. Ça vous ennuie ?

— Pas vraiment, répondit-elle en baissant la tête, consciente de la chaleur qui la parcourait.

Au bout d'un moment, elle brûla de voir comment dansait Chad. Il semblait réussir tout ce qu'il faisait.

— Vous êtes prêt à essayer ? demanda-t-elle.

— Si vous promettez de ne pas vous moquer de moi.

Elle le prit par la main, touchée par son air inquiet.

— Il vous suffira de suivre les autres.

Comme elle l'avait suspecté, Chad prit vite le rythme et se révéla un très bon danseur. Surtout, il semblait s'amuser. Elle aima le fait qu'il ne se prenne pas au sérieux, contrairement à Richard. Au bout d'une demi-heure, il lui dit à l'oreille :

— Il est temps pour moi de m'asseoir. Je n'ai pas fait autant d'exercice depuis longtemps.

Ils retournèrent à leur table, mais elle avait été prise.

— Que diriez-vous de ralentir un peu le rythme ? suggéra Izzy. Il y a un peu plus loin un piano-bar qui est paraît-il très bien.

— Cela me semble être un bon plan, murmura-t-il de nouveau à son oreille, et la caresse de son souffle la fit frissonner.

Peu après, ils entrèrent dans un petit club aux lumières tamisées et prirent une table. Une femme chantait une chanson de Patsy Cline en jouant du piano au centre. Quelques couples dansaient sur la piste. Quand la chanteuse entama un morceau à la fois lent et sensuel, Chad se leva et tendit la main.

— C'est davantage mon rythme. Voulez-vous danser ?

Elle n'était pas sûre de devoir le faire, mais la tentation fut la plus forte. L'idée d'être dans les bras de Chad lui faisait frétiller les nerfs. Elle prit sa main et il la conduisit sur la piste, où il la serra contre lui avec assurance. Il se mouvait avec grâce. Tandis qu'ils dansaient lentement, il posa la joue sur la tête d'Izzy. De la main, elle caressa son épaule. Elle avait envie de rester là indéfiniment.

Ils enchaînèrent sur le morceau suivant. Lorsqu'il prit fin, Chad lui demanda d'attendre un instant. Il alla trouver la pianiste et lui parla, avant de mettre quelques billets dans un bocal. La femme les regarda, puis les notes de *Penny Lane* emplirent la pièce. Izzy sourit et secoua la tête tandis que Chad la reprenait dans ses bras.

— Je n'ai pas pu résister, chuchota-t-il contre sa tempe.

— Vous savez quoi ? Dorénavant, je ne pourrai plus entendre cette chanson sans penser à vous.

Il la regarda dans les yeux.

— Et c'est une mauvaise chose ?

Cela lui briserait peut-être le cœur. Elle préféra ne pas répondre. Au bout d'un moment, elle dit :

— Il se fait tard et vous avez eu une longue journée. Je ferais mieux de vous ramener à la maison.

— Dommage. J'avais du plaisir à vous tenir.

Une onde de chaleur l'envahit. Pouvaient-ils avoir une relation sans complications ? Elle appréciait sa compagnie. Ils gagnèrent la sortie, Chad derrière elle. Alors qu'ils émergeaient sur le trottoir, elle heurta quelqu'un.

— Hé !

Elle eut un coup au cœur. Elle connaissait cette voix.

— Pardon, murmura-t-elle.

Le monde de rêve dans lequel elle avait été avec Chad se dissipa en un éclair. Elle n'avait pas besoin de ça maintenant.

— Izzy.

Ses mains tremblaient. Parmi tous les gens possibles, il fallait qu'elle rentre dans Richard !

— Richard, dit-elle sèchement.

Elle sentit Chad se rapprocher. Elle apprécia d'avoir son

soutien. Redressant les épaules, elle regarda Richard dans les yeux. Après tout, elle n'avait rien fait de mal. Elle refusait de se comporter en coupable. C'était lui qui devait avoir honte.

— Comment vas-tu ? demanda-t-il.

Il se conduisait comme s'ils étaient de vieux amis, sans rien de négatif entre eux.

— Je vais bien.

Une femme enceinte vint se placer à côté de Richard. Elle lui prit le bras et une alliance brilla à son doigt. Le cœur d'Izzy se serra d'amertume et de ressentiment. Cette femme avait tout ce que Richard lui avait promis à elle. Le mariage et une famille. Elle sentit son dîner se retourner dans son estomac.

— J'ai entendu dire que tu t'es installée à Atlanta.

— Oui. Je suis venue chercher le reste de mes affaires.

Richard jeta un coup d'œil à Chad. Izzy n'avait aucune envie de présenter les deux hommes. Elle aurait eu l'impression de contaminer Chad. Tout ce qu'elle voulait, c'était s'en aller.

— Nous devons y aller. Au revoir, Richard.

Chad passa un bras rassurant autour de sa taille et l'entraîna.

— Je suppose qu'il s'agissait de votre ex ?

— Oui.

— N'en dites pas plus, fit-il en la guidant vers le parking.

Chad ne put s'empêcher d'être impressionné par la réaction polie d'Izzy envers son ex, après ce qu'il lui avait fait subir. Il n'était pas sûr qu'il aurait pu faire aussi bien en revoyant Nan. En fait, il était tenté de retourner casser la figure à Richard pour le mal qu'il avait fait et faisait encore à Izzy. Leur relation malsaine colorait toujours sa vision du monde.

Elle ne dit rien tandis qu'ils rejoignaient la voiture. Il la sentait crispée contre lui. Une fois à bord, elle lui donna des indications d'une voix éteinte. Et lorsqu'ils approchèrent de la maison de ses parents, elle dit :

— Je suis désolée que vous ayez assisté à ça.

— Vous n'avez pas à être désolée.

— Nous passions une bonne soirée, et il a fallu que mon vilain passé montre le bout de son nez, dit-elle entre ses dents.

— Vous n'y pouviez rien.

Il s'arrêta sur le côté et coupa le moteur.

— Avez-vous envie d'en parler ? Vous vous sentirez peut-être mieux, après.

Elle regarda par le pare-brise, les mains nouées sur les genoux, et lui raconta son histoire. Elle finit d'un ton acide.

— Il y a huit mois, je l'ai trouvé au lit avec cette femme. Et maintenant elle est enceinte, portant le bébé qui aurait dû être le mien. Elle a tout ce que Richard ne cessait de me promettre.

Elle laissa échapper un petit sanglot.

La poitrine de Chad se serra ; il avait envie d'absorber sa douleur.

— Il y aura un autre homme – meilleur que lui – et une pleine maisonnée d'enfants, j'en suis sûr.

Il parla d'une voix rassurante. Qui ne voudrait pas d'une femme aussi charmante qu'Izzy ? Ce type était un idiot.

— Je l'espère, dit-elle. Mais je regrette d'avoir perdu autant de temps avec lui. Mon frère et ma sœur ont chacun une famille. Et moi, je reste la vieille fille à caser. Je me sens stupide.

Chad eut un petit sourire crispé.

— Je ne suis pas non plus un exemple pour ce qui est d'avoir une relation parfaite.

Il lui prit une main et joua avec ses doigts. Elle le regarda.

— Que pouvons-nous faire de nos mauvais choix ?

— La vie nous apprend à vivre.

Il l'attira à lui pour la réconforter. Elle lui rendit son étreinte. Ses lèvres frôlèrent sa joue, puis glissèrent vers sa bouche.

— Vous êtes quelqu'un de gentil, murmura-t-elle. Non seulement je vous fais venir jusqu'ici pour récupérer mes affaires, mais vous devez supporter les insinuations pas très subtiles de mes parents, et enfin je vous mêle à mes histoires de cœur.

Il rit doucement.

— Vous savez certainement comment occuper un homme.

— Je connais d'autres façons de se distraire.

Elle posa la bouche sur la sienne. Les lèvres d'Izzy étaient pleines et lui rappelaient des baies réchauffées par le soleil. Elle les ouvrit, l'invitant à entrer, et son sang pulsa dans ses veines. Sa langue chercha la sienne. Elle soupira et se serra contre lui. Chad approfondit le baiser et glissa une main sous son chemisier pour toucher sa peau soyeuse. Elle gémit et se frotta contre lui.

Il la fit passer par-dessus le levier de vitesse qui les séparait et l'assit sur ses genoux. Sa hanche se pressa contre son sexe durci.

— Izzy.

Elle sema des baisers sur sa mâchoire et lui mordilla le lobe de l'oreille.

La lumière de phares qui les croisaient le ramena à la réalité.

— Je suis sûr que je m'en voudrai plus tard, mais nous devons penser à ce que nous faisons. J'ai beau savourer le fait de vous avoir là, ce n'est ni le lieu ni l'endroit. Je ne veux pas vous prendre sur la banquette arrière de la voiture de votre mère. Et surtout, je ne tiens pas à être l'homme avec qui vous rebondirez. J'aimerais mieux que vous ne regrettiez pas d'être avec moi.

Izzy se figea. Même dans la pénombre, il vit son visage défait. Il trouva cela flatteur.

— Je suis… euh… désolée.

Avec des mouvements saccadés, elle s'écarta de lui. Lorsqu'elle eut du mal à passer par-dessus le levier de vitesse, il l'aida. Elle se glissa dans son siège.

— Vous n'avez pas à être désolée.

Elle ne dit plus rien pendant qu'il redémarrait et roulait jusqu'à la maison de ses parents. Le temps qu'il sorte de la voiture, elle était déjà à la porte d'entrée.

— Izzy.

Elle s'arrêta et l'attendit. Il la rejoignit et la prit par les épaules avant de poser un baiser sur son front.

— Les choses paraîtront meilleures demain matin, je vous le promets.

6.

Izzy dut se forcer à affronter Chad à la table du petit déjeuner, le lendemain matin. Elle s'était mise dans une situation horriblement embarrassante. S'était-elle vraiment jetée à sa tête ? Elle grogna. Il fallait qu'elle soit désespérée !

— Ça va, chérie ? demanda sa mère.

— Oui, ça va.

Elle se risqua à jeter un coup d'œil à Chad, qui lui décocha un sourire rassurant. Cela la réconforta un peu. Mais elle détourna les yeux de lui le plus possible. Elle sentait qu'il l'observait.

Son rejet de la veille la piquait encore au vif, même s'il avait eu une bonne raison d'agir ainsi. D'une façon indescriptible, ses actions la faisaient plus souffrir que celles de Richard. Elle n'avait pas eu l'intention de se replacer dans cette situation. Du coup, elle comptait garder ses distances avec lui, comme elle l'avait voulu au début.

Lorsqu'ils quittèrent la maison de ses parents, ceux-ci souriaient et bavardaient avec Chad et Henry. Ils firent même promettre à Chad de revenir. Comme elle l'avait craint, ils s'étaient trop liés d'amitié avec lui pour sa tranquillité d'esprit. Ils souhaitaient qu'il y ait entre eux quelque chose qui n'existait pas. Il fallait que cela s'arrête.

Sur l'autoroute, Chad se faufila dans la circulation importante et demanda :

— Izzy, allez-vous de nouveau me parler ou me regarder un jour ?

Son cœur battit plus fort. Elle n'avait pas envie d'avoir cette discussion.

— Je ne vois pas ce que vous voulez dire, répondit-elle d'un ton candide.

— Vous le savez très bien. Vous êtes tout sauf stupide.

— Faut-il que nous en parlions ? demanda-t-elle avec une pointe de mordant.

— Oui, déclara-t-il avec une fermeté qu'il n'utilisait qu'au travail, en général. Je veux savoir ce que vous pensez.

Elle soupira.

— Écoutez, je me suis ridiculisée et je vous ai mis dans l'embarras, hier soir. J'apprécie vos manières de gentleman. Voilà. C'est tout et c'est dit.

Il la transperça du regard, malgré ses lunettes noires.

— Je pense que vous imaginez quelque chose qui n'est pas vrai.

Elle se tourna face à lui avec colère. Elle connaissait intimement le rejet et savait le reconnaître.

— Pas du tout.

— Je crois que vous vous trompez. À mon avis, vous avez l'impression que je n'ai pas envie de vous. Ce qui est complètement faux.

Un peu de la glace qui entourait le cœur d'Izzy fondit.

— En fait, je ne pense pas avoir jamais désiré autant une femme. Ce que je ne veux pas, c'est que vous vous serviez de moi pour vous venger de votre ex, ou pour l'oublier. Il vous influence encore beaucoup trop.

L'air, dans l'habitacle, était à couper au couteau. Elle voyait l'intensité des sentiments de Chad à son menton levé et à la crispation de sa mâchoire.

— Maintenant que ceci est réglé, reprit-il, je veux que vous me regardiez et me parliez. Dites-moi par exemple ce que vous aimeriez faire, un jour.

Pour la première fois de la matinée, Izzy sourit.

— Vous êtes un drôle d'homme, Chad McCain.

Il eut un grand sourire.

— Vous n'êtes pas la première personne à le dire. Alors, quel est votre plus grand souhait ?

Elle n'eut pas besoin de réfléchir.

— J'aimerais visiter toutes les capitales des États, avec leur capitole.

— Je ne m'attendais pas à cette réponse. Avez-vous déjà vu le capitole d'Atlanta ?

— Non. Je compte le visiter lors de mon prochain jour de congé.

— J'aimerais vous le montrer.

Il la regarda en souriant, et elle lui rendit son sourire.

— Maintenant à vous. Que souhaiteriez-vous faire ?

Il ne quitta pas la route des yeux.

— J'ai une longue liste de souhaits, mais en cet instant ce que je désire plus que tout, c'est vous embrasser de nouveau.

À cette idée, le sang d'Izzy s'échauffa et son sourire s'élargit.

Le vendredi, Izzy croisa Chad dans le couloir des urgences. Il fredonna *Penny Lane* et elle eut un grand sourire. Cette espèce de picotement qu'il provoquait toujours en elle apparut. Elle ne pouvait s'empêcher de trouver à son goût l'attention qu'il lui portait.

Ils ne s'étaient pas revus depuis leur déplacement à Nashville, sauf au travail. C'était aussi bien. Elle avait besoin de mettre de la distance entre eux afin d'y voir clair dans ses sentiments. Elle oscillait entre accepter ce qu'elle éprouvait de plus en plus pour lui et décider de l'éviter le plus possible. Le problème, c'était qu'elle vivait dans son jardin de derrière et travaillait avec lui.

Récemment, elle avait été sauvée parce qu'ils n'avaient pas les mêmes horaires. Jusqu'à ce jour-là. Mais il y avait eu tant de travail qu'ils n'avaient pas pu se parler. Et elle devait admettre qu'il lui manquait.

Lorsqu'elle arriva au bureau des infirmières, la réceptionniste lui annonça que le Dr McCain était dans le box 1 avec une patiente victime d'une chute. Elle lui demanda si elle voulait aller l'aider.

Elle ne pouvait pas refuser. Ils formaient une très bonne équipe.

— J'y vais tout de suite, dit-elle.

Dans la salle d'examen, elle trouva une petite fille avec un gros pansement sur le front. Elle se présenta et lui demanda son nom. Judy. En souriant, elle entreprit d'ôter le pansement et de nettoyer la plaie. Elle apprit que Judy s'était blessée en tombant d'un trottoir. Puis Chad arriva, déclara qu'il allait faire des points de suture et examina les yeux de l'enfant, parce qu'il craignait une commotion cérébrale.

— Pourquoi es-tu tombée ? demanda-t-il.

— Je n'en sais rien, répondit Judy. Juste avant, j'ai eu mal à la tête, là.

Elle indiqua le haut de son front, à droite.

Izzy croisa le regard de Chad. Ce n'était pas bon signe.

Il prépara une injection pour une anesthésie locale, puis, en attendant que le produit fasse effet, il sortit dans le couloir avec Izzy. Il se tourna vers elle dès que la porte fut refermée.

— Voulez-vous appeler les admissions pour réserver une chambre ? Je vais appeler la neurologie pour les prévenir de traiter ce cas sans tarder. Un de ses yeux est dilaté. Je crains une tumeur.

— Je m'en occupe tout de suite.

— Toujours prête, dit Chad en souriant.

Dix minutes plus tard, ils étaient de retour dans le box pour suturer la plaie de Judy. Quand ce fut fait, Izzy mit un pansement sur son front.

— Voilà, c'est fini. Maintenant, tu vas monter au troisième étage pour te reposer.

— J'irai te voir, dit Chad. Un aide-soignant va t'emmener.

— Merci, docteur, dit le père de Judy qui était resté dans la salle pendant les soins.

— Je vous en prie. Nous allons la garder en observation quelques jours, pour vérifier qu'il n'y a rien d'autre.

Là-dessus, Izzy nettoya la pièce pendant que Chad allait voir son prochain patient. Une fois de plus, elle était obligée d'admirer son savoir-faire et la sûreté de son diagnostic. Sans parler de sa gentillesse avec Judy. Il lui devenait difficile de s'en tenir à son plan de rester éloignée de lui.

Plus tard dans la soirée, Chad s'arrêta sur le seuil du bureau d'Izzy avec un grand sourire, comme s'il n'avait pas un souci au monde. Il était si beau que son cœur en frémit.

— Puis-je vous aider, docteur ?

Son sourire espiègle s'accentua.

— Oui, mais je ne sais pas si vous serez d'accord.

— Dites toujours…

— Je montais voir Judy et je me suis demandé si vous voudriez venir avec moi.

— Évidemment. Merci de me le proposer.

Elle ferma son ordinateur et le suivit vers les ascenseurs.

— Il faut que je passe à la boutique de cadeaux, dit-il. Attendez-moi une seconde.

— D'accord.

Cinq minutes plus tard, ils montaient au troisième. Chad tenait à la main un gros ballon de couleurs vives, gonflé à l'hélium. Izzy le regarda en souriant.

— Vous êtes vraiment un homme spécial, docteur McCain.

— Merci. Venant de vous, c'est un grand compliment.

Arrivés à l'étage, ils se rendirent à la réception. Toutes les femmes présentes dévorèrent Chad des yeux. Il demanda le numéro de chambre de Judy et ils en prirent le chemin.

— Eh bien, vous avez fait forte impression, dit Izzy à mi-voix.

— Comment ça ? demanda-t-il.

Elle le regarda, sidérée.

— Vous n'avez pas vu toutes ces femmes qui vous buvaient des yeux, en salivant d'envie ?

Il sourit.

— Non, je n'ai rien remarqué. Vous salivez aussi ?

Par chance, elle n'eut pas à répondre car ils arrivaient à la chambre de Judy. Il frappa et entra. La petite fille était allongée dans son lit et regardait la télévision. Quand elle vit le ballon, elle eut un grand sourire.

Pour Izzy, cela confirma ce qu'elle savait déjà : Chad était capable de charmer n'importe qui, les jeunes comme les vieux. Elle s'était peut-être débattue de son mieux pour ne pas céder à son charme, mais elle ne pouvait plus tenir le siège. Serait-il si grave d'explorer ce qu'il y avait entre eux ? Et de voir ce qui se passerait ?

Ils restèrent quelques minutes avec Judy, puis reprirent l'ascenseur.

— Henry va passer le week-end chez ses grands-parents, dit Chad. Et le Dr Ricks m'a donné deux billets pour voir jouer les Braves demain soir. Cela vous dirait de venir avec moi ?

Izzy pinça les lèvres. Elle aurait dû refuser, mais elle n'en avait pas envie.

— Oui, je veux bien venir. J'adore le base-ball professionnel. Mais je dois travailler jusqu'à 3 heures, demain. C'est ennuyeux ?

— Non, le match commence à 7 heures. Nous aurons tout le temps d'y arriver.

Chad la suivit jusqu'à son bureau, entra derrière elle et ferma la porte. Izzy se tourna vers lui.

— Vous avez besoin d'autre chose ?

— Oui. Cela fait trop longtemps.

Il la prit par la taille et l'attira à lui. Elle n'eut pas la volonté de lui résister. Elle avait besoin de ce baiser, elle aussi. Les lèvres de Chad se posèrent tendrement et brièvement sur les siennes, mais ce fut très excitant. Puis il la lâcha et s'écarta.

— Malheureusement, ce n'est encore ni le moment ni l'endroit. Mais bientôt.

Il l'embrassa de nouveau.

— Très bientôt.

Il regagna la porte.

— Chad.

— Oui ?

— J'ai salivé aussi.

Il sortit avec un grand sourire et des notes de *Penny Lane* lui parvinrent du couloir.

Aussi déterminé que fût Chad à dominer ses émotions vis-à-vis d'Izzy, il ne pouvait pas lui résister. Il pensait à elle tout le temps. La nuit, il débattait de ce qui était bon pour lui, pour Henry et pour elle. Mais les réponses étaient en conflit avec ses désirs. Elle était une infirmière formidable, une personne merveilleuse, elle était affectueuse avec Henry et elle lui donnait envie de l'embrasser comme un fou dès qu'il la voyait. Elle le tenait, pieds et poings liés, et il ne pouvait se libérer.

Un picotement le traversa lorsqu'il lui prit la main pour se rendre au stade de base-ball. Il brûlait de la toucher.

— Vous aimez vraiment le base-ball ? demanda-t-il.

— Oui, j'adore ça depuis toujours, répondit-elle, le visage illuminé de plaisir. La tactique, l'anticipation, les coups de batte…

Il rit.

— Et que diriez-vous d'un hot dog spécial base-ball ?

Elle sourit.

— Je ne connais rien de meilleur. Ce sera parfait.

— Ce n'est pas la seule chose qui est parfaite.

Elle croisa son regard et il se concentra sur sa bouche. Incapable de résister, il l'embrassa. Puis ils gagnèrent leurs places. Ils étaient très bien placés, au cinquième rang au-dessus du terrain. Ensuite, il la laissa un moment pour aller chercher leurs hot dogs. Quand il revint, la partie avait commencé et elle était penchée en avant, tendue par l'attention. Il la taquina, lui disant qu'elle verrait aussi bien adossée à son siège.

— Oui, mais je veux être aussi près que possible du terrain. Merci encore de m'offrir ce plaisir.

— Je vous en prie.

Il s'assit à côté d'elle. Elle était très mignonne, dans un short en jean et un T-shirt rouge aux couleurs des Braves. Elle avait remonté ses cheveux sous une casquette.

Il ne put s'empêcher de passer la main sur son dos, et il aurait juré qu'elle ronronnait. Elle était captivée par le jeu, mais il sentait qu'elle était sensible à son toucher.

À la fin du match, ils quittèrent le stade main dans la main. Ils marchèrent vers la voiture au milieu de la foule. Izzy frissonna.

— Vous devez avoir froid, dit-il.

Il passa un bras autour d'elle et l'attira à lui. Puis il la fit vite entrer dans le SUV. Elle lui toucha le bras.

— Merci. J'ai passé un moment merveilleux.

— J'ai remarqué. Et j'en suis content.

— J'étais un peu trop excitée, non ?

— Juste un peu.

Elle rit, de ce rire argentin qu'il aimait tant et qui le détendait.

— Vous voulez vous arrêter pour manger quelque chose ?

— Non, merci. J'ai trop mangé pendant le match. Mais arrêtez-vous, vous, si vous voulez.

— Je n'ai pas faim non plus, mais j'ai prévu autre chose pour la soirée.

— Quoi ?

Son air impatient lui donna envie de reconsidérer ses plans et de la ramener chez lui. Dans son lit, de préférence. Quand avait-il renoncé à ne pas s'impliquer avec elle ? Il ne l'avait pas fait. C'était arrivé, tout simplement. Avec le temps, il s'était rendu compte qu'il ne pouvait pas lui résister.

— Je voulais vous montrer quelque chose qui vous plaira beaucoup, je pense. Mais cela peut attendre une autre fois.

— Non, allons-y.

— D'accord.

Il roula vers le centre-ville.

— Où allons-nous ? demanda Izzy.

Sa curiosité était l'une des nombreuses choses qu'il aimait chez elle.

— Patience. Je veux que ce soit une surprise.

Il s'engagea dans une rue bordée d'arbres, puis s'arrêta sur un grand parking vide.

— Oh ! mon Dieu, c'est magnifique ! s'exclama-t-elle en regardant le bâtiment majestueux au dôme doré qui brillait sous les projecteurs. Est-ce que nous pouvons sortir ?

— Bien sûr.

Ils se rejoignirent devant la voiture. Chad s'adossa au capot et elle fit de même à côté de lui.

— J'ai pensé que vous apprécieriez de voir le capitole de la Georgie de nuit.

— C'est vraiment splendide. Merci de m'avoir amenée ici.

— Lors de notre prochain jour de congé, nous visiterons l'intérieur.

Avant Izzy, cela n'aurait eu aucun intérêt pour lui. Mais il voulait tout lui montrer.

La tête renversée en arrière, elle contemplait le dôme.

— Qu'est-ce qui le fait briller ainsi ?

— Il est doré à la feuille d'or. De l'or venu de Dahlonega, une petite ville du nord de la Georgie. Il a été apporté ici dans des chariots tirés par des mules.

Il avait peut-être l'air d'un professeur d'histoire, mais elle buvait ses paroles. Son ego en fut flatté.

— C'est fantastique, dit-elle, admirative. Merci encore de m'avoir amenée ici.

Elle l'embrassa sur la joue. Il sentit une vive chaleur l'envahir.

— Je pense que vous pouvez faire mieux que ça.

Chad la fit pivoter et la prit entre ses jambes, en s'appuyant à la voiture. Il s'empara de sa bouche. Elle se mit sur la pointe des pieds pour répondre à son baiser. Il posa les mains sur sa taille, puis les glissa sous ton T-shirt. Elle se tortilla contre lui. Son sexe se durcit. Quand elle lui ouvrit ses lèvres, il introduisit sa langue, ayant envie de la dévorer.

Il avait besoin de sa douceur. De sa constance. De la sérénité qu'elle répandait autour d'elle. De la paix qu'elle apportait dans sa vie. Il avait besoin de s'en pénétrer.

Il s'écarta.

— Je pense que nous devrions continuer ailleurs.

7.

Une demi-heure plus tard, Chad s'engagea dans son allée et gara le SUV derrière la voiture d'Izzy.

Leur relation était devenue quelque chose qu'il n'avait pas envie de définir. Il aurait dû la laisser tranquille, car il ne pouvait pas faire de promesses. Mais il existait entre eux quelque chose qu'il n'avait jamais trouvé chez une autre femme. Et il avait beau l'écarter, le désir d'explorer ce lien persistait. Il ne savait pas vraiment ce que c'était, mais cela avait quelque chose de juste. Ils allaient bien ensemble. Pour le moment, en tout cas.

Il devait être prudent, pour ne pas effaroucher Izzy, mais il ne voulait pas que la soirée se termine. Il avait si peu de temps à lui. Henry reviendrait le lendemain.

— La brise est agréable, dit-il. Si nous nous asseyions un moment sous le porche de derrière ? Je vais nous chercher à boire.

— Bonne idée. Mais c'est moi qui vais apporter les boissons, ma cuisine est plus près. Voulez-vous du thé glacé, de l'eau, quelque chose de plus fort ?

À son immense plaisir, elle avait accepté sans se faire prier.

— Une bière fraîche ?

— Je devrais pouvoir vous en fournir une.

Elle se dirigea vers le studio.

Chad s'assit sur la chaise en fer, renversa la tête en arrière et ferma les yeux. Il écouta Izzy qui ouvrait et refermait sa porte. Quelques minutes après, son pas léger s'approcha de lui. Il sut exactement quand elle s'arrêta devant lui, à cause de son parfum. Un parfum unique, qui lui plaisait beaucoup. Il sourit et ouvrit les yeux.

— Je pensais que vous aviez dû vous endormir, dit-elle.

— Non, j'écoutais les bruits de la nuit.

Et il l'écoutait, elle. Il la trouvait aussi paisible qu'une nuit tranquille. Il prit la bouteille de bière qu'elle lui tendait et but une longue goulée pendant qu'Izzy s'asseyait à côté de lui.

— La soirée a été parfaite, dit-elle doucement. Je me suis bien amusée au match. Et j'ai adoré voir le capitole. Merci d'avoir partagé tout cela avec moi.

Chad ne s'était pas senti aussi content depuis longtemps. Il souhaita pouvoir le rester. Izzy rendait sa vie de parent célibataire plus facile rien qu'en étant là. Il se soucierait plus tard du lendemain. Dans l'immédiat, il avait juste envie de la prendre sur ses genoux et de l'embrasser à en perdre la tête. Puis de l'emmener dans sa chambre et de lui faire l'amour jusqu'à ce qu'elle soit trop faible pour sortir du lit.

Il inspira à fond et relâcha lentement son souffle. Il ne dit rien pendant quelques minutes.

— À quoi pensez-vous ? demanda-t-elle.

Oserait-il le lui dire ?

— Vous voulez vraiment le savoir ?

— Oui.

— Je pensais qu'il y a quelque chose de spécial entre nous. Je ne sais pas très bien ce que c'est et où cela peut nous conduire, mais ce serait dommage de ne pas agir en conséquence.

Elle ne dit rien. La gorge de Chad se serra. Avait-il mal évalué la situation ? Il lui jeta un coup d'œil. Elle souriait.

— Je vous mentirais si je vous disais que je n'ai pas envie de vous emmener dans mon lit.

Elle inspira vivement et il la regarda. Il prit une autre gorgée de bière. Lorsqu'elle se leva, son cœur sombra. Elle allait le laisser croupir dans son désir.

— Le mien est plus près, dit-elle.

Une flèche brûlante le traversa.

— Dites-vous ce que j'espère vous entendre dire ?

Elle lui tendit la main.

— Pour un homme très intelligent, vous pouvez être affreusement lent, parfois.

Il posa sa bière par terre, se leva et prit sa main. Elle le guida jusqu'à sa porte, et il la suivit à l'intérieur. Là, elle se tourna. Elle fit glisser les mains sur son torse, jusqu'à ses épaules, puis elle les noua sur sa nuque. Elle mordilla sa lèvre inférieure, avant de presser sa bouche si attirante sur la sienne. Appuyant sa poitrine contre lui, elle l'embrassa profondément. Son sexe déjà dur tressaillit. Ses mains tremblèrent lorsqu'il se saisit de ses fesses pour l'attirer à lui.

— Ce n'est pas que je m'en plaigne, mais qu'est-ce qui vous a fait accepter ? demanda-t-il.

— J'ai confiance en vous. Vous me faites me sentir spéciale. Faites-moi l'amour, Chad.

— Ma douce, vous êtes unique et je vous promets que vous pouvez vous fier à moi. Mais vous devez savoir que je ne recherche pas quelque chose de permanent. Tout ce que je peux vous offrir, c'est cette nuit.

— Cela me suffit. J'avais juste besoin de me sentir désirée.

— Vous l'êtes, n'en doutez pas.

Izzy se dirigea vers le lit. Il tendit les bras et la ramena à lui. L'enlaçant, il l'embrassa tendrement. Elle fondit contre lui et approfondit le baiser, comme si elle avait besoin d'être rassurée sur le fait qu'elle était désirable. Il avait l'intention de lui montrer qu'elle l'était, et plus encore. Mais il ne se jetterait pas sur elle comme un homme affamé.

Il sema des baisers le long de son cou, caressa sa peau nue sous ton T-shirt. Elle émettait de petits bruits satisfaits qui accroissaient son désir. Il appréciait qu'elle se montre aussi excitée. Son mariage avait été si terne, sur le plan sexuel…

Il n'avait pas affaire à l'Izzy habituelle, pratique et prudente. Il suspectait qu'il voyait là la vraie Izzy, vivante et vibrante. Son cœur s'emballa à l'idée de partager une telle passion. Mais il voulait la savourer lentement. Il voulait qu'elle se sente vénérée.

— Je pense que nous devrions ralentir un peu, dit-il. J'aimerais faire durer la chose.

Ses mains s'immobilisèrent. Elle s'écarta, détournant le

regard. C'était la dernière chose qu'il souhaitait. Il plaça un doigt sous son menton et l'obligea à le regarder en face.

— Hé, personne ne se plaint. Au contraire. Ne vous détournez pas de moi maintenant.

— Je me demandais si vous pensiez que j'étais trop pressée. On me l'a déjà reproché.

— Cessez de penser des fadaises pareilles. Quoi qu'il vous ait dit, il avait tort. Pour moi, vous êtes parfaite.

Elle sourit franchement.

— Merci. Vous êtes assez parfait aussi.

— Bon. Où en étions-nous ?

Il l'embrassa de nouveau, tout en lui ôtant son T-shirt. Elle le regarda prendre un sein dans la main. Il le soupesa, l'air admiratif, avant de passer le pouce sur le bord de son soutien-gorge.

— Vous êtes si belle.

Elle tremblait. Il sentait son cœur s'emballer sous sa main. Il n'avait jamais été récompensé de la sorte. Il se pencha pour embrasser sa poitrine.

— J'adore que vous soyez aussi réactive.

Elle glissa une main dans ses cheveux, et de l'autre elle tira sur sa chemise pour pouvoir lui toucher le dos. Il lui ôta son soutien-gorge et posa un baiser sur un mamelon. Il plongea les yeux dans son regard troublé. Elle retint son souffle lorsqu'il prit la pointe d'un sein dans la bouche, et gémit de plaisir. À son tour, elle lui ôta sa chemise. Lorsqu'il voulut l'attirer à lui, elle l'arrêta en posant les paumes sur son torse nu.

— Maintenant, à moi de vous admirer.

Izzy s'était promis de ne pas aller trop loin avec Chad. Émotionnellement parlant. Mais cela avait vite changé. Son cerveau avait cessé de fonctionner. Tout ce qu'elle pouvait faire, c'était ressentir. Le désir qu'il avait d'elle se voyait dans chacun de ses gestes, et cela lui donnait un sentiment de pouvoir. Elle s'était sentie faible si longtemps.

Les mains de Chad montaient et descendaient sur ses bras,

légères, tandis qu'elle explorait son torse. Elle glissa les doigts dans la fine toison qui en couvrait le centre, taquina ses mamelons des dents avant de les embrasser. Elle s'émerveilla de sentir bouger ses muscles sous sa peau chaude. Tout en lui sonnait juste. Il était fort, solide et sûr. Elle ne risquait rien avec lui.

Elle l'entendit prendre une inspiration sifflante lorsqu'elle pressa contre lui ses seins aux pointes dressées. Il était aussi sensible à son toucher qu'elle au sien. Elle promena les lèvres le long de sa mâchoire, tandis que ses mains cherchaient à déboutonner son bermuda kaki.

— Je pense qu'il est temps que j'intervienne, dit-il d'une voix sourde qui résonna en elle.

Sans cesser de l'embrasser, il se débarrassa de ses vêtements. Puis il la porta jusqu'au lit, l'allongea devant lui et lui ôta son short.

— Je veux te voir tout entière.

Elle envoya promener ses tennis et il acheva de la dénuder. La tenant à bout de bras, il l'admira longuement.

— Izzy, tu es stupéfiante. À couper le souffle. Magnifique.

Chaque adjectif lui gonflait un peu plus le cœur de bonheur. Son corps était brûlant, elle se sentait moite entre les cuisses.

— Viens ici. Je veux te toucher.

Il se mit à la caresser. Elle réagissait comme un instrument de musique qui n'aurait répondu qu'aux doigts de Chad. Son sexe la picotait d'impatience, vibrait de besoin. Mais il prenait tout son temps. Elle avait l'impression qu'elle allait devenir folle. Elle enfonça les doigts dans ses épaules. Il plongea son regard dans le sien.

— Dis-moi ce que tu veux, Izzy, et je te le donnerai.

— Touche-moi, l'implora-t-elle doucement.

Il frôla ses boucles brunes. Elle écarta les jambes. Il passa un doigt sur son clitoris échauffé. Elle gémit.

— Tiens bon. Je ne fais que commencer à t'aimer.

Elle n'était pas sûre de pouvoir supporter cette attente encore longtemps. Mais alors il glissa un doigt en elle, tout en embrassant ses seins. Elle gémit de plus belle et se cramponna à lui de toutes ses forces. Son sexe se resserra autour du doigt de Chad qui allait et venait. Elle se pressait contre sa main, en quête de l'assouvissement suprême. Il arriva lorsqu'une explosion de plaisir lui fit renverser la tête en arrière et fermer les yeux, tandis qu'elle poussait un cri d'extase. Son corps tout entier fut secoué d'un grand frisson et elle s'affala contre Chad.

Il la regarda en souriant.

— Mon Dieu, que tu es belle.

Les yeux encore embués de volupté, elle répondit :

— Je t'assure que tout le crédit t'en revient.

Il rit doucement.

— Tu sais vraiment comment regonfler l'ego d'un homme.

Elle posa une main sur sa joue.

— Et toi, tu sais faire vivre à une femme une expérience inoubliable.

Ses yeux gris pétillèrent.

— Je n'ai pas encore fini.

Elle soupira.

— Je l'espère bien.

Il se leva, sortit son portefeuille de son bermuda et en tira un préservatif.

— J'apprécie un docteur bien préparé, dit-elle, fascinée.

— Dis plutôt un docteur plein d'espoir.

Il se mit à déchirer le papier.

— Laisse-moi d'abord t'admirer, demanda-t-elle.

Il hésita un instant.

— Je ne sais pas si je pourrai supporter beaucoup d'admiration, à ce stade.

— Nous allons voir.

Izzy s'assit au bord du lit et Chad s'approcha d'elle. Elle prit dans la main son sexe dressé et se mit à le caresser. Il prit une inspiration sifflante et sa mâchoire se crispa. Il ne pourrait pas tenir très longtemps. Elle le regarda dans les yeux en faisant monter et descendre ses doigts sur sa chair congestionnée.

— Assez, grommela-t-il en écartant sa main.

Il prit le préservatif et lui demanda de s'allonger au milieu du lit. Quelques secondes plus tard, couvert, il la rejoignit. Il l'embrassa en se plaçant entre ses jambes. Elle les noua autour de sa taille pour mieux l'attirer à elle. Incapable d'attendre plus longtemps, il la pénétra.

Elle le prit tout entier et l'incita des talons à venir plus loin encore. Elle passa les bras autour de son cou et répondit au rythme de ses assauts. Elle était tout ce dont il avait rêvé la nuit et qu'il avait imaginé le jour. Elle était chaude, accueillante, réactive.

Trop vite à son gré, il atteignit le summum du plaisir. Quelques secondes après, Izzy se raidit sous l'effet de l'orgasme et se détendit en poussant un soupir de volupté. Il plongea en elle une dernière fois et sombra dans un état qu'il ne put décrire que comme extraordinaire.

Il avait un problème. S'il n'avait qu'une nuit à passer avec Izzy, il ferait mieux d'en profiter au maximum.

Quand il put reprendre son souffle, il roula vers elle, la prit dans ses bras et embrassa sa tempe.

— Izzy, je ne sais que te dire, à part merci.

— Mmm…

Elle avait fermé les yeux. Elle dormait. Il se leva, les genoux vacillants, et rabattit les couvertures sur elle. Puis il se rallongea à côté d'elle et l'attira contre lui. Elle se blottit dans ses bras. C'était un moment parfait. Il écouta quelques minutes son souffle régulier, puis s'endormit à son tour.

Le lendemain matin, le soleil commençait juste à se lever quand Chad sortit de la salle de bains. Il trouva Izzy étalée sur le ventre, magnifiquement nue. Elle lui rappela un tableau de la Renaissance. Son sexe se durcit aussitôt. Il la désirait de nouveau. Debout au pied du lit, il l'empoigna par les chevilles et l'attira à lui.

— Hein ? fit-elle, les paupières lourdes.

Il fit remonter une main jusqu'à sa taille, puis entreprit de la caresser. Lorsqu'il la sentit prête, il taquina un sein de l'autre main. Elle se trémoussa contre son sexe tendu, provoquant presque son orgasme. Il grogna, attrapa un préservatif et entra en elle.

Elle gémit de plaisir et haussa les hanches vers lui. Le plaisir de la posséder faillit lui faire perdre son contrôle.

— Viens avec moi, Izzy.

Elle trembla et cria son nom tandis que le comble de la volupté l'envahissait. Peu après, le corps de Chad fut secoué par la force de sa jouissance et il n'eut plus conscience que de la douceur d'Izzy.

Elle était allongée sur le ventre, haletante. Il se laissa tomber sur elle, embrassa son omoplate et caressa son postérieur.

— Ma douce, c'était stupéfiant. Pardon de t'avoir prise comme un barbare, mais quand j'ai vu ton adorable derrière, je n'ai pas pu résister.

Elle se tourna face à lui.

— Je ne me plains pas.

Elle l'embrassa.

— Maintenant, dormons pour pouvoir recommencer.

Il rit.

— C'est un plan qui me convient.

Il passa un bras sur sa taille. Qu'allait-il advenir d'eux ? Après cette nuit, il ne savait pas s'il pourrait renoncer à Izzy. Elle n'accepterait jamais de demi-mesures et il ne pouvait pas lui offrir davantage. Elle souhaitait se marier et avoir des enfants. Il avait déjà fait ce chemin-là. Il ignorait s'il pourrait recommencer, même pour garder Izzy.

Mais comment pourrait-il la laisser partir ?

Plus tard, tandis qu'ils prenaient leur petit déjeuner, Chad regarda Izzy avec un sourire taquin.

— Mange bien. J'ai de l'activité physique prévue pour toi, aujourd'hui.

Le désir se lisait dans ses yeux.

— Je croyais que nous n'avions que la nuit dernière, objecta-t-elle, des papillons dans l'estomac.

— J'ai pensé que nous pourrions étendre ça jusqu'à cet après-midi, à moins que tu sois contre.

Elle mordit dans son toast.

— Que prévois-tu exactement ?

Il plongea son regard dans le sien, avec une expression de prédateur.

— Je veux te ramener au lit et te faire lentement l'amour. Puis nous irons en ville, déjeuner dans un bel hôtel. Et comme je ne dois récupérer Henry qu'à 4 heures, nous reviendrons ici et je t'aimerai encore un peu.

Elle tapota sa lèvre inférieure.

— Cela paraît faisable.

— Mon plan ne te pose pas de problème ? demanda-t-il, les yeux brûlants.

Une onde de chaleur parcourut Izzy et se concentra dans son ventre.

— Pas du tout.

Les jours suivants, Izzy vécut sur un nuage fait de délicieux souvenirs et de tristesse. L'évocation du week-end avec Chad lui échauffait le sang, mais elle savait qu'ils ne seraient plus jamais ensemble. Il devait en être ainsi. C'était ce dont ils étaient convenus.

En si peu de temps, Chad avait capturé son cœur. Elle avait essayé de ne pas se laisser entraîner, mais elle avait échoué. Ne pas laisser intervenir ses sentiments s'était révélé impossible, surtout après leurs échanges passionnés.

Il n'avait rien dit de ce qu'il ressentait ou souhaitait avant d'aller chercher Henry. Mais il lui avait donné un long baiser brûlant.

Le pire était d'avoir à le revoir à l'hôpital. Elle devait se forcer à ne pas réagir quand leurs mains se frôlaient par hasard. Et à ne pas montrer qu'elle tremblait s'il s'approchait trop près. Mais elle souriait comme une gamine en entendant les notes de *Penny Lane* lorsqu'il la croisait ou passait devant son bureau.

Le jeudi soir, on frappa à la porte de son studio. Elle leva les yeux du livre qu'elle essayait de lire.

— Puis-je entrer ? demanda Chad, qui se tenait derrière la moustiquaire.

Elle se leva et enfila les mains dans les poches arrière de son short en jean.

— Bien sûr.

— Comment te portes-tu ?

— Bien.

Super. Ils se parlaient de nouveau comme des étrangers.

— Euh, à propos du week-end dernier. Je n'ai pas eu l'occasion de te dire à quel point j'ai aimé passer du temps avec toi. J'aurais dû le faire avant.

Se sentait-il aussi incertain vis-à-vis d'elle qu'elle vis-à-vis de lui ?

— J'ai trouvé ça bien, moi aussi.

— Alors tout va bien entre nous ?

— Oui.

Il se dandina un moment sur ses pieds.

— J'ai vu que tu étais libre demain, et je ne dois prendre mon service qu'à 19 heures J'aimerais t'emmener au capitole, comme je te l'ai promis. Si tu es d'accord, je demanderai à Mme Weber de venir un peu plus tôt pour garder Henry.

Elle aurait dû refuser, dans son propre intérêt, mais elle n'en avait pas envie. Elle adorait l'idée de faire quelque chose avec Chad. Comme elle était retombée facilement dans le mode de fonctionnement qu'elle avait avec Richard ! En laissant son univers tourner autour d'un seul homme. Mais Chad n'était pas n'importe quel homme.

— Cela me ferait plaisir, répondit-elle.

— Très bien. Nous jouerons aux touristes, et nous nous volerons peut-être un baiser ou deux dans un coin sombre.

Il lui fit un clin d'œil.

Le sang d'Izzy s'échauffa. Elle ne s'était pas rendu compte combien ce genre de flirt lui avait manqué. Et Chad savait si bien faire.

— Nous verrons.

— D'accord. J'accepte, parce que j'aime passer du temps avec toi.

Elle sourit de bon cœur.

— Tant mieux, parce que ton amitié est importante pour moi.

— La tienne l'est aussi pour moi.

Le lendemain, pendant la visite, Izzy s'émerveilla de l'architecture de la rotonde. Quand elle vit que Chad l'observait, elle rougit.

— Je dois avoir l'air d'une simplette.

— Pas du tout. Je suis content que tu prennes du plaisir.

Un peu plus tard, il insista pour lui montrer quelque chose qu'il avait vu quand il était encore à l'école primaire.

— Et voilà, dit-il.

— Oh.

Elle plissa le nez.

— C'est un veau à deux têtes.

Il prit un air penaud.

— Je suppose que les filles n'apprécient pas.

Elle lui donna une tape sur le bras.

— Tu as des progrès à faire pour tes rendez-vous galants.

Il eut un regard coquin.

— J'ai d'autres talents.

Elle s'empourpra, entièrement d'accord.

Ensuite, il proposa de l'emmener manger un hamburger. Alors qu'ils marchaient vers la sortie, ils croisèrent trois hommes, le premier avançant devant les deux autres.

L'homme sourit et les salua.

— Bonjour, monsieur le Gouverneur, répondit Chad.

Lorsqu'ils furent dehors, Izzy le regarda, impressionnée.

— C'était vraiment le gouverneur ? Et tu lui as parlé ?

Il hocha la tête en riant, puis ils reprirent la voiture pour aller déjeuner.

Le restaurant semblait dater des années 1950, avec des tables métalliques et des chaises revêtues de plastique rouge.

Un serveur vint prendre leur commande, et bientôt ils eurent leur hamburger-salade devant eux.

— Cet endroit est super, dit Izzy en bataillant avec ses tomates et ses oignons.

Chad sourit largement.

— Je vois que tu apprécies. Tu as du ketchup sur le bout du nez.

Elle rit.

— Ne fais pas ça, dit-il d'une voix crispée.

— Tu n'aimes pas mon rire ? demanda-t-elle, blessée.

— Au contraire, répondit-il en la couvant d'un regard brûlant. Il me plaît trop. Prends garde, si tu ne veux pas que je te traîne jusqu'à la voiture pour en faire à ma guise avec toi.

— Chad, nous étions d'accord sur une nuit. Je ne peux pas garder mes distances si tu tiens ce genre de discours.

— Izzy, je ne peux rien te promettre, à part de bons moments à passer ensemble. Nous pourrions profiter chacun de la compagnie de l'autre. Faire des choses ensemble. Nous nous entendons à merveille. Je n'ai pas envie de renoncer à ça et j'espère que c'est ton cas aussi.

Il la regarda au fond des yeux.

— J'ai mal du désir de toi. Une nuit n'est pas suffisante, pour moi.

Au moins, il était franc, contrairement à Richard. Il ne faisait pas de promesses qu'il ne pourrait pas tenir. Il n'envisageait pas de l'utiliser. Elle brûlait de le retrouver, elle aussi. Elle entrerait dans cette relation les yeux ouverts.

— Alors, nous pouvons nous mettre d'accord sur une brève liaison ?

— Aussi longtemps que cela marchera pour nous deux.

Il la regarda avec l'avidité d'un loup.

— Henry et Mme Weber devraient faire la sieste, quand nous rentrerons. Nous pourrions peut-être en profiter…

Elle sourit.

— Cela me plairait. Beaucoup.

Le samedi, huit jours plus tard, Chad frappa à la porte d'Izzy. Elle lui ouvrit avec le sourire, vêtue d'un grand T-shirt qui lui arrivait juste en haut des cuisses. Il déglutit.

— J'espère que tu n'ouvres pas à n'importe qui, habillée ainsi.

— Non, je réserve cette tenue aux personnes spéciales.

Il eut un grand sourire. Qu'avait-il fait pour mériter d'être aussi heureux ? La semaine passée avait été agréable. Izzy avait partagé quelques repas avec Henry et lui. Ensuite, elle était restée pour regarder la télévision. Il n'avait pas mesuré à quel point il était devenu solitaire. C'était plaisant d'avoir quelqu'un à proximité, en particulier Izzy. Ils riaient ensemble, se volaient un baiser, il était content de la retrouver à la fin de la journée.

Là, il ne put résister et l'attira à lui pour l'embrasser sur la bouche.

— Henry a envie d'aller au zoo. Cela te dirait de venir avec nous ?

— Très volontiers.

— Ensuite, nous irons pique-niquer à Piedmont Park.

Elle chassa ses cheveux de ses yeux.

— Est-ce que je dois préparer quelque chose ?

— Non. Henry et moi nous occupons de tout. Aujourd'hui, tu n'auras qu'à profiter.

Il l'embrassa de nouveau.

— Départ dans vingt minutes.

Il regagna sa maison d'un pas léger, presque euphorique à l'idée de passer la journée avec les deux personnes qu'il aimait le plus. Il fredonna l'air de *Penny Lane*.

Cependant, quelque chose le tracassait. Combien de temps les choses pourraient-elles rester ainsi, avant que l'un ou l'autre souhaite plus ? Ou moins ? Il n'était pas de l'étoffe dont on fait les maris et c'était ce qu'Izzy souhaitait. Mais comment pourrait-il la laisser partir ?

En voiture vers le zoo d'Atlanta, elle demanda à Henry quels étaient ses animaux préférés.

— Les lions, répondit-il.

— Et tu crois que tu vas en voir un aujourd'hui ?

Le petit garçon hocha la tête.

— Moi, j'aime les girafes avec leur long cou. Et toi ? demanda-t-elle à Chad en lui touchant le bras.

— Je suis fana des ours polaires.

Un moment plus tard, il se gara sur le parking du zoo et mit Henry dans sa poussette. Izzy admira sa dextérité.

— Tu es un bon père, Chad. À la façon dont tu traites Henry, tes patients et moi, je pense que tu as dû être un meilleur mari que tu ne veux l'admettre. Tu n'as à te sentir fautif de rien.

— Merci. Venant de toi, c'est bon à entendre.

Elle s'arrêta pour le regarder et lui sourire.

— Je suis sincère.

Henry remua dans sa poussette.

— Avance, papa ! On va voir les lions.

Ils rirent.

— Allons-y, dit Chad.

Ils trouvèrent les lions en premier. Henry et Izzy parlèrent un long moment du roi des animaux. Chad prit plaisir à les voir bavarder ainsi. Izzy ferait une mère fantastique. Et une épouse merveilleuse.

Étonnamment, cette pensée ne l'effraya pas. Son esprit s'aventurait dans des territoires qu'il avait condamnés. Henry et lui pourraient-ils supporter d'ouvrir cette porte ? Était-il prêt à franchir ce pas ?

Ensuite, ils passèrent devant les ours polaires. Puis ils arrivèrent au vivarium qui abritait les serpents.

— Je crois que je vais vous attendre ici, dit Izzy.

— Et moi qui pensais que tu étais sans peur, lui chuchota Chad à l'oreille, en frôlant sa joue des lèvres.

Lorsqu'ils ressortirent de l'antre sombre, elle les attendait au soleil. C'était ainsi qu'il la voyait, se dit Chad. Comme une lumière brillante dans sa vie. Il secoua la tête. Il était mal parti.

En dernier lieu, ils allèrent voir les girafes.

— Des girafes ! glapit Henry.

Chad regarda Izzy, un sourcil levé. Elle sourit.

— Il y a des moments où l'on peut crier. L'important est de savoir quand.

Il se pencha vers elle et murmura :

— J'adore t'entendre crier.

Les yeux bruns d'Izzy pétillèrent et ses joues rosirent. Puis elle se mit à bavarder avec Henry, et Chad, en les regardant, éprouva un sentiment de justesse.

De là, ils retournèrent à la voiture. Devant eux marchait une famille, les parents et trois enfants. À un moment donné, c'était ce qu'il avait désiré. Peut-être ne serait-ce pas si horrible de le désirer de nouveau ? D'avoir d'autres bébés. Des frères et sœurs pour Henry. Une femme pour lui.

Mais pourrait-il être un bon mari et un bon père ? Il ne voulait pas sacrifier son métier. Ce qu'il avait à donner n'avait pas suffi à Nan. Qu'est-ce qui lui faisait penser qu'il pourrait combler quelqu'un d'autre ? Aujourd'hui, Izzy, Henry et lui jouaient à la famille. Que se passerait-il quand la vie se ferait plus dure ?

Il regarda Izzy. Elle poussait son esprit à arpenter des lieux où il s'était promis de ne jamais retourner.

8.

Trois jours plus tard, on vint dire à Izzy que Chad avait besoin d'elle dans le box 2, pour un accident de kart. Elle détestait ce genre de cas. Les enfants en bouillie étaient les pires à traiter.

Lorsqu'elle arriva dans la salle d'examen, un jeune garçon était allongé sur la civière, les yeux fermés. Elle se douta que Chad avait dû lui donner des calmants contre la douleur.

Il était déjà en train de donner ses instructions. Il voulait des radios, des examens de laboratoire, les constantes vitales et une perfusion d'anticorps.

— Utilisez le bras indemne, pour ça. Et il faut couper ses habits pour les lui ôter. Izzy, pouvez-vous commencer à le nettoyer pendant que je m'occupe des blessures internes ?

Il parcourut du regard le corps ensanglanté de l'enfant de huit ans.

— Il va nous falloir au moins six kits de suture, pour commencer. J'aimerais que vous m'assistiez.

Elle hocha la tête et alla chercher ce qu'il demandait.

— Faut-il autre chose ?

— Plus de solution saline et quantité de pansements. Ce gamin n'a pas eu le dessus, contre cet arbre.

Une fois qu'on eut pris les radios, l'équipe se mit au travail. Chad demanda qu'on avertisse le service de chirurgie plastique, puis il ôta ses gants et annonça qu'il allait parler aux parents, qui devaient être inquiets.

Quand il revint, il se prépara à soigner le petit garçon. Un instant, il baissa la tête, les yeux fermés, et prit une grande inspiration.

— Chad ? dit Izzy, inquiète.

Il ouvrit les yeux, le regard assombri. Il semblait être parti ailleurs.

— Ça va ?

— Oui.

Il indiqua l'ordre dans lequel ils allaient traiter les blessures, de la plus importante à la moins grave. Izzy versa de la solution saline sur une longue lacération à la jambe. Chad avait-il pensé à Henry après l'accident ?

— Vérifiez qu'il n'y a pas de débris, dit-il en orientant la grande lampe au-dessus d'eux.

— Il y a quelque chose, annonça Izzy en indiquant un endroit de la blessure.

Chad prit une longue pince et retira un bout d'écorce.

— Bien vu, dit-il.

Ils travaillèrent pendant des heures à recoudre les plaies du jeune patient. Izzy avait mal aux épaules. Comme ils finissaient, le chirurgien plastique arriva.

— Content de vous voir, Pete, dit Chad. Il est à vous. Ensuite, vous l'enverrez en orthopédie pour réduire la fracture de son bras.

Le grand homme mince en uniforme vert examina le visage de l'enfant.

— Ces accidents de kart sont toujours terribles. Ils peuvent broyer un gamin.

— Je suis bien d'accord, dit Chad.

Il se tourna vers Izzy et l'autre infirmière en faisant rouler ses épaules.

— Bon travail.

Il jeta sa blouse et son masque à la poubelle en sortant. Izzy aurait aimé pouvoir le masser pour le détendre, mais ce n'était pas possible.

À peine était-elle de retour dans son bureau que Chad arriva sans frapper et se laissa choir sur une chaise. Il se passa les mains sur le visage et dans les cheveux.

— Je peux à peine supporter ces accidents de voiture ou de kart. Chaque fois, je revois Henry et cela me rappelle d'horribles souvenirs. Si je n'avais pas énervé Nan, elle n'aurait peut-être pas eu cet accident.

Elle contourna son bureau, alla fermer la porte et s'approcha de lui. Il passa un bras autour de sa taille pour l'attirer à lui. Elle pressa sa tête contre sa poitrine.

— Tu ne peux pas te blâmer de tout, sans arrêt.

— C'est plus facile à dire qu'à faire. Tu m'as rendu les choses plus aisées aujourd'hui en étant avec moi. Et maintenant encore.

— Je suis là pour toi.

— Je n'en doute pas.

Il leva les yeux vers elle.

— Tu es forte, passionnée, tu as un grand cœur et tu es solide. Je peux compter sur toi. Tu ne peux pas savoir combien c'est important pour moi.

Elle l'embrassa sur le front.

— Cela signifie aussi beaucoup pour moi de t'entendre dire ça.

— J'en pense chaque mot.

Son portable sonna et il répondit.

— On me réclame aux urgences.

Elle posa un petit baiser sur ses lèvres.

— Tu sais quoi ? Si tu venais dîner chez moi avec Henry, ce soir ? Nous pourrons regarder un film ensemble, pour décompresser.

Il se leva.

— Merci. Je ne sais pas comment nous faisions, avant ton arrivée.

Ce soir-là, quand Chad arriva chez Izzy, il fut accueilli par une bonne odeur de cuisine « maison ». Et elle s'affairait aux fourneaux, le visage rougi par la chaleur.

Elle vint vers eux et souleva Henry pour lui donner un gros baiser.

— Salut, mon beau.

Il gigota.

— Je veux descendre !

Elle le reposa près du panier plein de jouets qu'elle gardait pour lui près du canapé. Puis elle regarda Chad d'un air intéressé.

— Bonsoir. Ton allure me plaît. Avec ce T-shirt ajusté et ce jean, tu bats encore le médecin sexy.

Il sentit son sang s'échauffer dans ses veines. Il passa derrière elle, écarta ses cheveux et l'embrassa derrière l'oreille.

— Mmm… Tu me plais. Tu es si délicieuse.

Pourquoi se sentait-il mieux rien que d'être avec elle ? Elle l'attirait comme une fleur attire une abeille, sans la laisser repartir.

— J'ai essayé une nouvelle recette, dit-elle. J'espère que tu aimeras.

— Cela sent très bon. Mais je suis sûr que tu es encore meilleure.

Il la lâcha et elle se saisit nerveusement d'une cuillère. Il l'avait troublée. Il aimait cette idée.

— Comment allaient les choses à l'hôpital, quand tu es parti ? demanda-t-elle en leur servant du thé glacé.

— Disons que je suis content d'être ici.

Izzy s'activa dans la petite cuisine, et tout en elle évoquait la vie domestique d'un foyer. Sa poitrine se serra. Il ne fallait pas qu'il s'y habitue. Malgré sa mauvaise expérience, Izzy croyait encore qu'un avenir heureux l'attendait. Pas lui. Est-ce qu'un jour il repenserait à ce moment avec regret ?

— À table, dit-elle.

Chad prit un des deux tabourets du bar. Izzy avait mis le couvert pour eux et apporté la chaise haute d'Henry. Elle pensait à tout.

Elle sortit une cocotte du four et la posa entre eux. Puis elle prit un saladier dans le frigo et le plaça à côté.

— C'est super, dit Chad. Si tu ne nous avais pas invités, je n'aurais probablement pas mangé. Je me serais mis au lit après une douche. Ceci est beaucoup mieux.

— J'ai hâte de savoir ce que tu penses de ce ragoût au poulet.

Izzy souleva Henry et le mit dans sa chaise haute comme si elle avait toujours fait ça.

— Je t'ai préparé quelque chose de spécial, Henry. Un sandwich au beurre de cacahuète et à la confiture, avec un verre de lait.

Chad pensa que, s'il ne s'était pas déjà attaché à elle, elle aurait conquis son cœur en cet instant.

— Tu es formidable, Izzy.

Il les servit, puis commença à manger.

— C'est exquis.

Il vida son assiette et se resservit. Lorsqu'ils eurent fini leur repas, Izzy se leva.

— Je vais débarrasser.

Il posa une main sur son bras.

— Non, c'est moi. Toi, tu as fait la cuisine.

Une demi-heure plus tard, il s'assit sur le canapé. Henry dormait, la tête sur les genoux d'Izzy. Chad passa un bras sur le dossier du canapé et joua avec les cheveux bruns de son hôtesse. Il ne se souvenait pas d'avoir passé une soirée aussi paisible. C'était ce qu'il lui fallait après cette journée où il s'était presque laissé déborder par ses émotions. Avec Izzy, l'atmosphère était agréable et détendue. On aurait dit une soirée en famille, ce qu'il s'était juré de ne plus revivre. Même le fait de regarder un film pour les enfants, alors qu'Henry dormait, paraissait juste. Il lui taquina l'oreille et elle frémit. Elle renversa la tête en arrière et lui sourit. Oui, cette vie avait du bon. Un peu trop pour son confort intérieur.

Le lendemain matin, Chad, qui venait de terminer avec un patient, se rendit au bureau des infirmières pour remplir son dossier. Pour une fois, il n'y avait personne. Il se mit à travailler sur sa tablette. Soudain, on frôla son épaule. Un parfum fleuri qui ne pouvait appartenir qu'à Izzy chassa les odeurs d'antiseptiques.

— Comment vas-tu, ce matin ? demanda-t-elle en se postant à côté de lui.

— Bien. Tu viens d'arriver ?

— Oui. Je n'aime pas trop ces demi-services, mais savoir que je vais te voir arrange tout. Qu'est-ce que tu fais ?

— Je finis de remplir un dossier tout en pensant à l'anniversaire d'Henry, qui arrive bientôt.

— Tu as des plans ?

Il fit une grimace.

— Pas vraiment.

Elle rit, et il pensa à un programme plus immédiat.

— Si Mme Weber accepte de prendre Henry pour la nuit, puis-je te convaincre de la passer avec moi ?

Elle lui jeta un coup d'œil faussement pudique.

— Je ne sais pas. Qu'est-ce qui est prévu pour moi ?

Il prit une expression coquine.

— Ce sera une nuit spéciale, je te le promets.

Elle regarda autour d'elle, puis lui passa la main dans les cheveux.

— J'y compte bien.

L'excitation rendant son pas allègre, Chad se rendit au studio d'Izzy. Il avait emmené Henry chez Mme Weber, qui lui avait jeté un regard entendu et l'avait arrêté d'une main sur son bras.

— Ne faites pas de peine à cette petite. Elle a assez souffert et ne le mérite pas.

— Je n'ai pas l'intention de la blesser, répondit-il, sur la défensive.

Mais n'était-il pas malhonnête avec Izzy ? En lui laissant croire qu'il pouvait y avoir davantage entre eux ?

— Je sais, mais quelquefois on ne réfléchit pas assez. Et on est aveuglé par le passé. Or je suis assez vieille pour savoir que l'on peut changer à tout moment la direction de notre vie. Maintenant, filez et prenez du bon temps.

Il s'était demandé, alors, s'il laissait son passé influer sur son avenir. Certainement. Mais pouvait-il opérer des changements dans sa vie ?

Il arriva enfin à la porte d'Izzy, impatient. Elle lui prit la main et le tira à l'intérieur. Puis elle lui passa les bras autour du cou et l'embrassa avec ardeur.

— Tu m'as manqué, dit-il.

Elle lui caressa les cheveux tandis qu'il lui taquinait le cou.

— Tu m'as manqué encore plus.

Il la fit reculer vers le lit. Il ne lui fallut que quelques minutes pour la déshabiller et se dévêtir à son tour. Ils s'aimèrent avec frénésie. Elle eut un orgasme quelques secondes avant qu'il crie son plaisir. Puis il l'enlaça et la tint contre lui.

— La prochaine fois, nous irons plus lentement.

— Je n'ai entendu personne se plaindre.

Il rit doucement.

— Avec toi, un homme se sent bien.

— Je peux t'en dire autant pour la femme que je suis.

Il l'embrassa tendrement sur les lèvres.

— Mmm… voilà qui me plaît.

Il sourit et ajouta :

— Je pensais que nous pourrions sortir dîner, mais j'aime être ici avec toi. Ça t'ennuierait si je commandais une pizza ?

Elle posa un baiser juste au-dessus de son cœur.

— Pas du tout.

Il enfila son pantalon, puis s'assit sur le bord du lit et passa la commande. Il regarda Izzy qui l'observait, allongée, la tête appuyée sur sa main. Le drap qui la recouvrait ne laissait rien ignorer de son corps nu.

Il lui jeta un regard échauffé et suivit du doigt la courbe de son épaule.

— La pizza n'arrivera que dans une demi-heure. J'ai certaines idées pour nous occuper en attendant, dit-il en tirant sur le drap.

Quand la pizza fut là, ils allèrent la manger au bar. Izzy portait le T-shirt de Chad, très sexy sur elle. Elle était devenue une drogue dont il ne pouvait plus se passer.

— Chad, puis-je te demander quelque chose ?

— Bien sûr. Tout ce que tu voudras.

— Les parents de Nan savent-ils qu'elle t'a trompé ?

Il ne s'attendait pas à cette question.

— Sans doute. Elle disait tout à sa mère. Mais nous n'en avons jamais parlé ensemble. Je ne veux pas qu'Henry entende parler en mal de sa mère. J'ai fait très attention à ne pas critiquer

Nan. Je me soucie du bonheur de mon fils et des souvenirs qu'il garde d'elle.

— C'est admirable de ta part.

— Je t'en prie, n'en parle à personne.

Elle posa une main sur son genou.

— Évidemment.

Le lendemain, Izzy fut réveillée par le soleil qui entrait à flots par la grande baie. Elle tâta le lit à côté d'elle, il était vide et froid. Ouvrant les yeux, elle vit Chad assis au bar, vêtu de son pantalon. Il buvait une boisson fumante.

Le voir là avait quelque chose de si juste qu'elle en eut le cœur serré.

— Bonjour. Tu es levé depuis longtemps ?

— Assez longtemps pour nous avoir fait du café. Je prenais plaisir à te regarder.

— Tu me gênes. Et tu avais l'air bien pensif. Qu'est-ce qui te préoccupe ?

— Je pensais à l'anniversaire d'Henry. Ce n'est pas trop mon domaine. On ne l'a pas fêté l'année dernière parce qu'il était trop petit, et que Nan venait de mourir. Mais cette année, mes beaux-parents insistent pour faire une fête chez eux.

Elle enroula le drap autour d'elle et s'assit sur le bord du lit.

— Eh bien, pourquoi ne les laisses-tu pas faire ?

— Parce qu'ils essaient de s'immiscer de plus en plus dans notre vie. Et les copains d'Henry habitent près d'ici.

Il but une gorgée de café.

— Alors organise une fête toi-même ! Je suis sûre que Mme Weber t'aidera. Et je pourrai t'aider aussi.

— Tu le ferais ? demanda-t-il avec espoir.

— Bien sûr. Nous pourrions faire quelque chose ici, dans le jardin de derrière. À l'âge d'Henry, les enfants sont heureux de courir, de se balancer et de jouer au ballon. Tu as tout ce qu'il faut. Ajoute quelques jeux et tu as une fête.

— À t'entendre, ça paraît si facile…

— C'est moins compliqué que tu le crois. Son anniversaire tombe quand ?

— Dans deux semaines.

— Alors nous ferions mieux de nous y mettre, dit Izzy en se levant.

Chad posa sa tasse.

— Je pense que ça peut attendre quelques minutes. Je ne t'aurai pas à moi pour bien longtemps.

— Suggères-tu que…

— Je ne suggère pas, j'agis !

Il la rejoignit avec un sourire coquin et l'attrapa tandis qu'elle essayait de s'échapper de l'autre côté, la faisant tomber avec lui sur le lit. Elle rit quand il l'embrassa.

Les semaines passèrent vite, avec la préparation de la fête. Chad ne se serait pas douté qu'il y prendrait du plaisir, mais Izzy rendait ça amusant. Et elle se comportait comme un général menant une bataille. Quand le grand jour arriva, il fut certain que tout se passerait bien. Mme Weber s'occupait du buffet, qui conviendrait aux adultes comme aux enfants, et Izzy avait commandé un gâteau dans une pâtisserie recommandée par la nounou. Les jeux étaient prêts.

Ce samedi matin, donc, Izzy le fit lever de bonne heure pour disposer les tables près de son studio, qui était plus pratique pour gérer la nourriture. Il dut aussi installer le gril pour faire chauffer les hot dogs. Des nappes colorées recouvraient les tables, ils avaient sorti toutes leurs chaises et des banderoles étaient accrochées partout où c'était possible.

La piscine en plastique d'Henry servirait à remplir des pistolets à eau, un autre endroit était délimité pour jouer au ballon. Izzy avait pensé à tout, et il ne l'avait jamais vue aussi heureuse – sauf quand ils faisaient l'amour.

Ils n'avaient guère eu l'occasion de se retrouver seuls, mais il avait pris plaisir à tout préparer avec elle. Et là, en regardant son jardin transformé, avec Henry qui courait d'un côté à l'autre, il mesurait les changements qu'elle avait apportés dans leur vie.

Elle vint se placer à côté de lui.

— Alors, qu'en penses-tu ?

Il lui enlaça la taille.

— C'est parfait, comme toi.

— Espérons que les enfants passeront un bon moment.

— J'en suis sûr.

Il lui sourit.

— Y a-t-il une chance que nous ayons notre propre fête, ce soir ? Mes beaux-parents vont emmener Henry chez eux pour la nuit.

Izzy eut un grand sourire.

— J'apporterai le reste du gâteau. Et je te tartinerai de sucre glace, pour te lécher ensuite.

Cette perspective l'excita physiquement.

— Veux-tu bien te conduire ? Si tu continues, je risque de ne pas être présentable.

Elle rit.

— Je dois y aller. Mme Weber a besoin d'aide.

Alors qu'elle s'éloignait, il l'attrapa par le poignet.

— Hé, je ne sais plus si je t'ai dit merci pour tout ça, mais j'apprécie vraiment ce que tu as fait.

Elle se haussa sur la pointe des pieds et l'embrassa sur la joue.

— Je t'en prie. C'était avec plaisir.

Un peu plus tard, Izzy vit arriver un couple de cinquante-cinq ans environ, bien habillé, de taille moyenne. S'agissait-il des parents de Nan ? Ils n'étaient rien pour elle, mais elle était nerveuse à l'idée de les rencontrer. Que savaient-ils d'elle ? Que leur avait dit Mme Weber ?

Lorsqu'elle les vit se diriger droit sur Henry pour l'embrasser, elle sourit, certaine qu'ils étaient ses grands-parents. Elle retourna à la cuisine pour y prendre un saladier de chips.

— Je crois que les Pritchett sont là, dit-elle à la nounou.

— Méfiez-vous d'elle. Elle peut être difficile. Elle ne tient pas Chad en grande estime, mais il maintient une relation dans l'intérêt d'Henry.

Au fil de la journée, Izzy se rendit compte que Mme Pritchett l'observait. Elle ne semblait pas à l'aise, mais pas prête non plus à lui parler. Pourtant, à sa place, Izzy aurait aimé connaître une personne qui pouvait avoir de l'influence sur son petit-fils.

Avec l'aide des autres parents, ils firent manger les enfants, puis Izzy coupa le gâteau pendant que Chad servait la glace et aidait son fils. Izzy organisa un autre jeu, et enfin Henry ouvrit ses cadeaux.

Quand ce fut fait, Chad et Henry prirent congé de leurs invités. Izzy commença à ranger.

— Cette fête a été très réussie. Je n'étais pas sûre que Chad arrive à l'organiser.

Mme Pritchett se tenait devant une table. Les oreilles d'Izzy bourdonnèrent de nervosité.

— Oui, tout s'est bien passé. Je pense que les enfants se sont amusés.

— C'est certain. Au fait, je suis Rona Pritchett. La grand-mère d'Henry. La mère de sa mère.

— Je le pensais. Je suis désolée de ne pas avoir eu le temps de vous saluer. Et je suis navrée aussi pour votre fille.

— Vous avez été bien occupée. J'avais dit à Chad que nous pouvions fêter cet anniversaire chez nous, mais ce n'est pas ce qu'il a voulu.

Le ton était venimeux. Izzy continua à nettoyer la table, les mains tremblantes. Elle s'éclaircit la gorge.

— Je suis Elizabeth Lane. Je suis enchantée de vous rencontrer.

Mme Pritchett plissa les paupières.

— Ah, c'est vous !

— Moi quoi ?

— Celle dont Henry parle tout le temps.

Elle prit un air soupçonneux. Izzy jeta des assiettes en carton à la poubelle.

— J'espère qu'il dit des choses gentilles.

La belle-mère de Chad pinça les lèvres.

— Qu'êtes-vous exactement pour Chad ?

— Nous travaillons ensemble à l'hôpital pour enfants d'Atlanta. En outre, il est mon propriétaire et un ami.

Izzy prit le plat du gâteau et s'apprêta à le porter dans sa cuisine.

— Laissez-moi vous aider.

Mme Pritchett alla jusqu'à la moustiquaire et la lui tint ouverte.

— Merci.

Izzy passa devant elle et entra. La belle-mère de Chad la suivit.

— Je pose ces questions parce que j'aime profondément Henry. Vous pouvez comprendre que je me soucie des personnes qui l'entourent.

— Je le connais depuis quelques mois. C'est un gentil petit garçon qui adore son père et que son père adore.

— Mais il a perdu sa mère et il pourrait voir n'importe quelle femme que Chad amène chez lui comme une maman.

Izzy inspira et regagna la porte. Elle ne voulait pas avoir cette conversation avec la mère de Nan.

— Excusez-moi, je dois m'occuper de la nourriture qui reste avant qu'elle s'abîme.

Mme Pritchett la fusilla du regard.

— Savez-vous ce que Chad a dit à Henry à propos de Nan ?

— Rien que de bonnes choses, à ma connaissance. Il veut qu'Henry garde d'elle un souvenir positif. Et il s'inquiète que leur histoire puisse affecter Henry à long terme.

Izzy sortit.

— Chad a conduit ma fille à avoir une liaison, dit la belle-mère derrière elle.

Une des infirmières du service, qui avait un enfant de l'âge d'Henry, se tenait tout près de là. Avait-elle entendu ? se demanda Izzy. Chad ne l'apprécierait pas.

Elle prit le plat de hot dogs et retourna à l'intérieur. Cette discussion ne devait pas être publique. De nouveau, Mme Pritchett la suivit.

— On ne peut pas se fier à lui.

Izzy posa le plat.

— Chad souhaite qu'Henry ne connaisse que l'amour et la sécurité. Qu'il reçoive de l'amour de vous et de lui. Je sais que vous souffrez, que votre fille vous manque. Mais dire des choses déplaisantes sur le père de votre petit-fils ne vous apportera rien.

Des larmes emplirent les yeux de la grand-mère.

— Je sais que ce que vous ressentez fait partie du processus de deuil, reprit Izzy. Je suis sûre que vous n'approuvez pas tout dans la manière dont Chad élève son fils, mais cela n'en fait pas quelque chose de mauvais. C'est simplement différent.

Mme Pritchett prit un air défait. Plusieurs minutes s'écoulèrent avant qu'elle reprenne la parole.

— Vous êtes amoureuse de Chad, n'est-ce pas ?

— Ce que je ressens pour Chad importe peu. Ce qui compte, c'est qu'Henry se sente aimé.

— Vous avez répondu à ma question. Vous devez savoir dans quoi vous vous embarquez.

— Je sais déjà quel genre d'homme est Chad. Je l'ai vu en action à l'hôpital. C'est un médecin plein de compassion qui se soucie des autres. Je l'ai observé avec Henry. C'est un père dévoué. Et il a été un bon ami pour moi.

— Dans quoi s'embarque-t-elle à votre avis, Rona ?

La voix sourde de Chad fit sursauter Izzy. Elle ne l'avait pas vu arriver.

— Izzy loue mon studio. Elle est une excellente infirmière dans mon service et une bonne amie qui est formidable avec Henry. C'est tout. Rien de plus. Cette explication est plus que ce que vous méritez.

— J'ai le droit de me renseigner sur la femme qui pourrait prendre la place de ma Nan.

Izzy tressaillit. Elle ne voulait remplacer personne. Elle était elle-même, point final.

— Cela n'arrivera pas, alors vous pouvez cesser de vous inquiéter. Votre mari et Henry vous attendent. Venez.

Par-dessus son épaule, Chad décocha à Izzy un sourire crispé, puis il prit le coude de sa belle-mère.

Izzy se sentit mal. Et voilà. Chad l'avait dit clairement, il n'avait aucune intention de l'épouser. Elle s'était mise à espérer, à penser qu'il changerait peut-être d'avis. Ils avaient tellement ressemblé à une famille, ces dernières semaines… Chad avait semblé heureux. Elle, elle l'avait été.

Il était temps de mettre un terme à ce rêve. Elle devait se réveiller.

9.

Chad prit une douche et se changea avant de se rendre chez Izzy. La fête d'Henry avait été un succès, grâce à elle. Le seul bémol était venu de Rona. Il voyait maintenant combien Nan avait ressemblé à sa mère.

Il avait remarqué l'air blessé d'Izzy quand il avait emmené sa belle-mère. Il espérait pouvoir l'aider à oublier les paroles de Rona. Plus d'une fois, il avait pensé à Izzy et à du sucre glace durant l'après-midi.

Le jardin de derrière avait été complètement débarrassé par Izzy et lui. Ils l'avaient fait sans se parler, concentrés sur leur tâche. Il frappa avant d'entrer dans le studio.

— Hé, es-tu aussi fatiguée que moi ?

— Oui, mais cela a été une belle fête, répondit-elle, assise dans le fauteuil en cuir.

Il la contourna pour s'installer sur le canapé.

— Grâce à toi.

Il tapota le coussin à côté de lui.

— Tu viens ?

Elle le regarda tristement.

— Je préfère rester ici.

La gorge de Chad se serra.

— Izzy, tu ne dois pas faire attention à ce que dit Rona. Elle se mêle toujours de ce qui ne la regarde pas. Je lui parlerai.

— Non. Ce n'est pas seulement elle.

— Alors qu'est-ce qui ne va pas ?

Il avait envie de la prendre sur ses genoux, mais son langage corporel l'en dissuada.

— Il est temps que nous mettions fin à ce qu'il y a entre nous, annonça-t-elle.

C'était la dernière chose qu'il s'était attendu à entendre.

— Pourquoi ?

— J'ai réalisé aujourd'hui que je jouais à la famille et que cela me plaisait trop. J'aimerais que ça dure, mais tu ne le veux pas. Je ne veux pas feindre que tout va bien, comme je l'ai fait si longtemps avec Richard. Je déménagerai dès que j'aurai trouvé un autre logement.

— Mais pourquoi ? Je pensais que nous avions passé une journée formidable. Qu'est-il arrivé ? Dis-le-moi, je peux peut-être arranger les choses…

— Je vais te le dire, mais je ne pense pas que tu y puisses quoi que ce soit.

Elle prit une grande inspiration.

— Tu as dit à Rona que nous ne nous marierons jamais.

Comme il voulait intervenir, elle l'arrêta de la main.

— J'ai toujours su que c'était ta position, mais je m'étais mise à espérer ces dernières semaines que tu changerais peut-être d'avis. Je me suis trompée, comme avec Richard. Il est temps de casser avant que cela devienne plus douloureux encore.

— Je pensais que cet état de choses te convenait. Nous étions d'accord pour avoir une liaison passagère.

— Maintenant elle est terminée.

— Tu n'as pas besoin de déménager.

Il vit des larmes briller dans ses yeux bruns ; visiblement, c'était aussi difficile pour elle que pour lui.

— Tu crois que je pourrais rester ici ? Vous voir aller et venir, Henry et toi, et faire comme s'il n'y avait jamais rien eu entre nous ? Tu me crois plus forte que je ne le suis.

La panique envahit Chad. Il bondit.

— Izzy, tu réagis trop vivement. Ne pouvons-nous pas en discuter ?

— C'est trop tard. Il faut que tu définisses ce que tu veux faire de ta vie. Moi, je sais à quoi je veux que la mienne ressemble et je n'accepterai pas moins. J'ai cru un moment que tu pourrais changer d'avis, mais je sais maintenant que cela n'arrivera pas. Peut-être que dans quelque temps nous pourrons être amis.

Chad avait l'impression qu'un énorme poids lui écrasait la poitrine. Il soupira.

— C'est ce que l'on dit, mais ensuite on ne se parle plus jamais.

Izzy le regarda sans rien dire. Il insista.

— Je ne peux pas te faire changer d'avis ?

Elle secoua la tête. Il se dirigea vers la porte.

— Si jamais tu prends une autre décision, tu sais où me trouver.

Quelques heures plus tard, par la fenêtre de la cuisine, Chad vit Izzy charger des affaires dans sa voiture. Quelques mots prononcés sans réfléchir avaient fait exploser son monde. Plus d'une fois, il s'apprêta à sortir pour lui demander de ne pas partir. Puis il songea à l'aider, mais il ne put prendre sur lui de l'encourager. Et où allait-elle, pour commencer ? Retournait-elle à l'hôtel ? Il avait l'estomac noué.

Il était assis à la table de la cuisine, fixant le mur, quand on frappa à la porte de derrière. C'était Izzy, mais elle n'entra pas. Avait-elle peur de se retrouver seule avec lui ?

Il dut sortir pour lui parler.

— Je voulais voir si je peux garder la clé jusqu'à ce que j'aie enlevé tous mes meubles, dit-elle. Je voulais aussi savoir si je peux passer demain soir après le travail pour parler à Henry. Je ne peux pas disparaître sans rien lui dire. Ce serait dramatique pour lui.

Chad pouvait à peine respirer.

— C'est oui pour les deux. Mais où vas-tu ? J'ai besoin de savoir que tu es en sécurité.

Elle regardait au-delà de son épaule, évitant ses yeux.

— Amanda, une infirmière du sixième étage, m'a demandé l'autre jour si je cherchais toujours à me loger. Sa colocataire est partie pour l'été. Je vais chez elle.

— J'aurais aimé que tu restes ici.

— Ça n'aurait pas été bien pour nous deux, et encore moins pour Henry. Prends soin de toi, Chad.

Elle tourna les talons et s'éloigna, le dos raide, sans regarder en arrière.

Il resta figé dans le jardin jusqu'à ce que sa petite voiture disparaisse. Elle avait peut-être raison. Il devait définir ce qu'il voulait. Alors, il pourrait se rapprocher d'elle. Et lui dire quoi ? Qu'il voulait l'épouser ? Qu'il l'aimait ? Il ne savait plus.

Une longue semaine éprouvante plus tard, Izzy était assise au bureau des infirmières, traitant des dossiers. Elle vivait dans une brume de désespoir depuis qu'elle était partie de chez Chad. Richard l'avait fait souffrir, mais ce n'était rien par rapport à la douleur qu'elle éprouvait maintenant. Elle avait bien fait de partir, mais cela ne lui tenait pas chaud au milieu de la nuit.

Elle ne se laisserait pas utiliser parce qu'elle aimait quelqu'un. Elle suivrait sa tête, cette fois, pas son cœur. Même si cela faisait très mal, elle tiendrait bon. Elle voulait, elle avait besoin de plus. Mais elle n'envisageait pas d'avenir heureux sans Chad.

Durant la semaine, elle l'avait évité le plus possible. En se réfugiant dans son bureau, le plus souvent. Lorsqu'ils s'étaient croisés, il n'avait plus fredonné *Penny Lane* et ils avaient à peine échangé un coup d'œil. Ils étaient redevenus des étrangers. Elle était très triste.

Trois bips aigus résonnèrent sur le poste radio d'urgence.

— Accident de bus scolaire. Blessures importantes à attendre.

Quelques secondes plus tard, le service des urgences ressemblait à une ruche en pleine activité.

Chad vint se poster à côté d'elle.

— Quels genres de blessures attendons-nous ?

Ils n'avaient pas été aussi proches depuis des jours. Son odeur virile l'entourait.

— Des jambes et des bras cassés. Des blessures à la tête. De possibles blessures internes dans deux cas.

— Je veux les blessures internes dans les box 1 et 2. Et je vous veux avec moi, Izzy.

Elle pouvait le faire. Il y avait des patients à sauver. Elle serait professionnelle, concentrée sur ce qu'il y avait à faire. Chad et elle formaient une bonne équipe. Chacun se fiait à l'autre.

— Entendu. Je vais vérifier que les salles d'examen sont prêtes.

Puis elle lui murmura :

— Ça va aller ?

Il fit un bref signe de tête, les yeux fixés sur un document.

— Il nous faudra un autre appareil de radio portable.

— Je m'en suis déjà occupée.

Il leva la tête et croisa son regard.

— Merci, Izzy. Je peux toujours compter sur vous.

Elle battit des cils, le cœur serré.

Un quart d'heure plus tard, sous le hurlement des sirènes, tout le monde se mit au travail. Izzy dirigea un garçon de treize ans, aux cheveux bruns, vers le box 1.

Ensuite, tout se passa comme d'habitude. Les examens, la prise des constantes vitales, les auscultations et les radios.

— Appelez la salle d'op, ordonna Chad. Dites-leur que nous leur envoyons un patient avec la rate éclatée. Appelez aussi la banque du sang. Il faut prévoir du A+.

— Je m'en occupe, dit Izzy.

Après quoi elle vérifia que ses infirmières préparaient bien l'enfant pour l'opération.

— Venez avec moi, dit Chad. Allons voir l'autre blessure interne avant de passer aux autres cas.

Dans la salle d'examen voisine, ils trouvèrent une adolescente blonde de dix-sept ans. Ils procédèrent de la même façon.

— Il faut faire une radio du foie, dit Chad. Il est distendu.

Quand cette patiente fut traitée, ils passèrent aux cas moins graves. Il s'agissait surtout de plaies à suturer, de membres cassés, de foulures et de bosses. Izzy resta au côté de Chad tandis qu'ils allaient d'un box à l'autre. Ils travaillèrent sans la moindre anicroche, voyant tous les blessés.

Trois heures plus tard, Chad s'affala sur une chaise. Il paraissait épuisé. Le cœur d'Izzy se serra pour lui.

— Je peux t'apporter quelque chose ? demanda-t-elle.

Il se prit la tête dans les mains.

— Je suis juste cassé. Je déteste les accidents de la route. Alors un car entier…

Il leva les yeux vers elle.

— Et je dors mal, en ce moment.

Voulait-il dire que c'était à cause d'elle ? Elle se sentit fautive, mais en même temps penser qu'elle lui manquait la réchauffa.

— Tu as fait du bon travail, aujourd'hui, dit-elle.

Elle avait envie de lui masser les épaules, de le toucher, mais elle ne le ferait pas. Elle ne voulait pas ouvrir une porte qu'elle ne pourrait peut-être pas refermer.

— Toi aussi. Nous formons une bonne équipe.

— Pour ce qui est des urgences médicales, oui, déclara-t-elle d'un ton ferme.

Le regard de Chad s'attrista.

— Les choses marchent bien entre nous dans d'autres domaines. Tu me manques, Izzy.

Elle ne pouvait pas le laisser la ramener dans ses bras par de belles paroles, comme Richard le faisait. Elle ne recommencerait pas, même si c'était douloureux.

— Chad…

Une infirmière passa la tête dans la pièce.

— Je suis désolée, docteur McCain, mais on a besoin de vous en salle 6.

Chad s'extirpa de sa chaise.

— Je m'en occupe, Izzy. Si je ne me trompe pas, tu devrais être partie depuis des heures.

Il se tenait au courant de son emploi du temps ? Par ce détail, il montrait qu'il se souciait encore d'elle. Elle combattit l'envie de l'étreindre. À la place, elle le regarda s'en aller vers son patient.

Chad s'adossa à son fauteuil de bureau. Il ne savait pas combien de temps il tiendrait sans Izzy dans sa vie. Pas seulement au travail, mais chez lui, à sa table, dans son lit. Elle lui manquait terriblement. Deux soirs plus tôt, il le lui avait avoué.

Un instant, il avait été prêt à la supplier de revenir. Durant le bref laps de temps où elle avait fait partie de son existence et de celle d'Henry, elle était devenue vitale pour leur bonheur.

Elle était venue voir Henry le lendemain de son départ. Les larmes aux yeux, elle l'avait serré dans ses bras, lui disant qu'elle devait aller habiter ailleurs. Une larme avait coulé sur sa joue. Son fils la réclamait tous les jours, ou presque. Cela ne l'aidait pas à surmonter sa douleur.

Mme Weber avait voulu savoir pourquoi Izzy était partie, et si vite. Il n'avait pas été à l'aise pour lui répondre. Ensuite, elle s'était mise à le sermonner, critiquant un homme qui ne savait pas reconnaître une femme bien quand il en voyait une. Chad ne lui avait jamais dit qu'Izzy était partie d'elle-même.

Il se passa les doigts dans les cheveux, puis se redressa. Il fallait qu'il reprenne le contrôle de sa vie. Qu'il aille de l'avant.

Sa bouche s'assécha. Le sexe avec Izzy était extraordinaire, mais de là à se marier… Il tenait à elle, certes, mais l'épouser ? Et est-ce qu'il méritait une deuxième chance ? Il lui avait fait du mal. Ne méritait-elle pas mieux que lui ? Pouvait-il refermer la porte sur son sordide passé et se risquer à aimer de nouveau ?

S'il voulait qu'elle revienne dans sa vie, il devrait lui prouver son amour, mais il ne savait pas comment faire. Et pouvait-il se fier complètement à elle ?

Assez de ces pensées. Il fallait qu'il aille au bureau des infirmières signer un dossier. En s'approchant, il vit Izzy sur le devant, penchée sur une tablette électronique. Trois infirmières se tenaient derrière le bureau, serrées les unes contre les autres pour regarder un écran d'ordinateur.

— Je ne peux pas imaginer qu'on trompe quelqu'un d'aussi superbe et gentil que lui, dit l'une.

— Oui, il est vraiment extra, dit une autre.

Chad eut un sourire narquois. L'hôpital et ses gorges chaudes ! C'était pour cela qu'il restait discret sur sa vie privée.

— S'il était mon mari, il ne me viendrait pas à l'idée d'avoir une liaison.

La première infirmière reprit :

— Oui, le Dr McCain est un type en or. Quand je pense que sa femme l'a fait cocu et qu'ensuite il a dû s'occuper de sa mort dans cet accident ! C'est vraiment affreux.

Chad s'arrêta brusquement. Son estomac chavira tandis que sa mâchoire se crispait et que ses lèvres se pinçaient. Ces infirmières parlaient de lui ! De lui et de Nan. Il transperça Izzy du regard. Elle avait promis de ne rien dire. L'avait-elle trahi sous l'effet de la colère ? Comme Nan ?

Les yeux d'Izzy s'élargirent et elle pâlit sous le choc. Elle secoua la tête, niant qu'elle ait été à l'origine de cette indiscrétion. Mais qui d'autre aurait pu répandre ces ragots ? Il n'y avait qu'elle qui était au courant.

Les infirmières continuaient à parler, mais ce n'était qu'un bourdonnement dans ses oreilles. Du regard, Izzy le suppliait de la croire.

Et son cœur voulait croire qu'elle ne lui avait pas fait une chose pareille. Mais n'était-ce pas évident ? Il était brisé. Il avait cru qu'Izzy était différente. Il avait pensé qu'elle tenait assez à lui pour ne pas chercher à se venger.

Il tourna les talons et repartit dans le couloir. Par chance, les infirmières ne l'avaient pas remarqué. Cela aurait été terriblement humiliant. Et Izzy aurait-elle pu mettre un terme à leur relation d'une façon plus efficace ?

Il l'entendit lancer d'un ton sec :

— Vous n'avez rien de mieux à faire que de colporter des ragots, mesdames ?

Ce soir-là, dans sa nouvelle chambre, Izzy se sentait malade de ce qui était arrivé. Chad ne l'avait pas crue. Il pensait qu'elle avait éventé son secret. Son expression la hantait. Elle l'aimait profondément et elle détestait le voir blessé. Elle ne pouvait pas supporter l'idée qu'il la croie responsable de son malheur.

Apparemment, l'infirmière qui était à l'anniversaire d'Henry avait bien entendu Rona et avait répandu l'information. C'était épouvantable. Elle revoyait le regard accusateur de Chad. Comment le convaincre qu'elle n'avait rien dit ?

Elle avait essayé d'aller le voir, mais il était en consultation. Ensuite elle avait laissé un message sur son portable, mais il ne l'avait pas rappelée.

Le chagrin la submergeait. Elle avait besoin de parler à quelqu'un. Elle décida d'appeler sa mère, qui était toujours de bon conseil.

— Maman ? C'est Izzy.

— Qu'est-ce qui ne va pas, chérie ?

Elle n'avait pas parlé à ses parents depuis qu'elle était partie de chez Chad. Ils étaient en croisière. Et elle aurait eu peur de craquer, comme c'était le cas maintenant.

— Maman, tu sais que je ne t'ai pas dit la vérité sur mes sentiments pour Chad, quand je suis venue chercher mes meubles ?

— Oui, ma douce. Mais après ce que tu avais traversé, je comprenais que tu ne veuilles pas t'avancer.

Izzy raconta à sa mère tout ce qui s'était passé, de son départ à cette histoire de ragots.

— Si j'ai jamais eu une chance de vivre quelque chose avec lui, elle est perdue, maintenant.

— Comment le sais-tu ? Il te l'a dit ?

— Non, mais après ce qui s'est passé aujourd'hui…

Elle contint difficilement un sanglot.

— Il t'aime, dit sa mère. Il ne s'en est peut-être pas encore rendu compte, ou bien il est incapable de te le dire. Mais il reviendra à toi. Ne renonce pas à lui.

— Je ne sais pas.

— Même ton père le pense. Nous avons vu comment il te regarde. Richard ne t'a jamais regardée ainsi. Et tu es radieuse quand tu es avec lui.

— Ce n'est pas le cas maintenant. Je suis très malheureuse. Je ne sais pas comment je vais continuer. Je ne peux pas déménager et changer de travail sans arrêt. Et je suis obligée de le voir presque tous les jours. Mais je n'accepterai pas une autre fois moins que ce que je mérite. Je me suis promis de ne pas céder.

— Je suis d'accord avec ça, chérie. Tu es une femme intelligente. Tu trouveras une solution. Obtiens qu'il t'écoute. Explique-toi. Il suffirait que tu lui dises ce que tu ressens. Sait-il que tu l'aimes ?

— Ce n'est pas ce qu'il veut entendre. Et je n'arrive pas à faire qu'il me parle.

— Continue d'essayer. Tu as le plus grand cœur parmi les gens que je connais. C'est ce qui fait de toi une si bonne infirmière. Chad a la même qualité. Je suis sûre qu'il est un bon médecin, comme il est un bon papa et un homme bien. Je parie que son cœur est assez grand pour te contenir aussi.

— Ce n'est pas le problème. Il a peur d'aimer de nouveau. De faire confiance. Ce qui s'est passé aujourd'hui ne va pas arranger les choses.

— Tu sais, quelquefois, lorsqu'on sort d'une mauvaise relation, on a tendance à projeter l'image de l'autre sur la prochaine personne qu'on rencontre. Or Chad n'est pas du tout comme Richard. Et je doute que tu ressembles à sa femme. Tu devrais le lui faire remarquer, et lui laisser le temps de s'en convaincre. Réfléchis-y.

— Tu mets toujours les choses en perspective, maman. Je t'aime pour ça.

— Un jour, tu feras la même chose avec tes propres enfants. Attends et tu verras. Je t'aime aussi, mon chou. Tiens-moi au courant.

Izzy aimait Chad et Henry. Son plus grand désir était de faire partie de leur vie. Mais il fallait que Chad le veuille aussi. Pour l'heure, elle voulait qu'il sache qu'elle n'avait pas été déloyale. Qu'il pouvait lui faire confiance. Elle savait qu'avec son passé cela comptait plus que tout pour lui.

Elle laissa tomber le téléphone sur le lit. Elle avait besoin que Chad l'aime comme elle l'aimait. Et qu'il le lui dise. Que faudrait-il pour que cela arrive ?

Le lendemain matin, Chad retourna au bureau des infirmières. Tout le monde parlait à la fois. Il craignit que ce soit encore à son sujet. Mais il faudrait bien qu'il affronte ça, un jour.

La veille, il était rentré chez lui humilié. Il avait écouté ses messages et entendu les explications d'Izzy. Il les avait crues. Il était déjà arrivé à la conclusion qu'elle n'était pas du tout comme Nan. Ou comme n'importe quelle autre femme. Elle avait la loyauté, la bonté, l'honneur enracinés en elle. Si elle tenait à quelqu'un, elle le soutenait. Elle tenait à Henry et à lui. Elle ne leur ferait jamais de mal.

Il avait essayé de l'appeler pour s'excuser, mais sa ligne était occupée. Il n'avait pas laissé de message, pensant la rappeler plus tard. Puis Henry avait eu mal au ventre, et il avait été pris le reste de la soirée.

La réceptionniste leva les yeux vers lui.

— Docteur McCain, vous êtes au courant ? Izzy a eu un accident en venant au travail, ce matin.

Le cœur de Chad sombra. Il fut pris d'une sueur froide. Cela ne se pouvait pas, pas une deuxième fois ! La peur lui serrait la poitrine. Était-elle gravement blessée, ou pire ? Il ne pouvait pas la perdre. Il l'aimait.

— Faites-moi remplacer, dit-il. Quel hôpital ?

— Euh, très bien. L'hôpital général du centre-ville.

Cinq minutes plus tard, Chad était dans sa voiture et se dirigeait vers l'établissement. Il n'était qu'à cinq miles, mais la circulation était très ralentie. Il frappa le volant de la main quand il eut droit à un autre feu rouge.

Il avait combattu cette idée. Il n'avait pas voulu y croire. Mais à présent, alors qu'il serait peut-être trop tard pour le lui dire, il savait qu'il aimait Izzy. Il espéra pouvoir lui avouer son amour, lui dire qu'il voulait d'elle pour toujours.

Il avait vu l'amour qui régnait entre ses parents, entre son frère et sa femme. Elle avait besoin de la même chose dans sa vie et elle le méritait. Il ne pouvait pas lui offrir moins que son cœur tout entier. S'il prenait ce risque, il courrait peut-être celui d'être blessé de nouveau, mais Izzy en valait la peine.

Avec elle à son côté, il pourrait dépasser ses échecs passés et trouver un bonheur durable. Pour toute une vie. Il en était aussi sûr qu'il connaissait son métier. Elle n'était pas Nan. Ce n'était pas juste de lui faire porter les défauts de son ex-femme.

S'il perdait Izzy, il ne savait pas ce qu'il ferait. Il l'aimait plus qu'il ne pouvait le décrire. Dès que le feu passa au vert, il démarra en trombe, se faisant klaxonner par d'autres voitures. Pas étonnant qu'elle l'ait comparé au butor à qui elle avait donné des années de sa vie. Il ne lui avait rien offert de plus que ce Richard. Leur relation avait été à sens unique – en sa faveur à lui. Il ne pouvait pas lui reprocher de l'avoir laissé tomber. Mais il avait bien l'intention de changer ça.

Il se gara sur la première place de parking qu'il trouva, jaillit de la voiture et courut à l'entrée des urgences. Là, essoufflé, il dit :

— Je suis le Dr Chad McCain. Est-ce qu'Izzy… Elizabeth Lane est ici ?

Le réceptionniste prit son temps pour consulter son écran.

— Oui, elle est dans la chambre 13.

Chad se dirigea vers le service. L'homme se leva à moitié pour l'arrêter.

— Monsieur, vous ne pouvez pas entrer.

— Je suis son médecin personnel.

— Ah, bon, fit le réceptionniste, éberlué.

Chad chercha la chambre d'Izzy. Quand il la trouva, il ouvrit la porte. Il n'y avait personne. Sa poitrine se contracta à en éclater. Où était-elle ? Était-elle morte ?

Il retourna dans le hall, regardant des deux côtés, et soudain il vit Izzy allongée dans un lit que l'on poussait vers lui. Il se rua sur elle et lui prit la main.

— Izzy, où es-tu blessée ?

— Chad…

Elle lui décocha un faible sourire, avant de refermer les yeux.

— Dieu merci, tu es vivante.

— Monsieur, vous devez rester dans la salle d'attente, dit une infirmière.

— Je suis le Dr McCain. Le médecin personnel de Mlle Lane.

La femme regarda leurs mains jointes, puis hocha la tête.

— C'est bon. Mais ne restez pas au milieu.

— Quelles sont ses blessures ? demanda-t-il sans quitter Izzy des yeux.

— Elle est contusionnée un peu partout. Le pire est un tibia cassé. On lui a fait une radio et elle devrait entrer en salle d'op dans une demi-heure environ. Vous pouvez rester ici en attendant qu'on vienne la chercher.

Chad posa un baiser sur les lèvres d'Izzy.

— Tu m'as fait une peur bleue.

Elle ouvrit les yeux.

— Ce n'est pas moi qui l'ai dit.

— Je sais, ma douce. Je sais.

Peu après, des aides-soignants arrivèrent. Chad lui serra la main.

— Je serai là quand tu reviendras.

— Je t'aime, marmonna-t-elle.

Il l'embrassa tendrement.

— Moi aussi, je t'aime.

10.

Les paupières d'Izzy papillonnèrent. Quelque chose ou quelqu'un allait et venait face à elle, mais c'était flou. Puis sa vision s'éclaircit, elle reconnut une salle d'hôpital… et Chad.

— Chad, arrête-toi. Tu me donnes le tournis.

Il s'arrêta brusquement et vint s'asseoir à son chevet.

— Comment te sens-tu ? As-tu mal quelque part ?

— Je vais bien.

Il repoussa ses cheveux de son front.

— Je suis désolé que ceci te soit arrivé.

Elle voulut le toucher, mais la perfusion l'arrêta.

— De quoi ai-je l'air ?

— Tu es magnifique.

Elle sourit faiblement.

— Non, vraiment.

— Tu es contusionnée.

Elle regarda autour d'elle.

— Je suis en salle de réveil ?

— Oui.

— Et ils t'ont laissé entrer ? demanda-t-elle, incrédule.

Il eut un sourire malicieux.

— Je me suis arrangé.

Il se souciait réellement d'elle. Il lui prit la main et la porta à ses lèvres pour en embrasser le dos.

— Tu m'as fait une terrible frayeur.

Elle essaya de bouger. Il se leva.

— Doucement. Ils t'ont plâtré la jambe.

— Je ne peux pas croire que j'ai juste une jambe cassée. J'ai craint bien pire.

Une infirmière arriva.

— Je vois que vous êtes réveillée. Je vais prendre vos constantes vitales, puis vous pourrez aller dans votre chambre.

Elle jeta un coup d'œil à Chad.

— Puisque vous avez votre médecin personnel, vous serez entre de bonnes mains.

— Oui, mais il est pédiatre et je suis un peu trop grande pour lui.

Chad sourit.

— Les principes sont les mêmes.

Il passa la nuit avec elle, l'aidant même à aller aux toilettes, ce qui l'embarrassa. Et avant d'aller dîner, il lui avait apporté un gros bouquet de fleurs. Elle n'aurait pu souhaiter quelqu'un de plus attentionné. Il avait même appelé ses parents pour les rassurer. Le lendemain matin, alors qu'elle était assise dans un fauteuil, il rassembla ses affaires pour les emporter.

— Tu sais, tu n'avais pas à sortir pour m'acheter de quoi m'habiller, dit-elle en tirant sur l'ample pantalon en jersey qu'elle portait.

Il la regarda.

— Tu aurais enfilé ton jean slim par-dessus ton plâtre, peut-être ?

— Je reconnais que cela aurait été difficile. Mais je ne sais pas comment je vais me débrouiller dans l'escalier de mon appartement.

— Tu n'auras pas à le faire. Tu viens chez moi.

Elle ouvrit la bouche pour protester, mais il leva la main pour l'arrêter.

— Écoute, tu discuteras après. À la maison, il y aura toujours quelqu'un pour t'aider, Mme Weber ou moi. Et le studio est de plain-pied, ce qui te sera plus commode. Tu pourras partir quand le médecin déclarera que tu es guérie.

Elle n'avait pas vraiment le choix.

— Bon, fit-elle.

Chad eut un sourire triomphant.

— Et n'oublie pas que je peux t'offrir un arbre avec une

chaise dessous. Il fera encore beau pendant un mois au moins, tu auras tout le temps d'en profiter.

— Cette idée me plaît. Mais je m'en irai dès que je n'aurai plus mon plâtre.

— Entendu.

Chad la ramena chez lui en voiture et l'aida à gagner le studio, qui était éclatant de propreté. Mme Weber avait bien travaillé. Il la laissa s'installer, disant qu'il allait chercher leur déjeuner et Henry.

— Il meurt d'envie de te voir, dit-il.

— Je serai heureuse de le voir aussi. Il m'a manqué.

Au moment où il franchissait la porte, elle l'appela. Il se tourna vers elle.

— Merci. Tu n'avais pas à faire tout ça.

Il plongea les yeux dans les siens.

— Si. Je suis content d'avoir eu la chance de le faire.

La chance ? Qu'avait-il voulu dire ?

Mme Weber vint manger avec eux, puis Chad mit Izzy au lit. Elle était fatiguée. Quand elle se réveilla, le soleil se couchait.

— Salut, dit Chad, qui lisait sur le canapé. Tu veux boire ou manger quelque chose ?

— Boire, s'il te plaît.

Il lui apporta un verre d'eau et lui fit prendre des comprimés.

— Tu es resté là tout le temps ? demanda-t-elle.

— Oui.

— Tu n'as pas à me materner, tu sais.

— Je sais, mais ça me fait plaisir.

Elle ne pouvait pas en déduire plus que ce que c'était, se dit-elle. Il avait bon cœur et aimait aider les autres.

Comme il s'écartait, elle le retint d'une main sur son bras.

— J'ai oublié de te dire. Je veux que tu saches que je n'ai répété à personne ce que Nan t'a fait.

— Je sais. Tu me l'as dit à l'hôpital.

— Ah oui ? Je ne me souviens de rien jusqu'à ce que j'émerge en salle de réveil.

Il la regarda d'un drôle d'air. Puis il lui proposa d'aller admirer le coucher du soleil, dehors, et elle accepta. Il la souleva dans ses bras.

— Hé, je peux marcher ! protesta-t-elle.

— Oui, mais je suis content d'avoir une raison de te tenir contre moi.

— Chad, tu sais que tout ceci ne change rien, dit-elle, à son cœur défendant.

— Tu as besoin d'aide pendant quelque temps et je te la fournis, c'est tout.

Cette réponse l'attrista plus qu'elle ne l'aurait voulu.

Ils passèrent un moment dehors, regardant les lucioles qui s'allumaient. Puis ils rentrèrent dîner, et ensuite Izzy demanda à se coucher. Chad l'aida à enfiler sa chemise de nuit, et elle se tortilla pour lui faciliter la tâche.

— Izzy, ça suffit, grommela-t-il.

Elle le regarda. Ses yeux gris étaient brûlants de désir. Il battit des cils et son regard redevint simplement affairé. Quelques minutes plus tard, il la borda et éteignit toutes les lampes sauf une.

— Appelle-moi si tu as besoin de moi.

— Tu ne vas pas rester ici toute la nuit ?

— Si. Mais ne panique pas, Izzy. Je dormirai sur le canapé, répondit-il d'une voix neutre.

Les quatre jours suivants se déroulèrent comme le premier. Chad avait pris des congés pour s'occuper d'elle, même si elle soutenait que ce n'était pas la peine.

— Il faut que j'apprenne à prendre du temps pour moi, et c'est une bonne occasion de commencer, dit-il.

Elle le regarda, stupéfaite. Il avait vraiment décidé d'opérer des changements !

Durant ces journées, Chad et Henry vinrent la distraire entre ses siestes. Le soir, Mme Weber apportait leur repas et dînait avec eux. Les parents d'Izzy passèrent la voir un jour et Chad leur offrit gentiment de les héberger. Alors que sa mère et elle étaient assises sous le chêne, Mme Lane voulut savoir comment les choses allaient.

— Rien n'a changé, répondit tristement Izzy.

— Mais il s'occupe de toi ! Il ne le ferait pas s'il ne tenait pas à toi.

— Il a bon cœur, c'est tout.

Sa mère haussa les sourcils, sceptique.

— Je pense qu'il y a plus que ça.

— Il ne m'a rien dit.

— Il le fera, et tu auras intérêt à l'écouter quand il se déclarera.

Le cinquième jour, Chad annonça qu'il allait reprendre le travail le lendemain, et que Mme Weber s'occuperait d'elle.

— Tu as fait un infirmier formidable, dit-elle. J'apprécie tes efforts.

Il avait été merveilleux. Presque comme s'il l'aimait. Mais il n'avait rien dit, et il ne mentionnait toujours pas l'avenir.

Avant de retourner à l'hôpital, il lui apporta une provision de livres, des puzzles et même un nécessaire de peinture qu'il installa devant la baie du studio.

— Tu peux essayer de peindre le chêne, puisque tu l'aimes tant.

— Tu as de grandes ambitions pour moi !

Elle était touchée par le mal qu'il se donnait pour lui éviter de s'ennuyer. Et il lui avait aussi acheté une chaise longue qu'il avait installée sous le chêne, pour qu'elle puisse garder sa jambe en l'air.

— Tu me gâtes vraiment, avait-elle dit, certaine que son amour se lisait dans ses yeux.

— C'est normal, avait-il répondu en détournant le regard.

Que cherchait-il à lui cacher ?

Bientôt, elle put se débrouiller toute seule, avec des béquilles, et leur vie s'organisa. Chad et Henry passaient autant de temps qu'ils pouvaient avec elle. Ils se comportaient de plus en plus comme une famille. Mais Chad n'évoquait pas l'avenir et elle non plus. Un après-midi, alors qu'elle s'était assoupie sur la chaise longue, elle fut réveillée par le doux contact de lèvres sur les siennes. Et elle aurait juré avoir entendu Chad lui dire « Je t'aime ». Mais quand elle ouvrit les yeux, il n'était pas là. Elle se dit qu'elle avait dû l'imaginer.

Elle était chez Chad depuis trois semaines quand une infirmière du service lui demanda si elle voulait sortir avec elle pour déjeuner et voir un film. Il était temps pour elle de commencer à se détacher de Chad et à devenir moins dépendante de lui, alors elle accepta.

Chad regarda par la fenêtre de la cuisine pour la quatrième fois en cinq minutes. Il était encore tôt pour qu'Izzy rentre du cinéma. Mais il avait tout préparé pour leur dîner en tête à tête, Mme Weber devait emmener Henry chez elle pour la nuit, et il n'en pouvait plus d'attendre.

Ces trois dernières semaines, il avait gardé ses distances avec Izzy, attendant qu'elle se remette suffisamment pour lui parler. Là, il était temps d'aller de l'avant. Il avait envie de l'embrasser, de la tenir, de lui faire l'amour. De lui dire ce qu'il éprouvait pour elle.

Il était terriblement nerveux. Il fallait que, ce soir, tout se passe bien. Il le fallait.

Il voulait passer sa vie entière avec elle. Il devait l'en convaincre, la persuader qu'il pouvait être celui dont elle avait besoin. L'homme, l'amant, le partenaire qu'elle souhaitait. Elle, elle était tout ce qu'il désirait.

Le jardin de derrière était prêt. Il avait accroché des guirlandes de petites ampoules blanches dans les branches du chêne. Il avait placé dessous une table pour deux, recouverte d'une nappe blanche, et avait mis le couvert avec de l'argenterie. Le vin était au frais. Il avait même acheté des fleurs.

Enfin, la lumière de phares lui indiqua qu'elle arrivait. Son cœur s'emballa et il alla à la porte de derrière, criant à Mme Weber qui était au salon avec Henry :

— Elle est là !

Il se précipita à sa rencontre et l'aida à descendre de voiture. Puis il se pencha pour parler à Sara, l'infirmière, et la remercia d'avoir distrait Izzy.

— Je sais qu'elle se lasse de ma compagnie.

Sara sourit et regarda Izzy.

— J'en doute.

Celle-ci rougit, et remercia sa collègue d'avoir pensé à elle. Puis Chad et elle regardèrent la voiture de Sara quitter l'allée. Le parfum d'Izzy montait aux narines de Chad. Elle portait un chemisier en soie et un pantalon habillé. Ses cheveux étaient lâchés sur ses épaules. Elle était douce, féminine et totalement désirable.

— Je ne m'attendais pas à cet accueil, dit-elle en le regardant de haut en bas. Tu t'es fait beau.

Il s'était donné du mal, changeant trois fois de chemise. Finalement, il en avait choisi une à fines rayures bleues, qu'il portait avec un pantalon bleu marine et des chaussures en cuir. La soirée était trop importante pour ne pas être impeccable. Le regard d'Izzy se teinta d'inquiétude.

— Tu attends quelqu'un ?

— Oui.

Ses yeux bruns s'élargirent, trahissant ses craintes.

— Je me demandais si tu voudrais dîner avec moi. Nous avons à parler.

Elle sourit, rassurée. Chad lui offrit son bras.

— Viens par là. Henry veut te dire bonsoir avant de partir chez Mme Weber.

— Il ne dîne pas avec nous ?

— Non. Je suis désolé, mais tu devras te contenter de moi.

Le sourire heureux d'Izzy lui fit bondir le cœur.

— Cela ne m'ennuie pas.

Ils se rendirent au salon, où Henry se jeta sur Izzy. Elle l'embrassa avec affection. Chad l'embrassa à son tour. Puis Mme Weber prit le petit garçon par la main.

— Nous y allons. Passez une bonne soirée.

Chad et Izzy sortirent pour les regarder partir, après quoi il lui offrit son bras pour la conduire jusqu'à la table dressée dehors. Elle le prit et il savoura sa chaleur. La toucher lui avait manqué.

Lorsqu'elle aperçut le décor romantique, elle s'arrêta, interdite, et poussa une exclamation.

— C'est magnifique, Chad ! Je n'en reviens pas. Tu as fait tout ça pendant que j'étais partie ?

— Je pensais bien que ça te plairait.

Elle regarda autour d'elle, émerveillée.

— Quelle est la raison de tant de beauté ?

— Je ne peux pas faire quelque chose de gentil pour toi ?

— Tu n'as pas arrêté pendant des semaines, mais c'est vraiment ton idée la plus adorable.

Il sentit sa poitrine se dilater de plaisir. Il installa Izzy sur la chaise longue et lui offrit un verre de vin, la main tremblante. Elle était radieuse.

— Cet endroit a toujours été mon préféré. Mais ce soir, il est magique.

Il prit une chaise à côté d'elle. Il y avait une légère brise.

— Tu n'as pas froid ? demanda-t-il.

— Non, c'est parfait.

Elle le dévisagea un moment, comme si elle voulait graver ses traits dans sa mémoire, et dit doucement :

— Merci pour tout ce que tu as fait pour moi depuis l'accident.

— C'était un plaisir.

Elle le regarda en souriant.

— Tu es vraiment quelqu'un de gentil. Avec toi, je me sens très spéciale.

— C'est parce que tu l'es.

Il s'éclaircit la gorge.

— Tu as faim ? Le dîner est prêt.

— Restons encore ici un moment.

— Comme tu voudras.

Elle prit une inspiration tremblante.

— Chad, je suis désolée d'avoir essayé de faire de toi quelqu'un que tu n'es pas. D'avoir attendu quelque chose que tu ne pouvais pas donner. Ma seule excuse est que je voulais me protéger. Ce n'était pas juste envers toi. Je le regretterai toujours.

Chad posa son verre par terre, puis alla s'asseoir au pied de la chaise longue. Il la débarrassa également de son verre, puis lui prit la main en la regardant dans les yeux.

— Je regrette aussi de ne pas avoir pris en compte ce que tu attendais de la vie. Tu méritais mieux de ma part. Tu avais raison. Il fallait que je cesse de me cacher derrière la mauvaise expérience de mon mariage. Elle n'a rien à voir avec la personne que tu es.

— Mais ce n'était pas à moi d'essayer de te faire changer.

— C'est vrai. Dans une relation, il faut être deux. Et comme j'avais peur de ne pas pouvoir être l'homme que tu souhaitais que je sois, je n'ai même pas essayé. Je suis vraiment navré de t'avoir fait porter le poids de mon passé.

— Chad…

Il lui serra les doigts.

— Laisse-moi finir. Izzy, nous nous entendons à merveille. Comme collègues, comme amis, comme amants. Je ne me suis jamais senti aussi proche de quelqu'un. Nous sommes aussi bien ajustés qu'une clé et une serrure. Sans toi, je ne parviens pas à fonctionner.

Elle se redressa, voulant se rapprocher le plus possible de lui. Son regard brun resta rivé à celui de Chad.

— Je tiens à toi, j'apprécie tout ce que tu as fait pour moi, mais je ne vois pas comment les choses pourraient évoluer entre nous.

Elle haussa les épaules.

— Nous ne voulons pas les mêmes choses. Je n'ai pas changé d'avis sur le mariage et les enfants. Toi, tu ne veux plus t'y frotter. Je pense que nous ne pouvons que nous faire souffrir.

Il se redressa.

— Je crois que tu serais étonnée de savoir ce que je veux maintenant. Tu m'as changé, Izzy. Pour toi, j'ai envie de tenter ma chance. Je suis persuadé à présent que je peux être le mari et le père que je souhaite être. Du moins, je peux essayer si tu es à mon côté.

La poitrine d'Izzy se gonfla d'espoir. Il continua.

— Quand j'ai appris ton accident, j'ai cru que j'allais en mourir. Je ne pouvais pas te perdre. Tu es ma vie. Mon cœur. Mon foyer. Je t'aime.

Elle le regarda fixement. Elle n'avait jamais osé espérer

l'entendre parler ainsi. Son cœur se dilata. C'était presque plus qu'elle ne pouvait en supporter.

— Je te l'ai dit à l'hôpital, avant qu'on t'emmène en salle d'op, ajouta-t-il.

— C'est vrai ? demanda-t-elle, stupéfaite.

— Oui, mais apparemment les médicaments t'avaient mise dans les vapes.

Elle soupira.

— J'aurais dû m'en souvenir. Mais pourquoi n'as-tu rien dit, depuis ?

— Parce que je voulais te montrer mon amour. Je voulais que tu le sentes. Que tu voies à quel point j'étais heureux que nous formions une famille. À quel point je souhaitais que nous fassions notre vie ensemble.

Il lui prit le visage dans une main, et elle appuya la joue sur sa paume.

— Je t'aime profondément. Totalement. Depuis longtemps. Simplement, je ne pouvais pas l'admettre, et encore moins le reconnaître devant toi. Je ne m'attendais pas à ce que tu entres dans ma vie, mais tu l'as fait telle une tornade, me retournant complètement. Tu es la meilleure chose qui me soit arrivée, ainsi qu'à Henry. J'aurais dû te le dire il y a des semaines, mais j'avais peur. Peux-tu me pardonner de t'avoir blessée ? Acceptes-tu de me donner une autre chance ?

Le cœur d'Izzy était sur le point d'éclater de joie. Elle se pencha plus près. Chad passa un bras autour de sa taille tandis qu'elle posait tendrement les lèvres sur les siennes. Il approfondit leur baiser et l'attira contre lui.

— Mmm… Au fait, pour le cas où tu te poserais la question, je t'aime aussi, dit-elle en s'écartant légèrement.

Il reprit possession de sa bouche et lui donna un autre long baiser brûlant.

— L'autre jour, pendant que je dormais, m'as-tu embrassée et dit que tu m'aimais ? demanda-t-elle lorsqu'ils se séparèrent.

Il sourit.

— Je l'ai fait tous les jours ces trois dernières semaines.

Les yeux d'Izzy s'embuèrent.

— Alors je dois me rattraper. Je t'aime de tout mon cœur.

Le regard de Chad s'assombrit de désir.

— Cela t'ennuierait, si nous repoussions un peu le dîner ?

Elle pressa les lèvres sur son front.

— Non, pourquoi ? Il y a quelque chose que tu préférerais faire ?

Chad l'écarta, puis il se leva et la souleva dans ses bras.

— C'est sûr. Si tu penses que tu peux t'adonner à certaines activités avec ce plâtre.

— Je le pourrai si nous faisons attention, répondit-elle d'une voix rauque.

— Ne t'inquiète pas. Je prendrai soin de toi.

— Alors c'est parfait.

Elle eut un grand sourire tandis que Chad la portait jusqu'au studio en sifflotant l'air de *Penny Lane*.

À minuit, Chad était assis à la table sous le chêne, Izzy en face de lui. Ils avaient terminé leur repas, un peu sec. Avant, ils avaient fait l'amour, lentement et passionnément. Ils s'étaient murmuré qu'ils s'aimaient, puis avaient sombré dans un sommeil délicieux.

Lorsqu'ils s'étaient réveillés, Izzy avait insisté pour qu'ils aient leur dîner en amoureux. Chad avait enfilé son pantalon et elle lui avait emprunté sa chemise.

— C'était excellent, dit-elle.

— Mme Weber m'a aidé.

— Elle t'a aidé aussi à préparer tout ceci ?

— Non. Juste le repas. Le reste, c'est moi.

Elle frotta son pied nu sur le sien, et il fut traversé d'une flèche de désir. Il eut envie de retourner à l'intérieur. Provoquerait-elle toujours ce désir immédiat en lui ? Il avait l'intention de le découvrir.

— J'ai tout adoré. Je t'aime, dit-elle en se penchant par-dessus la table pour l'embrasser. Je me sens très spéciale.

— Tu l'es. Je ne peux pas te promettre tout le temps des soirées comme celle-là. Mais je te promets d'essayer de te rendre heureuse tous les jours, et de faire que tu te sentes aimée.

Les yeux d'Izzy brillèrent de plaisir.

— Voudrais-tu danser ? demanda-t-il.

— Il n'y a pas de musique.

Il se leva et lui prit la main.

— Je vais fredonner quelque chose.

Il la prit dans ses bras et les notes de *Penny Lane* montèrent dans l'air de la nuit.

Elle lui tapota la poitrine.

— Toi et cette chanson !

— Tu es dans mes oreilles et dans mes yeux, comme dans la chanson, mais tu es aussi dans mon cœur et dans mon esprit. Je t'aime.

Elle l'embrassa comme s'il était son univers tout entier.

— Je t'en dis autant.

Ils se balancèrent un moment, puis Chad s'arrêta.

— Il y a autre chose que j'avais prévu.

— Encore ? s'exclama-t-elle.

— Regarde ce que j'ai trouvé.

Il sortit quelque chose de sa poche. Elle en eut le souffle coupé.

— Chad…

Il se mit sur un genou.

— Izzy, veux-tu m'épouser ? Avoir des enfants avec moi ? Me rendre heureux ?

Elle glapit comme Henry au supermarché et jeta les bras autour du cou de l'homme qu'elle aimait plus que tout.

— Oui, oui, oui. Pour toujours. Oui.